Marie von Stein

Die Amtsschimmelflüsterer I – III

Der Kalletalkrimi

Copyright © 2017 Marie von Stein
Kontakt: Marie.von.Stein@t-online.de
Lektorat: WerbeWortBÜRO Text & Co.
Titelfoto: Blick auf den Rotenberg © Klara Westhoff
Autorenfoto: © Fotostudio Frank Hülsmann, Kalletal
Verlag: tredition GmbH, Hamburg

ISBN
Paperback   978-3-7345-9682-7
Hardcover   978-3-7345-9683-4
eBook   978-3-7345-9684-1

Printed in Germany

Das Werk, einschließlich seiner Teile, ist urheberrechtlich geschützt. Jede Verwertung ist ohne Zustimmung des Verlages und des Autors unzulässig. Dies gilt insbesondere für die elektronische oder sonstige Vervielfältigung, Übersetzung, Verbreitung und öffentliche Zugänglichmachung.

I

Stolperfall

»Das, was mich behindert,
damit lerne ich zu leben.
Der, der mich behindert,
der lässt mich im Leben leiden.«

© Klara Westhoff

PROLOG

Ganz vorsichtig um die Ecke. Hoffentlich bekommt keiner etwas mit. Wie gut, dass ich immer als Erstes im Haus bin. Schnell, den Aktenschrank öffnen. Warum lässt sich gerade jetzt der Schlüssel nicht drehen? Mist! Los jetzt, beweg dich! Was ist da für ein Geräusch? Ist da jemand? Kommt schon einer? Ach! Nein, ein Glück. Schnell, aufschließen. Die Akte, wo ist diese Akte bloß? Da, da ist sie. Okay, Blatt reinlegen. Geschafft! Jetzt ganz ruhig. Aktenschrank wieder zu und – tief durchatmen. Hoffentlich wird alles gut. Das muss es einfach. Hoffentlich wird endlich alles den richtigen Weg gehen. So wie bisher darf es nicht weitergehen. Da kann ich nicht mehr zusehen. Es wird alles gut, da bin ich sicher. Alles gut.

1

Winterberg, Rotenberg, Habichtsberg, … vierter ist Triangelsberg, dann Großer und dann Kleiner Wirksberg. Wie heißt bloß dieser siebte Berg?« Katja klappte den siebten Finger wieder runter, legte den Zeigefinger auf die Unterlippe und richtete den Blick nachdenklich vom Fenster erneut auf den Plan auf ihrem Schreibtisch. Sie nahm sich eine weiße Schaumzuckermaus aus der grünen Glasschale auf dem Schreibtisch und biss genüsslich ein Stück ab. Kauend klatschte Katja in die Hände. »Stöckerberg! Wann werde ich mir das endlich merken können?«

Etwas stupste an ihre Beine und strich um sie herum. Dem Schnurren und Drängeln konnte Katja nicht widerstehen. Sie nahm den Kater hoch, er stapfte mit den Vorderpfoten mehrmals hin und her und ließ sich dann gemütlich auf ihrem Schoß nieder. Gedankenverloren strich Katja ihm über das schwarze, seidige Fell. Der erneute Blick aus warmen, grünen Augen über die sieben Berge ließ ihr Gesicht aufleuchten. »Hinter den sieben Bergen bei den sieben Zwergen, nicht wahr, Amadeus?« Katja lachte leise auf und kraulte dem Kater den Hals. Der Blick vom Kalletal Richtung Weserbergland ins angrenzende Märchenland. Und dann diese Explosion von allen Herbstfarben. Rot, gelb, orange, grün, braun – in allen Schattierungen. Wir haben hier unseren eigenen Indianersommer. So entspannend. Hach!

Das laute Schrillen des Telefons ließ sie aufschrecken. Amadeus fauchte, sprang von Katjas Schoß und fetzte aus dem Arbeitszimmer. »Sollig.«

»Ah, Frau Sollig, schön, dass ich Sie gleich dran habe. Wir haben einen neuen Fall für die Soko hereinbekommen. Könnten Sie bitte in einer Stunde im Büro in Badenhausen sein?«

»Okay, Chef. Um was geht es denn?«

»Eine Strafanzeige gegen einen Lehrer des Kamp-Gymnasiums Badenhausen wegen tätlichen Übergriffs. Wir sollen die Aktenlage prüfen und die Befragungen durchführen.«

»Schau an, das KGB. Ich bin um halb zwölf bei Ihnen. Ist Lieme auch da?«

»Der holt vorher noch die Unterlagen von den Kollegen der Bereitschaft. Die haben die Anzeige aufgenommen. Bis gleich.«

»Bis gleich, Chef.« Doch der hatte schon aufgelegt.

*

Der kleine Geländewagen fuhr zügig den Winterberg von der lippischen Seite aus hoch, durch den Wald und das kurze Stück Landstraße und dann die Serpentinen der Krückebergstraße wieder herunter. Zum Glück hatte Katja ihre Sonnenbrille aufgesetzt, denn als sie links auf die Weserstraße Richtung Badenhausen einbog, blendete das tief liegende Licht unangenehm. So, noch 15 Minuten stur geradeaus, zweimal links, und sie konnte auf den Parkplatz der Polizeidienststelle in der Blücherstraße, mitten in der Badenhausener Innenstadt auffahren.

*

»Na, die Amtsschimmelflüsterer mal wieder im Haus?«

»Sei still, Kollege. Wenn du wenigstens mal flüstern würdest, statt immer die große Klappe zu haben.« Katja zwinkerte ihm zu und stürmte zügig weiter.

»Amtsschimmelflüsterer? Was ist denn das?« Der junge Kollege hob seinen Blick vom Bericht vor sich und schaute sein Gegenüber fragend an.

»Noch keinem begegnet?«, lachte dieser. »Ach, das sind die Kommissare von der Sonderkommission Sozial. Die haben ein Zusatzstudium in Sozialpädagogik und Sozialrecht und kommen immer zum Einsatz, wenn Sozialbehörden bei einer Strafanzeige beteiligt sind. Jugendhilfe, Sozialhilfe, Schulämter und so. Damit alles seinen rechten Gang geht.«

»Aha, und was flüstern die so?«

»Na, wer bei den Ämtern Bockmist gebaut hat, dem zeigen die schon, wo es langgeht. Oder sie helfen ihm aus dem Dilemma heraus.«

*

Katja marschierte direkt in den Besprechungsraum und legte schon ihre Kladde und die Stifte vor sich hin. Nahm den Telefonhörer und wählte die Kombination für die Zentrale. »Soko Sozial, Sollig am Apparat. Ist Frank Lieme schon zurück, Frau Kramer? Sagen Sie ihm bitte, ich warte im Besprechungsraum. Ah, da kommt auch schon der Chef. Frank kommt auch gerade bei Ihnen vorbei? Prima. Wiederhören.« Katja blickte zur Seite. »Guten Morgen, Herr Neitmann, Herr Lieme ist schon auf dem Weg.« Sie reichte ihrem Chef die Hand.

»Gut, dann warte ich noch, bevor ich Sie beide über den Fall in Kenntnis setze.« Der Chef, ein grüblerischer, fähiger Kriminalrat, mit schon ziemlich grau durchsetztem Haupthaar, setzte sich gegenüber Katja auf seinen Stuhl und breitete seine Unterlagen aus. Ein attraktiver Kollege, dem man die Cleverness auf den ersten Blick gar nicht ansah, so sehr lenkte sein Aussehen ab. Wenn er jetzt noch ein wenig öfter lächeln würde? Ein kleiner Seufzer stieg in Katja auf.

Die Tür schwang auf und krachte gegen die Wand. »Hey, Lieme, nicht so stürmisch.« Katja grinste den Neuankömmling an, schüttelte die rotbraunen Locken zurück und sagte schelmisch: »Warst du so wild darauf, mich wiederzusehen?«

Frank lachte zurück, sogar Bernd Neitmann verzog das Gesicht zu einem minimalen Grinsen. »War wohl mal wieder etwas zu schnell unterwegs, der liebe Kollege. Sport im Dienst, nicht wahr?«

»Na ja, ich wollte halt pünktlich sein. Die Akte raussuchen hat ein wenig gedauert. Doch nun ist alles beisammen und wir können loslegen. Chef? Sie können übernehmen.« Frank zog sein ordentlich gefaltetes Stofftaschentuch aus der Hosentasche und tupfte sich über die leicht geröteten, verschwitzten Wangen und die Stirn, strich sich über die kurzen blonden Haare und setzte sich mit einem kaum hörbaren »puh« erschöpft an den Tisch.

»Gut, Leute. Frank, reichen Sie Katja bitte die Kopie der Anzeige. Ich kann dann kurz erzählen, was die Staatsanwaltschaft weitergegeben hat.« Bernd Neitmann stellte den Beamer an und warf den ersten Bericht an die Wand. »Also, die Eltern des Schülers Lukas Kraft haben gestern den Sport- und Chemielehrer des KGB, Dr. Dietmar Dreh, wegen eines tätlichen Übergriffs und Beleidigung angezeigt. Er soll dem Schüler während des Sportunterrichts einen Medizinball ins Gesicht geworfen haben. Und als dieser strauchelte und auf den Boden fiel, soll er ihn auch noch beleidigt haben. Der Junge hat direkt seine Eltern angerufen und die sind mit ihm zum Arzt, da die Nase blutete und er Schmerzen hatte.« Bernd Neitmann zeigte das nächste Blatt: »Das hier ist der medizinische Bericht der Unfallstation. Die Nase war gestaucht und wurde gerichtet, im Gesicht gibt es Blutergüsse.« Das nächste Bild zeigte den Schüler und Aufnahmen der Verletzungen. Dann kam eine Kopie der Krankmeldung.

»Haben die Kollegen schon mit dem Lehrer und dem Schulleiter gesprochen? Den Jungen und die Eltern befragt? So wie das aussieht, ist die Anzeige ja schriftlich, und sie ist bei der Bereitschaft nur abgegeben worden.« Katja schaute zu Frank hinüber.

»Nein, es wurde nichts weiter ermittelt. Wegen der Brisanz haben die Kollegen die Anzeige direkt an die Staatsanwaltschaft weitergegeben und um genaue Anweisungen gebeten. Da kommen wir nun ins Spiel. Katja, ich möchte Sie bitten, zur Schule zu gehen und mit dem Schulleiter zu reden.« Er schob ein paar Zettel zur Seite und nahm einen hervor. »So, der Direktor heißt Linke. Sigmar Linke. Ist dort seit sieben Jahren Schulleiter. Ich habe schon mit dem Sekretariat gesprochen. Sie haben gleich um halb zwei bei ihm einen Termin. Heute ist langer Schultag, da müssten Sie auch mit weiteren Kollegen und Schülern sprechen können. Der Schulleiter weiß wohl noch nicht genau, um was es geht. Anscheinend haben die Eltern ihn noch nicht über die Anzeige informiert. Er weiß nur, dass es um eine Strafanzeige geht. Hier, Frau Sollig. Hier ist die Adresse. Ach, und die Kontaktdaten.« Der Chef schob Katja die Mappe mit den Unterlagen zu und reichte ihr das Infoblatt.

Katja strahlte ihn an. »Ach, Chef. Das KGB, das kennt in dieser Gegend doch jeder. Sogar ich. Obwohl ich mittlerweile im Lippischen Bergland wohne und die ostwestfälischen Berge hinter mir gelassen habe. Meine Schwester war Schülerin am KGB. Jedoch noch unter einer anderen Schulleitung. Frank. Kommst du bitte mit ins Büro? Dann können wir das weitere Vorgehen besprechen. Chef?« Katja nickte ihrem Chef zu, nahm die Unterlagen und ging Frank voraus.

2

Katja kniff die Augen zusammen, um sie vor der gleißenden Sonne zu schützen. Sie quälte sich die steile Steinstraße mit ihrem alten Toyota-Geländewagen hinauf und bremste abrupt. Von rechts kam ein Mofafahrer mit Vorfahrt schwungvoll um die Ecke. Leicht rutschend kam ihr Wagen zum Stehen. Frank blickte tadelnd zur Seite, sagte aber nichts. Langsam zuckelnd fuhr Katja hinter dem Jungen her bis zur Parkplatzeinfahrt, den Blick abgewendet von der Schule am Berghang, die einer Festung gleich über Badenhausen thronte. Schnell noch den Wagen platziert und abgeschlossen, blieb sie neben dem Toyota stehen und lehnte sich gegen die Motorhaube.

Erinnerungen an frühere Besuche hier, als Begleitung ihrer Schwester zu Chorkonzerten und zu guter Letzt zur Abifeier, kamen ihr in den Kopf. Katja selbst war in der Nachbarstadt zur Schule gegangen und hatte dort ihr Abitur gemacht. Marina wollte lieber zu einer musikbegeisterten Schule – wie das KGB.

»Hey, aufwachen! Träumen verboten!« Frank stupste Katja an der Schulter und grinste sie an. »Wo warst du denn gerade? Schulische Albträume?«

»Nein, Erinnerungen an meine Schwester. Die ging hier zur Schule. Lang, lang ist es her. Komm! Lass uns zum Sekretariat gehen!«

»Bitte fahren Sie Ihr Fahrzeug hier weg. Dieser Parkplatz ist nur für Lehrer und erst ab 14:00 Uhr für alle freigegeben.« Eine kleine, drahtige Person mit grauen Haaren stand mit ihren Händen auf den Hüften und wippendem Fuß plötzlich neben Frank und Katja. Katja erschrak. Wo war sie so plötzlich hergekommen? Sie zückte ihren Dienstausweis und hielt ihn der Frau vor die Nase. »Tut mir leid. Polizei Badenhausen. Wir haben einen Termin. Wo finden wir das Sekretariat?«

»Die Treppe hoch, erster Stock, erste Tür links.« Eilig lief die ältere Dame den Parkplatz entlang zu ihrem Auto.

*

»Komm, Frank! Lass uns rauf zum Sekretariat gehen.« Katja drehte sich um, und blieb auf der Stelle wieder stehen. Das Gebäude des Kamp-Gymnasiums richtete sich imposant und groß vor ihr auf. Sie holte tief Luft, straffte ihre Schultern und machte sich auf den Weg die breiten Treppen hoch zum Haupteingang. Zu Frank gerichtet flüsterte sie: »O Mann, vor solchen Gebäuden habe ich immer einen Heidenrespekt. Sie haben so viele Geschichten zu erzählen. Wenn sie denn könnten. Tja, dann müssen wir wohl die Leute darin ansprechen. Auf geht's!«

Die Glastür schabte über den Boden und Frank musste ganz schön drücken.

Eine kräftige Hand kam von hinten und schob die Tür mit Schwung auf. »Wird Zeit, dass es noch einmal etwas wärmer wird und der Frost aus dem Boden kommt. Dieses ewige Verziehen der Türen nervt.« Die beiden Ermittler drehten sich zu der Stimme hinter ihnen um.

»Guten Tag«, meinte Katja. »Sie sind?«

»Der Hausmeister. Janus. Paul Janus. Sie wollen zum Sekretariat? Die Treppe hoch und erster Stock den Gang entlang, erste Tür links«

»Wow, Herr Janus, sind Sie Hellseher?« Frank grinste den Hausmeister schief an, doch der blickte weiter Katja an und zwinkerte ihr schelmisch zu.

»Nö, ich habe nur Ihr Gespräch mit unserer gestrengen Hofaufsicht mitbekommen.«

»Gut, nochmals danke für die Hilfe mit der Tür.« Katja marschierte auf die Treppe zu, während Paul Janus Frank weiter die Tür aufhielt und sie dann schnarrend wieder zuschob.

*

Der Geruch – einzigartig. Überall Stimmen, Gerenne, Schimpfen. Papierknäuel auf dem Boden, abgebrochene Bleistifte. Chaos oder besser gesagt: große Pause!
Katja und Frank ließen die Aula rechts liegen und gingen den Gang entlang auf die erste Tür zu. Katja klopfte.

3

Sigmar Linke konnte sich heute nicht konzentrieren. Schon zum dritten Mal nahm er sich die Schulordnung vor und überflog die unterstrichenen Paragraphen. Er kriegte das Ganze nicht auf die Reihe. Warum die Verfasser dieser Gesetze auch immer so eine verdrehte, verwirrende Sprache bemühen mussten. Wenn das rechtlich abgesichert sein soll, dann aber auch total unverständlich für einen Nicht-Juristen.

Er griff nach dem Anmeldebogen für die Vergabe des Gütesiegels Individuelle Förderung. Alle zwei Jahre nahm seine Schule erneut an diesem Wettbewerb der NRW-Schulen teil. Voller Stolz schaute er vor sich auf die Wand, um das Foto der Preisübergabe durch die Schulministerin zu bewundern. Gut hatte er damals ausgesehen, so viel Sorgfalt auf seine Kleidung gelegt. Er konnte stolz auf seine Erscheinung sein. Die Metallplakette prangte nun am Haupteingang und zeugte von seinen Fähigkeiten als Schulleiter. Widrigkeiten waren für ihn ein Fremdwort. Auch dieses Mal sollte die Auszeichnung als herausragende Schule kein Problem darstellen. Er kannte die richtigen Leute und drückte die richtigen Knöpfe. Voilà, ein neuer Termin mit dem Schulministerium. Er sah es schon vor seinem geistigen Auge. Er rieb sich die Hände, strich sich das volle, sorgsam getönte Haar aus der Stirn, nahm seinen Füller wieder in die Hand und füllte weiter den Anmeldebogen aus.

Die Tür von seinem Büro zum Sekretariat stand wie immer offen. Nebenan klopfte es. Immer diese Störungen. Ewig hatte einer irgendetwas zu fragen. Man kam gar nicht in Ruhe zum Arbeiten. Hoffentlich kriegt Frau Schröder das allein auf die Reihe.

*

»Herein.«

Die Tür ging auf und zwei Personen traten in das Sekretariat.

»Ja, bitte? Womit kann ich Ihnen helfen?«

»Guten Tag. Mein Name ist Katja Sollig, Kriminalhauptkommissar, mein Kollege Kriminaloberkommissar Frank Lieme. Wir haben einen Termin mit Herrn Linke.« Katja gab der Schulsekretärin die Hand.

»Ah, alles klar. Ihr Chef hat mit mir telefoniert. Anne Schröder. Guten Tag. Guten Tag, Herr Lieme.«

Katja lehnte sich auf die Theke, die Abgrenzung zwischen Sekretariatsbereich und Durchgang zum Schulleiterbüro und sah die angelehnte Tür. »Ihr Chef ist da?« Frau Schröder nickte und zeigte auf die Tür.

Mit Blick auf Katja ging Frank los, klopfte kurz und trat ein, ohne die Erlaubnis des Schulleiters abzuwarten.

Linke hob wütend den Kopf.

»Was soll denn das? Habe ich Sie etwa hereingebeten?«

»Lieme, Kommissariat Badenhausen. Wir haben einen Termin mit Ihnen.«

Frank nahm sich den Stuhl gegenüber dem Direktor, gab ihm die Hand und setzte sich. »Meine Kollegin ist nebenan. Sie kommt sofort.«

In dem Moment ging die Tür auf und Katja trat ein. Nach der kurzen Begrüßung setzte auch sie sich und fing gleich an.

»Herr Linke, der Grund für unseren Besuch ist ein Lehrer aus Ihrem Kollegium. Herr Dreh, Dr. Dietmar Dreh. Und es geht um einen Schüler, Lukas Kraft. Wir brauchen die Personalakte des Lehrers, die Schülerakte, ach ... und, Frau Schröder, rufen Sie bitte Dr. Dreh zu uns.«

Linke stand bedrohlich von seinem Stuhl auf und beugte sich weit zu den beiden Beamten vor. Zorn blitzte in seinen Augen. »Was erlauben Sie sich eigentlich? Wie können Sie hier wegen Lappalien auftauchen und den Schultag durcheinanderbringen?«

»Lappalien, Herr Linke? Wie kommen Sie denn darauf? Meinen Sie, wir würden wegen Lappalien beauftragt, die Ermittlungen zu übernehmen? Wohl kaum, dafür ist unsere Abteilung nicht da. Wir beschäftigen uns nur mit Straftaten. Setzen Sie sich wieder.«

Linke setzte sich schwerfällig wieder hin. Er schluckte auffällig. »Straftat? Wieso kommen Sie wegen einer Straftat? Hier, hier bei uns?«

»Bitte warten Sie einen Moment. Frau Schröder sollte Herrn Dreh gleich geholt haben, dann können wir besprechen, weshalb wir hier sind«, sagte Katja genervt. »Vorab vielleicht nur ein paar Fragen. Frank schreibst du bitte mit?« Katja setzte sich auf die Ecke von Linkes imposantem Schreibtisch näher an ihn heran, zog ihren Pulli glatt und nahm sich die Liste der Fragen vor.

»Herr Linke, seit wann ist Dr. Dreh Teil Ihres Kollegiums?«

»Hm, da muss ich überlegen«, Linke runzelte die Stirn. »1990? Ja, 1990 muss es sein. Ich war schon 10

Jahre hier an der Schule, als er kam.«

»Und welche Fächer unterrichtet er?« Katja rutschte ein wenig auf dem Tisch, um es sich bequemer zu machen. Sie schlug die Beine übereinander und schaute Linke abwartend an.

»Chemie, Chemie und Sport. Sport nur die Mittelstufe. Chemie bis zum Abitur.«

Katja blätterte um und stellte die nächste Frage: »Gab es in der Vergangenheit Schwierigkeiten mit seiner Arbeit als Lehrer? Gab es Probleme mit Schülern? Oder mit Kollegen?«

Linke wand sich auf seinem Stuhl und wippte nervös mit dem Fuß. Er presste die Lippen zu einem schmalen Strich aufeinander. »Probleme? Warum? Keine Probleme, warum auch? Nur die üblichen Zwistigkeiten, die es überall gibt. Normaler Schulalltag eben.«

*

Es klopfte an der Tür. »Ja!« Linkes Stimme nahm wieder den gestrengen Direktorentyp an. Die Tür ging auf und ein großer, hagerer Mann trat ein: Dr. Dietmar Dreh. Frau Schröder hinter ihm lehnte die Tür wieder an. »Frau Sollig, der Raum ist frei. Ich warte dann hier auf Sie, um Sie hinzubringen«, rief sie durch den Türspalt ins Schulleiterzimmer.

»Danke, Frau Schröder. Wir kommen sofort.«

*

Leicht vorgebeugt schien Dr. Dreh seine Größe verbergen zu wollen. Wenige graue Haare bildeten einen Kranz um den ansonsten kahlen Kopf. Er schob mit dem Zeigefinger seine schwarze Hornbrille zurück. Ein unsicheres Räuspern und Krächzen. »Sigmar, du wolltest mich sprechen?«

»Ah, Dietmar, das hier sind die Herrschaften von der Polizei, Herr Lieme und Frau ..., Frau ..hm, äh?«

Mit einem strengen Seitenblick auf den Schulleiter wandte Katja sich dem Neuankömmling zu und gab ihm die Hand. »Kriminalhauptkommissar Sollig. Die leitende Ermittlerin. Mein Kollege, Kriminaloberkommissar Lieme. Guten Tag, Herr Dreh. Bitte kommen Sie mit in den Besprechungsraum im Obergeschoss. Herr Linke, Sie gehen bitte mit meinem Kollegen die letzten Fragen durch. Das war es dann heute für Sie. Herr Dreh, gehen Sie bitte voraus.« Katja nickte Frank zu, ging hinter Dietmar Dreh durch die Tür und machte sie leise hinter sich zu.

4

Der Blick aus dem Fenster war unbeschreiblich. Die Sonnenstrahlen beleuchteten den Weg der Weser, die sich durch das Tal unterhalb der Schule schlängelte. Die Amanda, das Fährschiff, war in der Ferne auf ihrem Weg zwischen den Ankerplätzen am Weserufer unterwegs. Das Kaiser-Wilhelm-Denkmal ganz im Norden war heute zu sehen und auch der gegenüberliegende Fernsehturm: die Porta Westfalica, die Westfälische Pforte, die den Übergang vom Bergland Ostwestfalens in die norddeutsche Tiefebene anzeigt. In der Ferne zog eine kleine Piper ruhig ihren Weg durch die Luft. Vermutlich befand sie sich im Landeanflug auf den Flugplatz in Costedt.

Katja genoss diesen Blick in diese traumhafte Landschaft. Wie ruhig und entspannt alles aussah. Als gäbe es keinen Gram. Als gäbe es nur das Hier und Jetzt. Sie atmete ganz tief ein. Denn es gab nur das Hier und Jetzt. Mit einem Seitenblick lächelte sie Frau Schröder an, die neben ihr stand und ebenso die Aussicht genoss.

»Wirklich ein sehr traumhafter Arbeitsplatz, bei dem Ausblick. Da kommt man gleich wieder runter, wenn man sich hier mal entspannen durfte.«

Anne Schröder stimmte ihr zu: »Da haben Sie recht. Mir gefällt es hier sehr gut. Wenn es mal so richtig wild zugeht, geh' ich in meinen Pausen gerne mal hier hoch und genieße die Ruhe und den Blick in die Natur.«

»Und, geht es hier denn oft wild zu?«

»O ja, sehr oft. Ist halt eine Schule mit 800 Schülern. Leise und gesittet sind da Fremdwörter. Und es ist völlig normal, es sind ja Kinder. Die dürfen auch mal wild sein.« Anne Schröder sah man ihre Begeisterung für ihren Beruf an. Schön, wenn Schüler so eine engagierte Schulsekretärin haben. Jemanden zum Nachfragen, zum Helfen, zum Verarzten, zum Tränentrocknen: eine Schulsekretärin vom alten Schlag. In ihrem Beruf aufgehend. Das sah man dieser Frau an, dass sie ihre Aufgaben mit Leidenschaft, mit Feuer ausübte und nicht einfach To-do-Listen lustlos abhakte.

»Und die Lehrer? Sind die auch wild?« Katja lachte. Doch die Antwort ließ sie aufhorchen.

»Wild, die Lehrer? Eigentlich nicht. Wir haben hier ein sehr kompetentes Kollegium. Ein bisschen wild war es vor einiger Zeit mit Dr. Dreh, ›der Dreher‹, so heißt er hier seitdem. Er hat den kleinen Chemieraum versehentlich in die Luft gejagt. Weil er die Gasflaschen zu fest zugedreht hatte und eine undicht wurde. Gas trat aus und beim nächsten Funken hat es geknallt. Zum Glück ist keinem was passiert. Nur der Chemieraum hat doch sehr gelitten. Seitdem muss Dr. Dreh leiden. Unter seinem Spitznamen und den Lästereien der Schüler, er hätte den Dreh raus.« Anne Schröder schaute gar nicht mehr freundlich, als Schritte die Haupttreppe zum Besprechungsraum herauf zu hören waren. Anscheinend kam Herr Dreh auch endlich zu der Besprechung, nachdem er sich zu einem kurzen Besuch des Lehrer-Waschraumes entschuldigt hatte.

»Ich gehe dann mal wieder runter ins Sekretariat. Es ist gleich Pause, da sollte die Tür nicht abgeschlossen sein. Und am Nachmittag bin ich immer allein. Bis später.« Frau Schröder huschte aus der Tür und eilte den

Gang entlang zur Außentreppe.

*

Auf seinem Weg zum Obergeschoss stand eine Klassenzimmertür offen. Gerede, Gekicher und insgesamt Unruhe herrschten im Raum. Ein Schüler steckte den Kopf aus der Tür.

»Wo ist euer Lehrer?«, fragte Dr. Dreh. Auf die Antwort hin, sagte er nur: »Dann macht gefälligst die Tür zu und lärmt nicht so rum.« Mit Schwung warf er die Tür ins Schloss.

*

Auf der Haupttreppe polterte es. Katja schaute aus der Tür, konnte jedoch nur noch sehen, wie eine Klassenzimmertür zuschlug. Den Aufschrei des Schülers bekam sie nicht mehr mit. Schon stand Dr. Dreh vor ihr.

»Bitte treten Sie ein, Dr. Dreh. Ich habe einiges mit Ihnen zu besprechen. Nehmen Sie Platz. Mein Kollege kommt gleich.«

5

Auf dem Rückweg in die Zentrale war Katja schweigsam. Sie konzentrierte sich ganz auf den Verkehr, denn die rutschigen Straßen forderten ihre volle Aufmerksamkeit. So früh im Herbst hatte noch keiner mit Schneeregen und Frost gerechnet und die Zufahrtsstraßen zur Schule hoch waren entsprechend blockiert. Ein Hoch auf Winterreifen – oder Bergabfahrer wie sie. Endlich unten auf der Hauptstraße war der Spuk schon wieder vorbei. Katja schaltete hoch und fuhr zügig weiter.

*

Zurück im Büro stellte Frank die Plastikkiste mit den Akten auf den Besprechungstisch, ging zum Kühlschrank und holte sich eine Cola zero. »Katja, möchtest du auch etwas Kaltes?«

Katja legte ihre Tasche und die Unterlagen zu der Kiste. »Danke, lieb gemeint. Doch ich mache mir lieber einen schönen warmen Ingwertee, mir ist etwas fröstelig. Könntest du den Wasserkocher bitte schon anstellen?«

Sie zog ihre Jacke aus, hängte sie über die Stuhllehne, setzte sich hin und schaute nachdenklich vor sich hin. »Ich verstehe das nicht. Herr Dreh wusste noch nichts von den Verletzungen von Lukas, auch nichts von der Anzeige. Was macht der bloß in seinem Unterricht?« Sie drehte sich zu Frank um.

»Merkt er nicht, wenn ein Schüler verletzt wird und Schmerzen hat? Wie sieht es mit dem Schulleiter aus? Was hat er zu dem Vorfall gesagt?«

»Hier!« Frank reichte Katja ihre Tasse mit dem heißen Tee. »Ich habe ihn dir schon aufgegossen. Vorsicht, heiß!«

»Der Schulleiter?«, fuhr er fort. »Tat unwissend. Er fragte bei Frau Schröder nach, um sich über Lukas zu informieren. Es liegt nur eine allgemeine Krankmeldung der Eltern vor. Keine Information zu den Verletzungen des Jungen oder zu der Anzeige. Er wirkte doch sehr erschrocken und winkte vehement ab, als ich ihn nach weiteren Vorfällen mit Dr. Dreh befragte.«

»Mmmh, gut. Danke.« Katja nippte genüsslich an ihrem Tee und stellte die Tasse wieder ab. »Nachdem wir jetzt die Akten hier haben, und da nichts mehr verändert werden kann, sollten wir die Eltern und ihren Sohn einbestellen und sie zu dem Vorfall befragen.«

»Der Chef hat schon bei den Eltern angerufen, um einen Termin hier bei uns zu vereinbaren, doch das ist zurzeit nicht möglich. Lukas ist im Krankenhaus. Ihm war gestern Abend schwindelig geworden und er ist umgekippt. Die Ärzte haben eine Gehirnerschütterung festgestellt. Lukas ist nun zur Beobachtung noch ein, zwei Tage in der Klinik am Weserufer. Die ist oben bei den Mühlenkreiskliniken in der Südstadt. Neitmann hat uns für morgen dort einen Termin um 10:00 Uhr gemacht. Die Eltern sind dann auch da.«

»Gut, dann lass uns mal die Informationen durchgehen, die wir heute gesammelt haben. Zuerst deine Befragung von Herrn Linke. Und dann die Gespräche mit Lukas' Klassenkameraden. Es ist ganz gut, dass noch niemand etwas von der Strafanzeige wusste. Da sind doch einige interessante Informationen dabei gewesen.

Setz dich, Frank! Du machst mich ganz nervös, wenn du die ganze Zeit hin- und hergehst.«

Frank schmunzelte und setzte sich Katja gegenüber.

»Was? Warum grinst du?«

»Und du machst mich ganz nervös, weil du die ganze Zeit mit dem Stift auf die Tischplatte klopfst.«

»Upps, entschuldige. Der Tag heute war so sonderbar, so irreal. Irgendwas hat mich irritiert. Ich komme nur nicht drauf.« Katja nahm den Stift und legte ihn auf ihren Block. Dann ging sie zur Wandtafel und schrieb die Namen der Beteiligten und Zeugen auf. »Also, was haben wir? Gemäß der Strafanzeige: Opfer – Lukas Kraft. Täter – Dr. Dietmar Dreh. Tatort: KGB Sporthalle Nord. Tat – Werfen eines Medizinballes in das Gesicht des Schülers und nachfolgende Beleidigung, nachdem dieser den Ball nicht gefangen hat und gestürzt ist. Lukas ist dann gegangen und seine Eltern haben ihn zum Durchgangsarzt in der Eidinghausener Straße gebracht. Reich mir doch mal die Kopien aus dem Klassenbuch.«

Frank öffnete die Kiste und nahm die oberen Zettel heraus. »Hier, von vorgestern, gestern und heute. Vorgestern war der Vorfall. Lies mal, sehr interessant.«

Katja nahm die Kopien entgegen und schaute sich die Einträge an. »Schau an, ist keinem aufgefallen, dass ein Schüler ab der fünften Stunde fehlte? Lukas steht vorgestern und gestern als anwesend drin. Den ganzen Tag. Soviel zum Thema, Klassenbücher sind Dokumente und die Einträge verbindlich.« Kopfschüttelnd blätterte Katja weiter. »Na, wenigstens heute steht er ab der dritten Stunde als entschuldigt abwesend drin. Was hast du sonst noch von Herrn Linke erfahren?«

»Wie gesagt, er wusste nichts von dem Vorfall. Zu Lukas Kraft konnte er nichts sagen. Er kennt ihn nicht näher, hat ihn selbst nicht als Schüler. Dr. Dreh hat die Klasse in Sport erst seit der Zeit nach den Herbstferien, also erst seit drei Wochen. Als Vertretung für eine Kollegin, die in Mutterschutz gegangen ist. Er hat keine eigene Klasse, was ungewöhnlich ist, da alle Lehrer in Doppelbesetzung für eine Klasse zuständig sind. Doch bei der Fächerkombination von Dr. Dreh wurde bei ihm auf zusätzliche Klassenleiterfunktion verzichtet, weil er als Springer dringender gebraucht wird.« Frank blätterte die Seite um. »Ach ja, dann noch etwas Besonderes. Es gab einen Unfall im Chemieraum, ausgelöst von Dr. Dreh. Seitdem hat er nur noch Chemie-Grundkurse und arbeitet wie erwähnt hauptsächlich als Vertretungslehrer. Lukas Kraft hat er im Chemieunterricht seit Anfang dieses Schuljahres im Sommer. Das war alles, was ich nachgefragt und vom Direktor erfahren habe. Also ähnlich wie bei unserer Befragung von Dr. Dreh.«

»Nur, dass sich ›der Dreher‹ zuerst nicht an den Namen von Lukas erinnern konnte.«

»›Der Dreher‹! Schon witzig, diese Schüler. Der Spitzname ist wirklich passend für den Mann. Er drehte sich auch ziemlich hin und her, als du ihn befragt hast. Erst kann er Lukas nicht erinnern, dann plötzlich doch. Dann hat er nicht gemerkt, dass Lukas verletzt ist, dann plötzlich doch.« Frank zuckte mit den Schultern und schüttelte mit dem Kopf. »Ein Hin- und Herlavieren. Als du ihm die Strafanzeige vorgelegt hast, war er sichtlich geschockt. Mit so etwas scheint er nicht gerechnet zu haben. Und als er dann abgewehrt hat, das wäre ein Unfall gewesen, keine Absicht. Also, ich glaube ihm das mit dem Unfall nicht. Schon gar nicht, nachdem wir mit Lukas' Klasse gesprochen haben. Wir müssen unbedingt die beiden Klassenkameraden noch einmal sprechen, die vorhin so rumgedruckst haben und sich vor der Klassenlehrerin nicht getraut haben, auszusprechen, was ihnen auf dem Herzen lag. Was meinst du, sollen wir die beiden für morgen einbestellen? Mit ihren Eltern natürlich. Dann wissen wir auch schon mehr von Lukas und seinen Eltern und ihre Gründe, den Lehrer anzuzeigen. Bei einem Unfall wäre das ja nicht nötig. Wir müssen einfach sehen, was die anderen Gespräche ergeben.«

»Okay, vernünftig. Ich habe heute noch genug Zeit und nehme mir schon einmal die Akten vor.«

*

Die Akte von Dr. Dreh hatte Katja schnell durchgearbeitet. Obwohl er schon so lange am KGB lehrte, war seine Personalakte erstaunlich dünn. Während der ganzen Zeit hatte er zweimal ein Sabbatjahr eingelegt und eine längere Beurlaubung für seine Doktorarbeit bekommen. Ansonsten keine besonderen Auffälligkeiten, keinen Ärger und auch sonst keine besonderen Vorkommnisse. Eher erstaunlich, dass nach so vielen Schuljahren nie etwas passiert ist. Nie Ärgernisse mit Eltern oder Schülern vorgekommen sind. Nie nur ein Blatt zu Problemen bei der Notengebung, Einsprüche oder Widersprüche gegen Zeugnisse. Wirklich erstaunlich bei der heutigen Klagefreudigkeit vieler Eltern.

Als Nächstes nahm Katja sich die Schülerakte vor.

Schuleintritt von Lukas, Klassenverbände in den letzten Jahren. Die Zeugnisse, die Kurswahl in der Differenzierungsstufe. Alles ordentlich abgeheftet. Und dann? Katja stutzte und blätterte wieder zurück. Ein Informationsbrief der Eltern neueren Datums an die Lehrer der Klasse und davor ein ärztliches Attest. Schau an! Lukas hat eine schwer behindernde Sehstörung. Und im Lehrerbrief hatten die Eltern dezidiert die Nachteilsausgleiche aufgeführt, die Lukas genehmigt bekommen hatte. Wie kann das sein, dass weder der Direktor noch Dr. Dreh selbst darauf hingewiesen haben? Katja blätterte nachdenklich weiter, bis zum Ende der Akte. Sie nahm das letzte Blatt hervor und stutzte erneut.

Katja griff nach dem Telefonhörer und wählte Franks Dienstnummer. Und erreichte den Anrufbeantworter. »Frank? Katja hier. Bitte fahr morgen früh als Erstes beim KGB vorbei und hol die Akte vom Schüler Oskar Kater. Morgen erzähle ich dir mehr.«

6

Katja hatte schon die zweite Tasse Ingwertee vor sich und kaute an ihren geliebten weißen Schaumzuckermäusen, als Frank durch die Bürotür trat. Er knallte eine Akte auf den Tisch und setzte sich mit einem lauten Seufzer auf seinen Platz. »Ne, Katja. Schule am Morgen, das geht gar nicht. Wie halten die Lehrer das nur den ganzen Tag aus? Ein Lärm, so direkt vor Unterrichtsbeginn. Du wirst taub, ehrlich. Und ein Gewusel und ein Gedränge. Nein, danke. Das nächste Mal gehst du selbst.«

»Dir auch einen guten Morgen, Frank.« Katja lächelte ihren Kollegen nachsichtig an. »Danke, lieb von dir, dass du die Akte geholt hast.«

»Entschuldige. Guten Morgen, Katja. Ich bin einfach etwas durch den Wind. Meine Schulzeit ist einfach schon zu lange vorbei. Waren wir früher auch so laut und drängelig? Ohne Rücksicht ab durch die Mitte? O Mann, ich will es nicht hoffen. Gestern Nachmittag fand ich es nicht so schlimm. Hast du noch etwas von dem Tee? Ich brauch jetzt was Warmes.«

Frank schälte sich aus seiner Jacke und den Handschuhen und hängte die Sachen an die Garderobe. Als er sich wieder an seinen Schreibtisch setzen wollte, hielt Katja ihm schon seine dampfende Tasse Tee hin. »Hier, du Held. Wärm dich erst einmal auf!«

Sie nahm die neue Schülerakte vom Schreibtisch und blätterte sie langsam durch. Da, danach hatte sie gesucht. Eine Meldung an die Schüler-Unfallkasse von vor zwei Jahren. Sie legte die Kopie aus Lukas' Akte daneben.

»Mir scheint, Frank, wir müssen noch ein paar weitere Besuche machen. Ich habe hier ein paar erstaunliche Unterlagen. Während du deinen Tee trinkst, werde ich mal bei der Unfallkasse anrufen und ein paar Informationen einholen. Mit dem Chef habe ich schon gesprochen. Die Staatsanwältin hat ihr Okay für zusätzliche Ermittlungen gegeben.«

Ein paar Minuten später legte Katja den Hörer auf. »Hier, nimm mal diese beiden Blätter und vergleiche sie. Fällt dir etwas auf?«

Frank nahm ihr die Blätter ab, legte sie vor sich hin und schaute sich beide abwechselnd an. »Erstaunlich. Welches Blatt ist denn die richtige Unfallmeldung?«

»Ehrlich? Das weiß ich nicht. Die Unfallkasse sagt, dieser hier wäre eingereicht worden.« Katja tippte auf das rechte Blatt. Der mit der Maschine ausgefüllte Vordruck aus der Akte von Oskar Kater. Doch was macht die Unfallmeldung mit den handschriftlichen Eintragungen in der Akte von Lukas Kraft?«

7

Auf dem Weg ins Krankenhaus zum Gespräch mit Lukas, fuhren Katja und Frank in der Schulstraße vorbei. Vor dem Haus von Familie Kater stieg Katja aus und klingelte. Eine müde dreinschauende Frau mittleren Alters öffnete ihr und Frank die Tür. Dunkle Schatten lagen unter ihren Augen und ließen sie noch älter ausschauen, als sie vermutlich war. »Ja?«

»Frau Kater?« Die Frau nickte. »Wir sind von der Polizei Badenhausen, Sonderkommission Sozial. Mein Name ist Sollig, mein Kollege Lieme. Dürfen wir kurz hereinkommen? Wir hätten ein paar Fragen zu einem Vorfall von vor zwei Jahren am KGB.«

Frau Kater wurde blass, zitternd ging sie ein Stück zurück und setzte sich auf einen Sessel auf der Deele.

»Entschuldigen Sie. Ich habe seit ein paar Jahren Muskelzittern, wenn ich zu lange stehe. Die Zeit mit dem KGB war einfach zu viel. Kommen Sie bitte herein und setzen Sie sich.«

Katja und Frank traten in die Deele und setzten sich auf das kleine Sofa gegenüber Frau Kater.

An der Wand hing eine Ansammlung von Familienfotos. Hübsch in Holzrahmen, mit lachenden Gesichtern und fröhlichen Szenen in Gärten oder in einer Bergidylle. Mittendrin ein bildhübscher Teenager mit dunklen, kurz rasierten Haaren und dunkelbraunen Augen. Oskar?

»Frau Kater. Wir kommen wegen Ihres Sohnes Oskar. Er hatte vor zwei Jahren einen Unfall und es gibt Ungereimtheiten bei der Meldung an die Unfallkasse.

Kennen Sie diese Unfallmeldung?« Sie reichte Frau Kater das Blatt aus der Akte von Lukas.

Diese warf einen Blick auf die Kopie und gab sie Katja wieder zurück.

»Sicher, das ist die Meldung, die ich damals in der Schule abgeben habe. Komisch, dass es nie eine Rückmeldung der Kasse gegeben hat. Das hätte ich eigentlich erwartet. Bearbeiten Sie den Fall von damals? Kriegt Dr. Dreh endlich die Konsequenzen seines widerlichen Verhaltens zu spüren?«

Mit Tränen in den Augen blickte Frau Kater zu Katja auf.

»Können Sie uns genau sagen, was damals passiert ist, Frau Kater? Ist Ihr Sohn Oskar vielleicht auch da, damit wir ihn kurz zu dem Vorfall damals im Chemieunterricht befragen können?«

Frau Kater lachte zynisch auf, trat auf Katja zu und fing an zu weinen: »Mein Sohn, Frau Sollig? Mein Sohn Oskar? Oskar ist tot. Er hat sich vor einem halben Jahr umgebracht. Nein, die Schule hat ihn umgebracht, diese widerliche Schule und ihre Ausgrenzerei.« Frank trat schnell vor und fing die ohnmächtig gewordene Frau auf.

*

Langsam kam Frau Kater wieder zu sich. Katja begleitete sie zu ihrem Sessel. »Soll ich Ihnen etwas zu trinken holen? Etwas Wasser?« Frau Kater nickte. »Frank, ruf bitte die Rettung an und bring ein Glas Wasser aus der Küche mit.«

»Nein, nein. Der Notarzt ist nicht nötig.« Frau Kater hob abwehrend die Hände. »Ich habe auf der Ablage in der Küche meine Medikamente. Ich habe sie vorhin noch nicht genommen. Es wird gleich wieder besser. Nur der Kreislauf. Es war die letzten Jahre einfach alles zu viel.«

Katja setzte sich ihr gegenüber und reichte ihr die Tablette und das Glas Wasser, das Frank ihr gab.

»Sollen wir jemanden für Sie anrufen? Damit Sie nicht allein sind?«

»Nein, schon in Ordnung. Viktor, mein Mann, kommt gleich wieder. Er holt nur Brötchen vom Bäcker gegenüber.«

»Wollen Sie uns erzählen, was passiert ist? Oder sollen wir an einem anderen Tag wiederkommen? Wir ermitteln gerade in einem Fall, in dem ein Hinweis auf Oskar gegeben wurde, und suchen jetzt nach der Verbindung.«

»Kein Problem, fragen Sie ruhig. Es geht mir schon wieder besser. Mein Blutdruck ist immer so niedrig, doch die Medikamente wirken schon.«

»Frau Kater«, Katja sprach die ältere Frau ruhig an. »Was ist damals passiert, worauf bezieht sich Ihr Unfallbericht?«

Frau Kater räusperte sich vernehmlich. »Ich habe Oskar damals zur Schule gefahren. Er musste allein in den Unterricht, weil die Schulbegleitung gewechselt hat und der neue Betreuer noch nicht angefangen hatte.«

Katja schaute sie aufmunternd an.

»Also, wie gesagt, ich hatte Oskar zur Schule gebracht. Er ist allein zum Chemieraum hochgegangen und ich bin wieder zurück nach Hause gefahren. Oskar war schon etwas spät dran und die Klassenkameraden waren schon alle im Raum. Er ist direkt zu seinem Stammplatz, doch da saß schon einer der Jungs, die ihn gern mal geärgert haben. Und der wollte nicht gehen. Dr. Dreh ...«, Frau Kater sprach den Namen angewidert und voller Verachtung aus.

»Dr. Dreh hat die Aufregung genervt und verlangte von Oskar, sich woanders hinzusetzen. Doch Oskar hat auf seinen Platz beharrt. Und da ist Dr. Dreh wütend geworden. Statt den anderen Jungen vom Platz zu verscheuchen und somit dem Ganzen ein Ende zu machen, hat er Oskar aus dem Raum gewiesen. Doch Oskar wollte nicht. Oskar wollte lernen. Das hat Dr. Dreh dermaßen verärgert, dass er Oskar aus dem Raum zerren wollte. Er hat ihn brutal am Arm gefasst und dabei ist Oskar gestürzt. Er hatte ja noch immer seine Jacke an und den Tornister auf. Statt ihn aufstehen zu lassen, hat Dr. Dreh ihm sein Knie fest auf die Brust gedrückt, um ihn am Aufstehen zu hindern. Ja, dann hat er ihn aus dem Raum gezerrt und die Tür hinter ihm zugeknallt. Oskar konnte nicht mehr rein. Er wusste sich nicht zu helfen.«

»Woher kennen Sie den genauen Ablauf der Vorkommnisse?«

»Das Ganze ist ja vor den Klassenkameraden passiert. Die haben das später bestätigt. Sie wollten Oskar ja helfen, doch Dr. Dreh war ganz rabiat in seinem Vorgehen. Hat die Klasse angeschrien, sie solle sich raushalten.« Frau Kater musste tief Luft holen. Sie presste die Handballen fest aufeinander, um das leichte Zittern zu unterdrücken.

»Und weiter? Was passierte dann?«

»Ja, dann hat Oskar mich angerufen, ich bin wieder

zurückgefahren, habe alles im Sekretariat geklärt und wir sind wieder heim.«

»Was ich noch nicht verstehe«, sagte Katja. »Warum hat Ihr Sohn auf diesem Sitzplatz bestanden? Gab es denn keine anderen freien Plätze?«

»Er hat darauf bestanden, weil er es so kannte. Es war sein gutes Recht, diesen Platz einzufordern. Das war schriftlich fixiert, doch anscheinend wusste Dr. Dreh davon nichts, oder wollte nichts wissen oder was auch immer.« Frau Kater wischte sich erneut die Tränen aus den Augen.

Frank mischte sich ein. »Sie sprachen vorhin schon von einem fehlenden Betreuer und jetzt von dem ihm zustehenden Sitzplatz. Oskar hatte einen Schulbegleiter? Wofür?«, fragte Frank irritiert nach.

»Die Schule hatte darauf bestanden, sonst hätten sie ihn nicht beschult, und auch für Oskar war es wichtig. Er hatte sich leicht ablenken lassen von dem ganzen Lärm in der Klasse und dem ganzen Durcheinander, den ein Schultag so mit sich bringt. Die Begleitung hatte ihn bei der Organisation des Alltags unterstützt. Und sie diente als Schutz vor Überforderung. Nicht nur von Oskar, sondern auch der Lehrer. Die Lehrer, die waren alle informiert, worauf bei Oskar zu achten sei, doch manch einen hat es nicht interessiert.«

»Aber Schulbegleiter? Das kenne ich als Nachteilsausgleich bei behinderten Schülern - um die Chancengleichheit gegenüber Mitschülern ohne Einschränkungen zu gewährleisten. Welche Diagnose hatte Oskar?«

»Oskar ist Autist.« Sie schluchzte leise auf. »Oskar war Autist. Und wissen Sie was? Es gibt Lehrer am KGB, die haben gesagt, so ein behinderter Schüler habe auf dem Gymnasium nichts zu suchen. Der solle gefälligst auf die Sonderschule gehen. Es war so verletzend, so ungemein abweisend.«

»Und Dr. Dreh?«, wollte Katja wissen.

»Dr. Dreh? Der war einer der Schlimmsten. Der hat nicht nur so geredet, der wurde auch gern mal übergriffig. So wie an dem Tag, um den es im Unfallbericht geht.«

»Haben Sie diesen Bericht schon einmal gesehen? Ihre Unterschrift steht darunter.« Katja reichte Frau Kater das Schriftstück.

Die nahm das Blatt entgegen, las sich alles durch und schaute sich die Seite sorgfältig an. »Nein, das ist zwar meine Unterschrift. Aber diese Anzeige kenne ich nicht. Und sie entspricht auch nicht der Wahrheit.«

Wütend klopfte sie mit der Faust auf den Tisch.

Frank hatte sich wieder neben Katja auf das Sofa gesetzt und notierte eifrig in sein Notizbuch. »Frau Kater, hier auf dem anderen Bericht steht, der Lehrer sei gestolpert.«

»Oskar und ich haben damals lange überlegt, was wir in den Bericht schreiben. Oskar wollte nicht lügen und das eintragen, was der Direktor verlangt hat. In der Anzeige, die Sie da in der Hand haben, da steht etwas drin, was gelogen ist. So ähnlich hat der Direktor das damals von uns verlangt, doch wir wollten nicht. ... Wer hat bloß meine Unterschrift gefälscht? Ich verstehe das nicht.«

Frau Kater kramte ein Taschentuch aus der Tasche ihrer Freizeithose und tupfte sich die Tränen ab. Ein unsinniges Unterfangen, denn ihre rotgeränderten Augen tränten weiter und zeigten ihre große Traurigkeit.

»Ihre Unfallanzeige?«, fragte Frank nach. »Wie kam es dazu?«

»Wir mussten ins Krankenhaus, weil Oskar so Schmerzen beim Atmen hatte. Und da haben sie dann die Prellmarken festgestellt. Also blaue Flecken und leichte Schwellungen auf dem Brustkorb. Krankenhausbehandlung sollte ja eigentlich die Krankenkasse bezahlen, doch in dem Fall war die Schülerunfallkasse dran. So die behandelnden Ärzte. Die wollen ja auch ihre Rechnung bezahlt bekommen.«

Sie rang nach Luft und sprach dann weiter: »Na, und dann habe ich die Anzeige ausgefüllt und sie zusammen mit dem Arztbericht in der Schule abgegeben. Es fehlte noch die Unterschrift vom Schulleiter und der Stempel der Schule.« Frau Kater griff nach dem anderen Blatt. »Doch, wenn ich das hier sehe, dann hat ja wohl jemand die Anzeige gefälscht. So eine Schweinerei. Da ärgere ich mich im Nachhinein, dass wir Dr. Dreh damals nicht angezeigt haben.« Wütend klatschte sie den Zettel zurück auf den Tisch.

»Und? Warum haben Sie nicht?«

Frau Kater atmete tief ein und seufzte laut auf.

»Aus Sorge. Aus Sorge, dass man Oskar dann loswerden will. Dass es für ihn noch schwieriger am KGB wird. Ach, hätten wir bloß! Dabei konnte es gar nicht mehr schwieriger werden. Monat für Monat wurde es schlimmer. Bis sie Oskar einfach klammheimlich zwangsausgeschult haben.« Wieder und wieder liefen Frau Kater die Tränen über das Gesicht.

Im Hintergrund öffnete sich die Haustür und Viktor Kater trat ein. Mit einem Seitenblick auf die beiden Beamten und einem Blick auf seine Frau machte er einige große Schritte auf sie zu und nahm sie beschützend in den Arm. »Juliane?«, flüsterte er. Die Brötchentüte baumelte an der Seite herunter.

»Frau Kater, Herr Kater?«, sprach Katja die beiden Eheleute an. »Wir sind soweit mit unseren Fragen durch. Sobald wir weitere Erkenntnisse haben, werden wir noch einmal auf Sie zurückkommen.«

8

Auf dem Weg zu den Mühlenkreiskliniken bog Katja von der Schulstraße auf den Parkplatz des Edeka-Marktes ab. »Frank? Möchtest du auch einen Kaffee und ein Croissant? Der Bäcker hier hat ganz köstliche Sachen zum Mitnehmen. Wir haben noch genug Zeit bis zum Termin mit Lukas und seinen Eltern. Ich brauche jetzt eine Pause. Die Informationen von vorhin muss ich erst mal sacken lassen.«

»Einen großen Milchkaffee und ein Laugenbrezel, bitte.«

»Hier, schau dir mal meine Notizen zu den Akten durch. Mir sind so einige irritierende Dinge aufgefallen, die wir nachprüfen müssen. Und heute Nachmittag können wir die beiden Jungs genauer zu den Unstimmigkeiten befragen.«

Sie gab Frank ihre Mappe, nahm sich ihr Portemonnaie und ging zum Café im Edeka-Markt.

Frank rutschte ein wenig Hin und Her, steckte die Beine aus, bewegte die kalten Zehen und machte es sich auf dem Beifahrersitz bequem. Interessiert begann er, die Unterlagen von Katja durchzublättern. Doch immer wieder schweiften seine Gedanken ab. Er nahm den Kopf hoch und seine Augen blickten ziellos in die Ferne.

Nachteilsausgleiche für Schüler mit Behinderungen? Eine gute Sache. Wenn sie denn auch umgesetzt würden. Wenn alle mitmachen würden. Das schien bei Oskar und Lukas nicht der Fall gewesen zu sein. Dr. Dreh hatte eindeutig nicht mitgemacht. Der hatte die Vorgaben geflissentlich ignoriert. Ob er wohl der Meinung war, Hilfsmittel und Begleiter wären eine besondere Bevorzugung? Ob ihm wohl klar war, dass ein behinderter Schüler ohne diese Hilfen nicht die gleichen Chancen wie seine Mitschüler hat?

Frank fiel wieder diese witzige Karikatur ein, die er vor einiger Zeit während einer Fortbildung gesehen hatte. Sieben Tiere sitzen vor einem Prüfer: ein Vogel, ein Schimpanse, ein Elefant, ein Fisch in einem Glas, ein kleiner Hund ... Und der Prüfer fordert: »Im Sinne einer gerechten Auslese lautet die Prüfungsaufgabe für Sie alle gleich – Klettern Sie auf den Baum.« Keine Frage, wer die Aufgabe problemlos löst. Gerechtigkeit ist wahrlich etwas anderes. Wenn alle die gleichen Ausgangsbedingungen haben, die Aufgaben angepasst, Schreibzeiten verlängert oder andere Hilfen gewährt werden: das ist Fairness, nur so kann Inklusion gelingen. Der Prüfling bekommt eine gleichwertige Aufgabe oder er bekommt Hilfen, zum Beispiel ein Trampolin. Ja, das wäre es doch. Die Trampolinindustrie würde sich freuen. Frank kicherte in sich hinein.

Nicht einmal fünf Minten waren vergangen, da sah Frank Katja aus dem Markt kommen, die Kaffeebecher und die Gebäcktüte auf einem Papptablett balancierend.

Frank öffnete die Fahrertür von innen und nahm ihr das Tablett ab. »Duftet aufmunternd. Wie viel bekommst du von mir?«

»Schon okay, kleine Wiedergutmachung für heute Morgen, weil ich dich zur Schule gescheucht habe.« Katja machte es sich auf ihrem Sitz bequem und biss herzhaft in ihr Croissant. »Echt köstlich. Das habe ich jetzt gebraucht.« Sie nahm den letzten Schluck von ihrem Kaffee und packte den leeren Becher und das Tablett auf die Rückbank. Auch Frank hatte ganz entspannt aufgegessen und ausgetrunken und gab Katja die Reste zum Weglegen.

»Ich bin mit dem Lesen deiner Notizen noch nicht so weit gekommen. Du hast etwas zu der Akte von Dr. Dreh geschrieben. Keine Auffälligkeiten. Oder besser, auffällig, weil es eben nichts Auffälliges in all den Jahren gab. Und bei Lukas die Hinweise auf die Lehrerbriefe mit den Vorgaben und den Nachteilsausgleichen, die die Lehrer zu beachten haben. Ach ja, und die beiden verschiedenen Unfallmeldungen von Oskar. Habe ich noch etwas vergessen?«

»Nein, gut wiedergegeben. Note 1.« Katja schmunzelte Frank zu und piekste mit dem Zeigefinger leicht auf seinen Oberarm. »Schüler Lieme, bitte setzen!« Doch Katja wurde schnell wieder ernst und drehte sich erneut Frank zu. »Wir müssen herausfinden, warum es diese beiden Meldungen gibt und wer die Unterschrift von Frau Kater gefälscht hat. Und warum. Doch lass uns jetzt ganz auf Lukas und seine Eltern konzentrieren. Solange wir nicht wissen, wo die Verbindung liegt, sollten wir beide Fälle getrennt behandeln. Auch, wenn es bei beiden Vorfällen um Dr. Dreh als Auslöser der Verletzungen geht.«

Katja startete den Wagen und fuhr langsam vom Supermarktparkplatz herunter Richtung Mühlenkreiskliniken. Nur einen Kilometer entfernt bog sie in die Parkbucht vor der Kinderklinik am Weserufer ein.

Zur gleichen Zeit fuhr ein knackig blauer Z3 auf den Supermarktparkplatz. Anne Schröder und Paul Janus stiegen aus und gingen auf den Edeka-Markt zu. Er öffnete ihr die Tür, beide gingen zum kleinen Café und setzten sich gegenüber an einen der freien Tische. Paul nahm Annes rechte Hand und seine Augen begannen zu leuchten.

9

Am späten Nachmittag saßen Katja, Frank und ihr Chef mit der Staatsanwältin Magdalena Stein zusammen, um die Ergebnisse des Tages zu besprechen und über das weitere Vorgehen zu beraten.

»Magda, wir müssen den Dreh unbedingt einbestellen. Mittlerweile sind zu viele Dinge aufgetaucht, zu denen er Stellung nehmen muss. Wir haben jetzt schon drei Vorfälle mit Schülern, bei denen Dr. Dreh ausfällig geworden sein soll. Allein die Eltern von Lukas waren die ersten, die Anzeige erstattet haben. Die Eltern von Oskar hatten gehofft, über die Unfallmeldung Dr. Dreh beizukommen. Das müssen wir noch genauer untersuchen, der Fall hat eine eigene Brisanz.« Bernd Neitmann reichte der Staatsanwältin die Akte zum Fall Lukas Kraft, hielt die Akte zu Oskar Kater noch in der Hand.

Magdalena Stein schlug die langen Beine übereinander, nahm die Akte entgegen und schlug sie auf.

»Gut, wie ich sehe, habt Ihr die Befragungen im Fall Kraft schon durchgeführt. Ich werde mir das mitnehmen und dann entscheiden, wie wir vorgehen können. Eine Anklage wegen Misshandlung von Schutzbefohlenen nach § 225 Strafgesetzbuch als Straftat gegen die körperliche Unversehrtheit muss von allen Seiten abgesichert sein. Wir brauchen da eine wasserdichte Beweiskette. Da sehe ich momentan noch Probleme. Doch der Fall Kater lässt mich aufhorchen. Was konnten Sie bisher erfahren, Frau Sollig?«

Bernd Neitmann reichte Frau Stein die zweite Akte

und Katja setzte zur Zusammenfassung der Ereignisse des Tages an.

»Was wir bisher wissen ist, dass Oskar Kater von Dr. Dreh aus dem Chemieraum gezerrt wurde, weil er sich einer Anweisung widersetzt hat. Die Ärzte haben bei Oskar Prellmarken am Brustkorb festgestellt, die durch den von Frau Kater geschilderten Vorfall erklärbar sind. Die Eheleute Kater haben die Unfallmeldung ausgefüllt und in der Schule abgegeben, doch die Meldung ist nie bei der Schülerunfallkasse angekommen. Dort wurde eine Meldung abgeheftet, in der stand, dass Dr. Dreh über den Schüler Oskar Kater gestolpert sei. Prellmarken, also Blutergüsse, hätte es nicht gegeben. Der Arztbericht stünde in keinem Zusammenhang mit dem Stolpern von Dr. Dreh.«

Frau Stein blätterte weiter. »Hier sind also zwei Unfallmeldungen. Eine in der Akte von Oskar Kater, eine über Oskar in der Schulakte von Lukas Kraft. Wissen Sie schon Genaueres darüber, wie diese zweite Meldung in die Akte von Lukas gekommen ist?

Katja nahm sich ihre Notizen. »Nein, die Blätter aus den Akten sind derzeit im Labor. Die vergleichen die Unterschriften. Sie haben von Frau Kater auch schon eine weitere Muster-Unterschrift zum Vergleich angefordert.« Sie klappte die Kladde zu. »Und jetzt zu dem unangenehmen Teil der Befragung der Eheleute Kater von heute Morgen. Der Selbstmord von Oskar.«

Frau Stein schaute missbilligend in Katjas und Franks Richtung. »Wieso waren Sie darüber nicht informiert und konfrontieren die Eltern so völlig ahnungslos mit dem Tod ihres Jungen?«

»Das stimmt«, Katja schluckte. »Das war nicht sehr professionell. Ich hatte vorher keine weiteren Erkundigungen eingezogen. Das war ein schlimmer Fehler. Dafür gibt es auch keine Entschuldigung. Auch, wenn ich alles erwartet hatte, aber nicht den Tod eines so jungen Schülers.« Katja schüttelte den Kopf.

»Wir haben jetzt weiter recherchiert. Die Eltern wollten wir nicht weiter dazu befragen. Oskar hatte eine kleine Hütte im Garten, in der er Experimente machte und sich auch zurückzog, wenn er Ruhe brauchte. Dort hat er giftige Dämpfe eingeatmet, ist bewusstlos geworden und letztendlich erstickt. Sein Vater hat ihn am Abend gefunden, als er ihn zum Essen rufen wollte. Die Untersuchung der Kollegen hat eindeutig auf Selbstmord hingewiesen, die Akten waren geschlossen. Dr. Nathan von der Pathologie in Minden hatte Oskar routinemäßig obduziert und den Leichnam freigegeben. Der Fall hat kein Aufsehen erregt, deshalb war er Frank und mir auch nicht präsent. Trotzdem hätten wir vor dem Besuch der Eltern die Namen durch den Computer laufen lassen müssen.« Katja räusperte sich erneut.

Die Staatsanwältin stand auf und gab Katja die Akte Kater zurück. »Machen Sie noch einen Termin mit den Eheleuten Kater und finden Sie heraus, was damals nach dem Rauswurf aus dem Chemieraum passiert ist. Und ob der Selbstmord Oskars in irgendeiner Verbindung zu den Geschehnissen steht. In seiner Schulakte steht, dass er vor über einem Jahr nicht mehr zur Schule gegangen ist. Wo wurde er beschult? Was war mit der Einhaltung der Schulpflicht? Wenn es nötig ist, solltest du, Bernd, einen Termin mit dem zuständigen Schulrat machen. Ich gebe euch Bescheid, wenn ich wegen Lukas Kraft entschieden habe. Ach, und für meine Entscheidung brauche ich noch die Befragung von Dr. Dreh zu den Vorwürfen der Anzeige, die wir ihm zur Last legen. Einen schönen Abend noch.« Und damit rauschte Frau Stein aus dem Besprechungsraum zum nächsten Termin.

10

Katja und Frank saßen erneut bei den Eheleuten Kater in der Schulstraße. Katja griff zu den Keksen, die vor ihr auf einem Teller lagen.

»Danke, Frau Kater, Orangenplätzchen, meine Lieblingskekse. Kennen Sie meine geheimsten Wünsche?« Sie verzog das Gesicht zu einem strahlenden Lächeln und der Versuch, Frau Kater aufzuheitern, gelang. Sie strahlte zurück.

»Das sind auch meine Lieblingskekse, Frau Sollig. Es gibt sie nur noch so selten in den Geschäften. Mittlerweile nur noch über das Internet. Oder in Hannover beim Hersteller. Eine Freundin von mir wohnt in der Nähe der Keksfabrik und bringt mir immer einige Packungen mit, wenn sie mich besucht.« Frau Kater schnappte sich auch noch einen Keks und biss ebenfalls genüsslich hinein.

»Wir haben noch Fragen zu den Geschehnissen von damals, als Oskar von Dr. Dreh rausgeworfen wurde«, sagte Frank in Richtung von Viktor Kater. »Wo haben Sie den Vorfall gemeldet? Wir konnten bisher außer der Unfallanzeige – oder besser den beiden Anzeigen – keine weiteren Meldungen finden.«

Viktor Kater guckte zu seiner Frau. »Das solltest lieber du sagen, Juliane. Du hast damals mit dem Schulrat telefoniert.«

Frau Kater nickte zustimmend. »Richtig, ich habe Herrn Maron angerufen, um ihm von dem Übergriff zu berichten. Doch er hat mich gar nicht ernst genommen. Er hat mir einfach den Mund verboten. Ich solle still sein und nicht so einen Unsinn verbreiten. Und als Oskar dann häufiger im Unterricht fehlte, weil es ihm gesundheitlich nicht so gut ging, da hat er auch keine Hilfe angeboten. Dann habe ich mich an das Schulministerium gewendet. Die haben interveniert und plötzlich gab es Unterstützung vom Schulrat. Er hat einen Runden Tisch, also so ein Treffen der Lehrer, Therapeuten und des Integrationsdienstes, einberufen und der Schule Vorgaben gemacht, wie Oskar zu helfen wäre.« Sie rieb sich ihre Hände an ihrer Hose und sprach weiter: »Doch leider hat mein Ansprechpartner im Schulministerium nach dem Wechsel der Landesregierung gekündigt. Und dann klappte es auch mit dem Schulrat nicht mehr. Es ging immer weiter bergab. Es gab kein Verständnis für Oskars Autismus und auch keine Besprechungen der Lehrer mehr, um sich mit der Schulbegleitung abzusprechen. Oskar blieb dann zu Hause, weil die Schule sich nicht mehr in der Lage sah, ihn zu beschulen, wenn er so oft fehlte.« Tränen schossen ihr in die Augen.

»Das hat Oskar nicht verkraftet, dieses zu Hause versauern. Ihm haben seine Klassenkameraden gefehlt«, fuhr Herr Kater fort. »Er hatte sich so auf die Stufenfahrt nach Köln gefreut. Seine Schulbegleitung und er hatten schon genau geplant, was sie da alles gemeinsam machen wollten. Doch die Finanzierung der Schulbegleitung wurde einfach vom Jugendamt gestrichen und während des Klageverfahrens konnte Oskar nicht zur Schule. Es war eine schreckliche Zeit. Zu sehen, wie Oskar litt, wie er sich in seinem Zimmer einigelte. Schlimm, ganz schlimm. Er fühlte sich so unverstanden.

Wurde immer einsamer und ging außer zu Arztterminen nicht mehr vom Grundstück. Er hat ja nicht freiwillig die Schule verlassen, das war ja ein schleichender, absichtlicher Rausschmiss. Die wollten ihn einfach loswerden. Doch anstatt das ehrlich zuzugeben, ist das auf diese fiese Tour passiert. Einfach die tolle Schulbegleitung kürzen. Das war schon echt mies.« Aufgeregt griff er nach der Hand seiner Frau und streichelte ihr über den Unterarm.

*

Zurück in der Dienststelle streckte Katja sich ausgiebig, rollte ihre Schultern, drehte den Kopf hin und her und schüttelte die Arme aus. Aufseufzend setzte sie sich auf ihren Platz. »Meine Güte, ich bin so was von verspannt. Langsam wird es besser. Immer dieses Sitzen ist wirklich unangenehm.«

Auch Frank massierte sich seine Schultern und seufzte laut. »Kommst du heute Abend wieder mit mir zum Laufen? Ich brauche etwas Bewegung.«

»Tut mir leid, Jakob kommt heute zu Besuch. Wir wollen mal wieder unseren Spaghetti-Abend genießen.«

»Ah, der Sohnemann. Wie läuft es denn mit dem Studium? Maschinenbau in Lemgo, nicht wahr?«

»Stimmt. Scheint gut zu klappen, er ist bald fertig und will sich dann an seine Doktorarbeit machen. Ich werde mich später wohl noch auf mein Trainingsgerät quälen und mich da ein wenig fit strampeln.

So, lass uns doch mal die bisherigen Ergebnisse vergleichen. Was wissen wir noch Neues über Lukas?«

Katja nahm sich einen Stift und fügte die neuen Informationen auf der Tafel hinzu.

»Also, da haben wir Lukas, der weinend aus der Sporthalle gerannt ist. Er hat bei der Befragung im Krankenhaus erzählt, dass er auf dem Weg nach draußen den Hausmeister getroffen hat.« Katja schrieb ›Paul Janus‹ zu den anderen Namen dazu. »Der hat ihn mit zum Hausmeisterbüro genommen und ihn von dort seine Mutter anrufen lassen. Sie hat Lukas dann aus dem Hausmeisterbüro abgeholt. Ein Klassenkamerad, Metin Aslan, hat Lukas' Schulsachen und seine Straßenkleidung hinterhergebracht. Soviel zu Lukas. Wie steckt Paul Janus in dieser ganzen Geschichte um Dr. Dreh?« Sie unterstrich den Namen des Hausmeisters.

»Wohl eher, wie steckt er in diesen ganzen Vorfällen mit drin. Wie lange ist er schon Hausmeister am KGB? 15 Jahre?« Frank blätterte in seinen Aufzeichnungen und nickte. »Richtig, 15 Jahre. Die Eltern von Lukas, die sind verwandt mit ihm, also die Mutter ist eine entfernte Cousine. Kein Wunder, dass Lukas mit ihm mitgegangen ist.«

»Lies doch mal deine Notizen vor, was bei der Befragung von Lukas und seinen Eltern noch Interessantes gesagt wurde.«

Frank blätterte weiter, tippte mit dem Finger auf die Seiten, runzelte die Stirn.

»Frank? Was ist?« Katja schnippte mit den Fingern und klopfte vor ihm auf den Tisch.

»Erinnere dich doch mal an das, was Lukas' Vater über Oskar gesagt hat. Die ganze Schule soll Bescheid gewusst haben, dass Dr. Dreh Oskar gerne mal gepiesackt hat. Und nicht nur Oskar oder Lukas, sondern auch ein Kind, das gestottert hat. Es hat sich aber nie einer getraut, Dr. Dreh anzuzeigen. Alle haben still erduldet. Lukas' Eltern wollten das nicht mehr hinnehmen. Vielleicht wussten sie auch von Paul Janus noch mehr, doch das kann ich nur vermuten. Erstaunlich ist nur, dass die Schulleitung von nichts gewusst haben will.«

Katja nahm ihren Stift und schrieb ›Linke‹ und ›Maron‹ zu den anderen Namen dazu. »Was hast du zu den Schul-Leitlinien aufgeschrieben?«

»Stimmt, Katja. Das dürfen wir nicht vergessen. Das KGB ist eine Inklusionsschule mit Vorbildfunktion. Seit zwei Jahren haben sie eine Auszeichnung des Schulministeriums. Vor dem Eingang hängt eine spezielle Plakette.«

»Da hätten die das mit Oskar sicher nicht gebrauchen können. War das mit der Bewerbung als ›Vorbildliche Inklusionsschule‹ nicht zur gleichen Zeit, als Oskar ausgeschult wurde?«

»Gib mir mal den Laptop. Ich schaue mal gerade auf der Seite des Schulministeriums nach, die haben da eine Tabelle, soweit ich mich erinnern kann.« Frank tippte ein paar Buchstabenfolgen ein. »Ja! Hier steht es. Die Bewerbung lief ein Jahr. Beginn schon bevor das mit Oskars Verletzung war, die feierliche Überreichung der Plakette zwei Monate nach seinem Schulausschluss.«

Katja notierte ›Inklusionsschule‹.

»Wir müssen unbedingt mit Herrn Linke sprechen. Wegen Oskar. Da ist irgendetwas faul. Mach du bitte einen Termin, ich rufe derweil Frau Kater an und befrage sie noch mal wegen der Unfallanzeige.«

11

Dr. Dreh rutschte nervös auf seinem Stuhl herum, während er auf das Ermittlerteam wartete. Nun saß er hier schon fünf Minuten und noch immer war keiner da. Als ob er ewig Zeit hätte. Sein Unterricht wartete auf ihn. Sigmar war schon verärgert genug, dass er hierhin zitiert worden war. Die hatten Sigmar nicht gefragt, sondern gleich im Sekretariat den Termin hinterlassen. Was die sich wohl einbilden? Gut, dass Sigmar nicht sauer auf ihn war. Er hatte ja nichts gemacht, was man ihm vorwerfen konnte. Meine Güte, dieser Tollpatsch. Zu blöd, einen Medizinball zu fangen. Selber schuld, wenn er sich verletzt. Dieser ganze Aufwand wegen so einem dummen Schüler. Und ihn dann auch noch anzeigen. Die spinnen, die Eltern heutzutage. Wenn ihre kleinen Lieblinge einen Kratzer abkriegen, rennen sie gleich los und machen einen Aufstand. Eine Anzeige! Sogar Sigmar hat gesagt, die kommen damit nicht durch.

*

»Dr. Dreh, guten Tag.« Katja kam durch die Tür des Vernehmungsraumes, gefolgt von Frank. »Wir haben noch ein paar ungeklärte Fragen an Sie. Würden Sie bitte hier vorne Platz nehmen?« Katja zeigte auf den einzelnen Platz auf der anderen Seite des Tisches. »So, dann lassen Sie uns anfangen. Frank, läuft das Aufnahmegerät? Okay.« Sie nickte Frank zu und begann mit der Befragung. »Anzeige der Eheleute Claudia und Karsten Kraft gegen Dr. Dietmar Dreh, Lehrer am Kamp-Gymnasium Badenhausen wegen eines tätlichen Übergriffes gegen den Schüler Lukas Kraft. Befragung von Dr. Dietmar Dreh zu den Vorkommnissen. Herr Dreh, bitte schildern Sie, was am Montag in der Sportstunde geschehen ist.«

»Da ist doch nichts geschehen. Wir haben am Ende der Stunde alles weggeräumt. Der Junge sollte den Medizinball wegbringen. Ich habe ihm den Ball zugeworfen. Er hat ihn nicht gefangen, ist umgekippt und dann einfach abgehauen. Seit dem Tag habe ich ihn nicht mehr gesehen und nichts von ihm gehört. Erst als Sie in die Schule gekommen sind und mir von der Anzeige erzählt haben. So ein Aufstand wegen nichts.« Leise murmelte Dr. Dreh diesen letzten Satz vor sich hin.

Katja nahm ein Foto aus den Unterlagen und hielt es Dr. Dreh hin. »Schauen Sie mal hier. Sieht das nach einem unnötigen Aufstand aus?«

Das Foto zeigte Lukas mit einer zugepflasterten Nase, geschwollenen Wangenknochen und blauen Flecken über das ganze Gesicht. Seine Augen blickten trübe durch die geflickte Brille in die Kamera.

»Da hab' ich nichts mit zu tun. Der hat einfach nicht gefangen oder ist wenigstens ausgewichen. Ist doch ein Kinderspiel.« Seine Stimme überschlug sich, so viel Wut hörte man aus ihr heraus.

Frank blickte zu Katja, die stumm nickte, und nahm einige Blätter in die Hand, um sie vor Dr. Dreh hinzulegen. »Kennen Sie diesen Brief der Eltern, Herr Dreh?«

Dietmar Dreh nahm die drei Seiten in die Hand, guckte flüchtig drauf und gab sie Katja zurück. »Nein, nie gesehen.«

»Also, hier steht: ›Sehr geehrte Lehrerinnen, sehr

geehrte Lehrer ‹«, las Katja laut vor. »›Sie kennen sicher schon unseren jährlichen Lehrerbrief, in dem wir Sie über unseren Sohn Lukas Kraft und seine Besonderheiten informieren.‹ Und weiter: ›Lukas hat eine schwerwiegende Sehbehinderung, die allein durch seine Brille nicht ausgeglichen werden kann. Somit ist es ihm erlaubt, vorne beim Lehrer zu sitzen, seine Aufgaben an einem Tablet zu erledigen und die Tafelbilder darauf abzuspeichern. Bitte beachten Sie, dass Lukas Sie nicht genau sehen kann und es deshalb wichtig ist, dass Sie ihn direkt ansprechen, um seine Aufmerksamkeit zu bekommen. Weiterhin stehen ihm folgende Nachteilsausgleiche zu …‹ Und so weiter … Und, Dr. Dreh? Können Sie sich an diese Ausführungen erinnern?«

Dr. Dreh zuckte mit den Schultern. »Nie gehört. Woher auch?«

»Tja, laut Frau Kraft hat Sie diesen Brief wie jedes Jahr allen Lehren zur Verfügung gestellt.«

Dr. Dreh schüttelte energisch den Kopf. »Nein und nochmals nein, ich kenne diesen Brief nicht. Ich habe ihn nicht bekommen.«

Katja blätterte durch die Akte und zog ein weiteres Blatt hervor. »Hier. Frau Kraft hat die Liste aufbewahrt. Sehen Sie? Da steht Empfangsbestätigung der eMail und Ihre eMail-Adresse, das Datum und die Zeit. Sie haben den Brief also bekommen.«

»Bekommen, bekommen. Wer liest denn jeden Kram, den er per eMail kriegt? Das hab ich sicher sofort gelöscht.«

»Und die Klassenakte im Lehrerzimmer? Haben Sie da mal reingeguckt? Da ist der jährliche Lehrerbrief von

Familie Kraft ebenfalls abgelegt.« Katja wurde langsam ungeduldig.

»Kann ich nicht sagen. Ich habe so viele Schüler, das kann ich mir nicht alles merken.« Dr. Dreh rieb sich die schwitzigen Hände an seiner Hose ab und schaute angestrengt an Katja vorbei zu ihrem Kollegen hin. Doch Frank machte keine Anstalten, irgendwie Mitleid zu zeigen. Dr. Dreh richtete den Blick wieder nach unten auf den Tisch.

»Dr. Dreh, Sie sagen damit, dass Ihnen die Besonderheiten Ihres Schülers Lukas Kraft nicht bekannt waren?«

»Gut, wenn Sie das so sagen wollen.« Dr. Dreh guckte wieder auf. »Mir ist es völlig neu, dass der Junge ein Blindfisch ist.« Leicht verächtlich blitzte er Katja an: »Was hat der denn hier auf der Schule zu suchen? Sie sehen doch, dass der Junge hier nicht richtig ist.«

»Gut, Dr. Dreh. Dann zu Maik Schumann und Metin Aslan.« Katja wandte sich an Frank. »Frank, reich mir doch bitte mal die Besprechungsakte.«

Sie nahm die Unterlagen entgegen und klappte den Aktendeckel auf. »So, Dr. Dreh. Wir haben hier die Aussagen zweier Jungen aus der Klasse von Lukas Kraft. Die beiden haben berichtet, dass Sie sich einen Spaß gemacht hätten, Lukas zu ärgern. Sie hätten ihm nicht erlaubt, seine Tafelbilder zu fotografieren oder Sie hatten ihm verboten, sein Tablet zu nutzen. Das kann man sich denken, wenn Sie sich nie über Ihren Schüler informiert haben. Doch eine folgenschwere Aussage der beiden Klassenkameraden war eine andere Form des Mobbings. Was ist mit »Hau den Lukas!« Haben Sie schon davon gehört?«

Dr. Dreh starrte genervt in die Luft. Er konnte sich kaum noch beherrschen.

»Meine Güte, diese ganzen Schülerspielereien. Das gehört doch dazu. Das ist doch das Alter. Das wächst sich aus. Was machen Sie jetzt so einen Umstand davon?

»Was ist denn da vorgefallen?«

»Ach, so ein bisschen jugendliche Schubserei, doch nichts Schlimmes.«

»Warum haben Sie nicht eingegriffen?«

»Eingreifen? Warum das denn? Jungs sind nun mal so drauf. Die müssen sich mal austesten dürfen, ihren Platz finden.«

»Austesten, Herr Dreh?« Frank mischte sich ein und konnte seinen Ärger kaum unterdrücken. »Ein Austesten mit einigen blauen Flecken bei Lukas, weil er sich nicht wehren konnte? Weil er seine Angreifer nicht richtig sehen konnte? Sie schützen einen behinderten Schüler nicht, wenn er in so einer ausweglosen Situation ist?«

»Ich wusste das doch nicht. Was soll das denn? Langsam reicht es mir. Ich möchte einen Anwalt sprechen. Sie stellen mir hier Fragen über Fragen. Ich weigere mich, noch etwas zu sagen.«

»Gut, Dr. Dreh. Nächstes Mal mit Anwalt. In zwei Stunden sprechen wir uns hier wieder. Sie haben zwischenzeitlich die Möglichkeit, Ihren Anwalt zu konsultieren. Ein Telefon steht vorm Vernehmungsraum.« Katja klappte die Akten zu und legte sie zur Seite.

*

Als Dr. Dreh wütend aus dem Raum stapfte, um seinen Anruf zu erledigen, packte Katja die Unterlagen zusammen und ging mit Frank in ihr Büro.

»Puh, anstrengend. Jetzt mache ich mir erst einmal einen Tee.« Sie nahm ihre Schaumzuckertüte und reichte sie Frank. »Möchtest du auch eine weiße Maus?«

Frank verzog angewidert das Gesicht und schüttelte den Kopf. »Nee, danke. Weißt du doch, die sind mir zu süß.«

Mit prüfendem Blick holte Katja die Ingwertee-Beutel aus der Dose. Schon wieder fast leer. Eine Aufgabe für den nächsten Einkauf. Schaumzuckermäuse und Ingwertee, schnell notiert. Katja steckte ihren Zettel wieder in die Tasche und wartete auf das kochende Wasser. Endlich klackte der Wasserkocher. Kurz abwarten, abkühlen lassen und dann aufgießen. Sie lehnte sich mit dem Rücken bequem an die Arbeitsplatte, zog die Stirn in Falten und guckte nachdenklich zu Frank. »Wieso kommt so ein Lehrer jahrelang mit dieser schülerfeindlichen Einstellung durch? Ich begreife das nicht. Gibt es da keine Überprüfungen, Fortbildungen, Kontrollen irgendwelcher Art, was weiß ich? Wir müssen beim Chef nachfragen, was sein Gespräch mit dem Schulrat gebracht hat. Der muss doch etwas gewusst haben, oder was denkst du?« Katja nahm die Beutel aus ihrer Tasse und warf sie in den Komposteimer.

»Hm, das habe ich mich auch schon gefragt. Ich hätte erwartet, dass Eltern sich bei solchen Fällen an die Schulaufsicht wenden. Oder vorher natürlich an die Schulleitung. Die ist ja immer der erste Ansprechpartner. Wir sollten auch noch einmal mit Herrn Linke sprechen. Wegen Oskar natürlich und auch wegen dieser »Hau-den-Lukas«-Geschichten.« Frank nahm sich eine Tasse Kaffee aus der Kapselmaschine und setzte sich damit an seinen Platz. »Wir sollten das Ganze noch einmal Stück für Stück aufarbeiten. Mir scheint, da ist irgendetwas im Hintergrund, was wir noch nicht sehen. Oder irgendeiner, der den ›Dreher‹ in Schutz nimmt.«

Katja verschluckte sich an ihrem Tee und fing an zu husten. Glucksend und mit Tränen in den Augenwinkeln schaute sie Frank an. »»Der Dreher‹, das ist so was von schräg. Der Typ ist aber wirklich geplagt mit seinem Spitznamen, sollte man meinen.« Wenn er nur nicht so ein Fiesling wäre.« Es klopfte an der Tür.

12

Ein großer, elegant gekleideter Mann trat ein. Schick mit dunkelgrauem Anzug und perfekt passender Krawatte. Er trug eine schwarze Leder-Aktentasche bei sich, holte einen Ausweis aus der Innentasche seiner Jacke. »Frau Sollig?«, fragte er mit Blick auf Katja. Sie nickte. »Anwaltskanzlei Vandrey und Partner. Rüdiger Vandrey. Ich möchte zu meinem Mandanten Dr. Dietmar Dreh.«

Katja studierte den Ausweis und gab ihn dem Anwalt zurück. »Einen Moment bitte, ich sage den Kollegen Bescheid. Sie werden Sie zum Vernehmungsraum bringen.« Sie ging zum Telefon und informierte die Zentrale. »Es kommt sofort jemand. Ah, da vorne, er kommt schon. In einer Stunde geht die Befragung weiter. Bitte sagen Sie Ihrem Mandanten Bescheid.«

Der Anwalt nickte Katja und Frank zu, drehte sich um, ging aus der Tür und folgte dem Kollegen zum Vernehmungsraum.

»Wir sollten noch ein paar Sachen besprechen, bevor es weitergeht, Frank. Ich kenne die Kanzlei, die gehören zu den Besten im Strafrecht. Erstaunlich, dass Dr. Dreh solche Kontakte hat.«

»Nun, er scheint ja mittlerweile davon auszugehen, dass er angeklagt wird. Dabei haben wir noch nicht einmal alle Punkte besprochen. Schlechtes Gewissen wegen früherer Vorfälle, was meinst du?« Frank schaute seine Kollegin fragend an.

»Was ich glaube? Ich glaube, da ist eine ganz fiese Verschleierung im Hintergrund. Irgendwer deckt das, was Dr. Dreh angestellt hat. Und die Eltern trauen sich nicht, etwas zu sagen, weil sie Angst haben, ihre Kinder würden noch mehr Probleme kriegen. Und weil nicht sein kann, was nicht sein darf. Weil Lehrer keine Schüler quälen.«

Katja zog angewidert die Schultern hoch.

*

Auf dem Weg zum Vernehmungsraum ging Katja bei Bernd Neitmann vorbei, klopfte kurz an seine Tür und trat ein. »Guten Tag, Chef. Lieme und ich sind auf dem Weg zur weiteren Vernehmung von Dr. Dreh. Sein Anwalt ist auch anwesend. Haben Sie schon eine Antwort von der Staatsanwältin?

»Guten Tag, Frau Sollig.« Bernd Neitmann guckte von seinem Schreibtisch auf. »Ist gerade hereingekommen. Die Anklage steht. Er wird wegen der Fälle Lukas Kraft und Oskar Kater wegen Misshandlung Schutzbefohlener angeklagt. Die Ungereimtheiten bei Oskar Kater waren ausschlaggebend. Gute Arbeit, Frau Sollig, richten Sie das auch Lieme aus. Ein Glück, dass Herr Dreh jetzt seinen Anwalt dabei hat. Ohne rechtlichen Beistand ginge es jetzt gar nicht mehr.«

»Danke, Chef. Wir befragen ihn jetzt wegen Oskar Kater. Mal hören, was er zu den unterschiedlichen Unfallmeldungen zu sagen hat.« Sie nahm die Kopie der Anklage, steckte sie in die Akte – und machte sich auf zur Befragung zweiter Teil.

Frank öffnete ihr die Tür zum Vernehmungsraum, formte mit den Lippen ein lautloses: »Auf geht's«, und schloss die Tür wieder hinter ihr.

»Meine Herren, wir möchten mit Ihnen über Oskar Kater sprechen.«

13

Der Schulrat für das Kamp-Gymnasium Badenhausen lehnte sich erleichtert in seinen Bürostuhl zurück. Gerade hatte er an seinem Arbeitsplatz im Verwaltungsgebäude der Bezirksregierung ein Telefongespräch beenden können. So ein Krimineller hatte ihn angerufen. Wollte was wegen einer Geschichte mit dem Dreh wissen. Diesem Idioten. Der Typ kann sich einfach nicht beherrschen. Lange können wir den nicht mehr schützen. Wird Zeit, dass wir den langsam in den Ruhestand schicken. Der macht nur noch Ärger. Und versaut uns den Ruf. Wenn das rauskommt, dann sieht es schlecht für mich aus. Doch das kommt nicht raus. Diese Kriminalen, die wissen doch gar nichts, die kratzen doch nur ein bisschen an der Oberfläche. Also, ich lasse mich da auf nichts ein. Mir kann keiner was beweisen. Ein Griff zum Telefon. »Hier Maron, geben Sie mir mal Direktor Linke, Frau Schröder. Sofort! Sigmar? Hör zu!«...

*

Der Tag war schlauchend gewesen. Katja freute sich schon auf ihr Zuhause. So vieles ging ihr durch den Kopf. Sie würde nie verstehen, dass manche Pädagogen so eine abwertende Haltung zu behinderten Schülern haben. Und das in den Zeiten der Inklusion. Dr. Dreh hatte sich gedreht und gewendet, doch zu Oskars Andersartigkeit hatte er nur geringschätzige Worte übrig. Traurig und beschämend für das Schulsystem.

Statt den direkten Weg nach Hause rechts über den Krückeberg zu nehmen, fuhr Katja weiter geradeaus, durch die Todeskurve und durchs Wiesental. Nach ein paar Kilometern bog sie rechts in einen Waldweg ab und parkte ihren Toyota vor der Mauer des örtlichen Friedhofes von Langenholzhausen.

Das alte rostige Tor quietschte hingebungsvoll, nicht gerade passend zu der Stille dieses besonderen Ortes. Doch für Katja gehörte das Quietschen des Tores einfach dazu. Sie liebte diese Treffen an diesem ruhigen, romantischen Ort. Sie hatten ihn sich gemeinsam ausgesucht. Jan und sie. Schon früher hatten sie sich hier getroffen und die wunderschöne Aussicht genossen. So schöne alte Bäume und viele Plätze zum Innehalten und einfach nur Sitzen und Entspannen. »Ich komme, Jan«, dachte sie. »Hörst du mich?« Wann immer sie über einen Fall in Ruhe nachgrübeln wollte, traf sie Jan hier. Der Austausch tat ihr gut.

»Du wirst es kaum glauben. Der Dreh hat die ganze Zeit behauptet, er wäre über Oskar gestürzt. Er ging kein Quäntchen davon weg. Die Aussagen von Familie Kater wären eine Lüge, ausgedacht. Der Beweis sei doch die Meldung bei der Unfallkasse. Frank und ich kamen nicht an ihn ran. Sein Rechtsanwalt hinderte ihn die meiste Zeit am Reden. Vielleicht auch besser so, wenn man seine sonstigen abfälligen Kommentare bedenkt. Was meinst du, werden wir ihn festnageln können? Dreh und Linke, die haben sich abgesprochen. Wir müssen das nur noch beweisen. Doch das werden wir, bestimmt. Nicht wahr, Jan?« Sie setzte sich auf die Bank vor sein Grab. Jan Sollig. Geliebter Ehemann und Vater. Geboren 1967, gestorben 2012.

Jan. Er fehlte ihr so. Nun war er schon zwei Jahre tot,

doch für Katja war er noch immer gegenwärtig. Wenn auch nicht körperlich, so doch mit seinen Ideen, seinen Gedanken, seiner sozialen Einstellung und seinem Einsatz für die, die schwächer sind, die sich nicht alleine wehren konnten.

Sie hatte Jan auf einer Fortbildung zum Thema »Soziale Kompetenzen« kennengelernt. Er war der Dozent und sie die junge Polizeischülerin. Einige Monate später heirateten sie. Während er seine Karriereleiter in der Staatskanzlei hinaufkletterte, verfolgte sie ihren Berufsweg als Polizeibeamtin mit einer Sonderausbildung in Sozialrecht und Verwaltungsvorschriften. Die Soko Sozial. Eine Sondereinheit, die Jan für die Landespolizei und ihre Regionalbehörden mit initiiert hatte.

»Mama?«

Katja drehte sich erschrocken um.

»Jakob! Wo kommst du denn her?« Sie stand auf, nahm ihren Sohn in den Arm und blickte zu ihm auf. Dunkelbraune Augen mit grünen Sprenkeln strahlten sie an. Diesen hübschen jungen Mann hatten Jan und sie wirklich gut hinbekommen.

»Och, ich habe deinen Wagen von der Straße aus gesehen. Da dachte ich mir schon, dass du zum Zwiegespräch mit Papa hier bist. Hat es was gebracht?« Verschmitzt schaute Jakob auf sie herunter, Katja konnte sich ein Grinsen nicht verkneifen.

»Ach, Jakob. Gedanken sammeln bringt doch immer etwas. Manchmal muss man einfach einen anderen Ort zum Nachdenken aufsuchen. Aber was erzähl ich dir das. Komm, lass uns gehen. Ich habe für das Essen zu Hause schon alles im Wagen.«

Sie richtete ihren Blick wieder auf das Grab. »Bis bald, Jan.« Katja hakte sich bei ihrem Sohn ein und schlenderte mit ihm Richtung Parkplatz.

14

Die Sonne schien direkt auf die edle Chromausstattung seines überdimensionierten Schreibtisches und blendete unangenehm seine Augen. Sigmar Linke knallte den Hörer zurück auf die Gabel, rollte wütend seinen Stuhl zurück und veränderte den Winkel des Lamellenvorhangs. Da sitzt man schon mit dem Rücken zum Fenster und trotzdem blendet dieses blöde Licht. Durchatmen, nicht weiter aufregen. Genau nachdenken, was jetzt zu tun ist. Karl, typisch, der zieht sich jetzt aus der Affäre und lässt mich mit Dietmars Starrsinn allein. Ich soll ihn auflaufen lassen, ihn tadeln und die Unterstützung der Schule entziehen. Hoffentlich ist es damit getan. Okay, Dietmar hat den Mist gebaut, soll er auch dafür geradestehen. Ich lasse mich nicht reinziehen. Karl schickt die vorläufige Suspendierung für Dietmar per Boten vorbei. Und ich sitze hier wieder und weiß nicht, woher ich einen Lehrer für die Vertretung hernehmen soll. Ist ja klar, Karl reibt sich die Hände und ich darf es ausbaden.

Es klopfte an der Tür. »Ja?«

Frau Schröder schob die Tür vorsichtig auf. »Herr Linke? Ich hab hier Herrn Lieme von der Polizei Badenhausen am Apparat. Ihr Telefon funktioniert nicht, ich kann ihn nicht verbinden.«

Linke blickte zum Apparat und schob den Hörer richtig auf seinen Platz. »Nun verbinden Sie schon. Jetzt muss es gehen.« Das Telefon klingelte und Linke nahm ab.

*

Kurze Zeit später nahm Sigmar Linke im Vernehmungsraum Platz.

»Sie reißen mich so einfach aus dem Schultag raus und zitieren mich hierhin. Warum? Das mit Dr. Dreh ist schon geklärt. Ich habe mit dem Schulrat telefoniert. Gegen Dr. Dreh läuft ein Disziplinarverfahren. Was wollen Sie denn noch?« Sigmar Linke knallte mit der Faust auf den Vernehmungstisch und versuchte verzweifelt, seinem Ärger Herr zu werden.

»Herr Linke«, sprach Katja den aufgebrachten Schuldirektor an. Hier geht es gar nicht um Dr. Dreh. Wir haben ein paar Fragen an Sie.«

»An mich? Was habe ich denn mit der ganzen Sache zu tun? Ich habe dem kleinen Kraft doch nichts getan. Dr. Dreh wird beurlaubt, den Rest erledigt die Dienstaufsicht bei der Bezirksregierung. Ich bin da raus.« Linke schnappte aufgeregt nach Luft.

»Frank, reich mir doch mal bitte die Unfallanzeigen.« Sie legte beide Blätter vor Linke hin. »Fällt Ihnen dazu etwas ein?«

Linke schob die Blätter zurück, ohne draufgeguckt zu haben. »Was werfen Sie mir denn vor? Warum bin ich hier?«

Frank schob die Blätter wieder zurück. »Herr Linke, bitte schauen Sie sich diese beiden Anzeigen an. Wir möchten wissen, welche die Kopie des Originals ist.«

Linke tippte auf das maschinengeschriebene Blatt. »Die hier, sehen Sie doch, ist doch der Schulstempel und meine Unterschrift drauf.« Erneut schob Linke die Blätter kaum beachtet von sich weg.

»Sie sollen sich die Unfallanzeigen schon ein bisschen genauer anschauen.«

Linke suchte in seiner Jackentasche und zog eine kleine Lesebrille hervor. »Okay, okay, geben Sie her.« Er schaute auf die Blätter und wurde blass. »Wo haben sie das denn her? Dieses alte Zeugs. Was hat das denn mit Lukas Kraft zu tun?«

»Ganz einfach«, mischte Katja sich ein. »Dieses alte Zeugs, wie Sie es nennen, hat mit Dr. Dreh zu tun. Und mit der wundersamen Veränderung einer Unfallanzeige. Wie erklären Sie sich, dass für einen Vorfall zwei Unfallanzeigen existieren?«

*

Das Abschlussgespräch zwischen der Sonderkommission und der Staatsanwaltschaft ließ sich gut an. Katja saß gemeinsam mit Frank und Bernd Neitmann im Büro der Staatsanwältin Magdalena Stein und stellte die Ergebnisse ihrer Ermittlungsarbeit vor. »Also, wir haben zuerst Dr. Dreh und den Fall Lukas Kraft«, begann sie mit ihrer Zusammenfassung. »Dr. Dreh hat vollumfänglich die ihm vorgeworfenen Taten zugegeben. Er hat Lukas den Ball absichtlich zugeworfen. Für ihn war das eine normale Vorgehensweise. Von Lukas' Behinderung will er nichts gewusst haben. Einen Gegenbeweis konnten wir da nicht erbringen. Nur die Lehrerbriefe der Eltern, die Dr. Dreh wohl nicht ernst genommen oder besser gar nicht erst gelesen hat. Von Nachteil für ihn ist jedoch diese »Hau-den-Lukas«-Geschichte. Er ist nicht eingeschritten. Er hat das Mobbing nicht unterbunden, was eindeutig gegen die Landes-Schulgesetze spricht. Genau genommen hat er sich an dem Mobbing sogar noch beteiligt. Für Frank und mich fiel die Ausdrucksweise Dr. Drehs während der Befragungen auf. Sehr verächtlich und gegenüber manchen Schülern ausgrenzend. Festgemacht haben wir die Beweislage an den Aussagen der beiden Schüler aus Lukas' Klasse. Der Schriftsatz liegt Ihnen vor, Frau Stein. Frank übernimmst du bitte die Zusammenfassung zum Fall Oskar Kraft?« Katja überreichte Frank den Zeigestock und die Fernbedienung für den Beamer.

»Danke, Katja.« Frank nickte Katja zu.

»Gut«, begann Frank und nahm sich seine Aufzeichnungen. Er unterstrich die Namen Dreh, Linke und Maron an der Tafel.

»Wir haben herausgefunden, dass zwischen diesen Dreien eine Allianz bestand. Der Schulrat hatte sich lange Zeit herausgehalten und die Vorgabe erlassen, Stillschweigen zu bewahren. Einzige Direktive war, nichts nach draußen zu lassen und den Standard der Inklusionsschule zu halten. Somit mussten auffällige Schüler, vielleicht sogar von aufmüpfigen Eltern, gehen. Irgendwie. So wie in unserem Fall Oskar. Dr. Dreh war erwiesenermaßen ihm gegenüber übergriffig. Die Umstände sind Ihnen bekannt?« Frank blickte zu Magda Stein und zu seinem Chef. Beide nickten.

»Dann geschah das, was uns überhaupt erst darauf gebracht hat, dass die Fälle Lukas Kraft und Oskar Kater zusammengehören. Dass sie eine Gemeinsamkeit haben. Dr. Dreh.« Frank klickte weiter. An der Tafel erschienen die beiden unterschiedlichen Unfallmeldungen. Eine nur mit der Unterschrift von Frau Kater und eine mit dieser Unterschrift und dem Schulstempel und zusätzlich der Unterschrift des Schulleiters Linke. Frank erläuterte die Unterschiede und fuhr fort: »Katja hat alle drei Versionen zur kriminaltechnischen Untersuchung gegeben. Das Original der Unfallkasse, die Kopie der Schule und die Kopie, die in Lukas' Akte aufgetaucht ist. Und dabei ist aufgefallen, dass von den drei Blättern nur eines das Original und keine Durchschrift war.« Er blickte in die Runde und schaute erneut die Staatsanwältin an.

*

Magdalena Stein, die es sich auf einem der Hocker bequem gemacht hatte, wippte mit den Beinen. »Aha, Herr Lieme. Ich habe es kapiert. Sie meinen also, die Unfallkasse hat nur eine Kopie gehabt, die Schule hatte auch nur eine Kopie. Beide die mit der Aussage, der Lehrer wäre gestolpert. Und das dritte Blatt, mit der Beschreibung des Übergriffs, ist das Original, nur ohne Schulstempel und Schulleiterunterschrift. Haben Sie die Durchschrift von Frau Kater erhalten?«

»Stimmt, Frau Stein. Deshalb sind wir diesem Trick auch auf die Schliche gekommen. Wir haben jetzt die Möglichkeit, Sigmar Linke seinen Betrug zu beweisen. Wer auch immer dieses Blatt ...«, Frank zeigte auf das Original, »... also, wer das Blatt in Lukas' Schülerakte gesteckt hat, hat uns einen großen Gefallen getan. Uns wären diese Machenschaften sonst nie aufgefallen. Frau Stein, was benötigen Sie noch für Ihre Beweisführung?«

Frau Stein fasste zusammen: »Wir haben also zum einen die Anklage gegen Dr. Dreh. Dann Ermittlungen gegen den Schulleiter Sigmar Linke wegen Falschaussage und gegen den Schulrat Herrn Maron, der seinen Aufgaben und seiner Fürsorgepflicht gegenüber den

Schülern und deren Eltern nicht nachgekommen zu sein scheint. Ich werde mich in den nächsten Tagen intensiver mit den rechtlichen Grundlagen aufgrund Ihrer Ermittlungen auseinandersetzten und alles dem Richter vorlegen.«

Magdalena Stein glitt vorsichtig von dem Hocker herunter, nahm sich ihre Unterlagen und wandte sich an das Team der Soko Sozial.

»Sehr gut gemacht. Ich habe alles, was ich brauche. Geben Sie mir noch den Laborbericht mit. Und machen Sie sich für die Zeugenbefragung bereit. Ich werde Sie beide als Zeugen der Anklage laden.« Sie packte die Unterlagen in ihre Aktenmappe, griff mit einer Hand in ihre blonde Lockenmähne und band sie sich mit der anderen mit einem Haargummi zusammen. Mit einem weiteren Griff zu ihrer Mappe. »Nun, Leute. Dann will ich mich mal an die Anklage machen. Und dem Richter die Untersuchungshaft von Dr. Dreh empfehlen.« Sie ging zu ihrem Schreibtisch, gab auf dem Weg dorthin den drei Kollegen der Sonderkommission die Hand. »Wir sehen uns kurz vorm Gerichtstermin zur letzten Besprechung. Machen Sie bitte mit den Ermittlungen gegen Linke und Maron weiter.«

15

Einige Monate später fuhr Katja in ihrem dunkelgrünen Toyota zum Landgericht in Detmold, Frank neben sich. Die beiden waren als Vertreter der Ermittlungsbehörden zu einem ganz besonderen Verfahren geladen. Dem ersten seiner Art im Regierungsbezirk. Sie fuhr die Paulinenstraße lang und bog in die Heinrich-Drake-Straße ein, um sich einen Parkplatz auf dem Kaiser-Wilhelm-Platz zu suchen. Mit einem Blick auf die Parkgebühren-Tabelle am Eingang seufzte sie auf, verdrehte die Augen und guckte Frank genervt an.

»Meine Güte, Frank, das kann ja wohl nicht wahr sein! So eine große Stadt und so niedrige Parkgebühren – 50 Cent pro Stunde, das gibt es doch nicht. Als ich das letzte Mal in die Nachbarkreisstadt gefahren bin, da wollten die einen Euro für 30 Minuten haben. Da war ich echt froh, dass wir eine Sondergenehmigung zum Parken haben. So viel Kleingeld hatte ich gar nicht mit. Die Parkscheinautomaten da fressen die Münzen ja regelrecht.«

»Lieber zu Hause bleiben, dann klappt es auch mit den Parkgebühren«, konterte Frank schelmisch.

Katja grinste amüsiert zurück, suchte sich einen freien Platz, legte ihren Dienstparkausweis vor die Scheibe und schnappte sich ihren Aktenkoffer. »Dann lass uns mal losgehen. Mal schauen, was der Tag heute bringt.«

*

Die Staatsanwaltschaft, vertreten durch die Staatsanwältin Magdalena Stein, führte die Anklage gegen Dr. Dietmar Dreh aus. Berichtete von seinem Vorgehen gegen den Schüler Lukas Kraft, erwähnte die grobe Behandlung und den tätlichen Übergriff gegen Oskar Kater und wies auch auf die psychischen Folgen bei den Schülern durch diese Vorkommnisse hin. Die Rückschritte bei Lukas, der mittlerweile nicht mehr ohne Assistenz zur Schule gehen konnte und die Verzweiflungstat von Oskar Kater, den die Einsamkeit und die Ausgrenzung und besonders die Zwangsausschulung zum Selbstmord getrieben hatten. Es ging ein laut vernehmliches Aufseufzen durch die Zuhörerreihen. Die Eltern der beiden Schüler, besonders die Eheleute Kater, saßen mit Tränen in den Augen auf ihren Plätzen. Sie waren, ebenso wie Claudia und Karsten Kraft, als Nebenkläger geladen und mussten die Geschehnisse der vergangenen Jahre noch einmal durchleben.

*

Magdalena Stein wandte sich dem Angeklagten zu. »Dr. Dreh, bitte erzählen Sie, wie Sie den Sturz von Oskar Kater erlebt haben. Was ist damals passiert?«

Der Angeklagte Dr. Dreh rutschte nervös auf seinem Stuhl herum. »Das ist schon lange her, doch soweit ich mich erinnern kann, habe ich Oskar aus dem Raum geschickt, damit er seine Jacke endlich draußen hinhängt«, begann er.

»Und dann drehte ich mich um, um zur Tafel zu gehen. Doch da stand er immer noch rum.« Er schüttelte ärgerlich mit dem Kopf und fuhr fort: »Ich habe mich erschrocken und bin über ihn gestürzt. Das war alles. Ein Unfall, sonst nichts.«

»Und haben Sie mit Oskar später noch einmal darüber gesprochen?«

»Nein, obwohl, ich habe mich schon entschuldigt, weil ich ihn übersehen hatte. War nur blöd von ihm, dass er meiner Aufforderung zum Rausgehen nicht gefolgt ist.«

»Und später? Als sie von seinen Verletzungen gehört haben?«

»Verletzungen? Davon weiß ich nichts. Er muss wohl damals von der Schule gegangen sein. Ich habe ihn seitdem nicht mehr gesehen oder von ihm gehört.«

»Das ist auch schwerlich möglich, Dr. Dreh. Oskar ist seit einem Jahr tot.«

Diesmal zeigte Dr. Dreh mehr Gefühl. Er wirkte schockiert und – verwirrt.

Langsam ging die Verhandlung ihrem Höhepunkt entgegen: die Befragung des Zeugen Sigmar Linke.

»Herr Linke«, begann die Staatsanwältin. »Den Nachweis des Übergriffes gegen Lukas Kraft haben wir hier führen können. Sie haben uns dazu die fehlenden, den Angeklagten belastende Informationen geben können.«

Dr. Dreh räusperte sich vernehmlich und reagierte mit einem empörtem: »Du? Du, Sigmar?« Er sank in sich zusammen, schaute enttäuscht auf den Boden.

Magdalena Stein ließ sich nicht beirren und fuhr fort: »Nun kommen wir zu der Unfallanzeige des Oskar Kater. Eingereicht durch das Kamp-Gymnasium Badenhausen, unterschrieben vom Schulleiter. Bitte schauen Sie an die Tafel. Einen Moment.«

Sie öffnete das Programm auf dem Computer und

warf das Foto der Unfallanzeige, die bei der Unfallkasse eingereicht worden war, auf den Riesen-Bildschirm oberhalb des Richtertisches.

»Herr Linke. Ist dies die Anzeige, die Sie an die Schüler-Unfallkasse geschickt haben?« Mit dem Cursor klickte sie den maschinegeschriebenen Bericht an.

»Ja, das ist sie.«

»Hat Frau Kater davon eine Kopie bekommen?«

»Sicher, ich hatte ihr die hintere Durchschrift mitgegeben, für ihre Akten.«

»Kennen Sie diesen Bericht?« Frau Stein tippte auf das Original, das sich in der Akte von Lukas Kraft befunden hatte.

Sigmar Linke schaute nach oben zum Monitor. »Nein, kenne ich nicht«, sagte er. »Ist ja auch handschriftlich. So was geht bei uns nicht raus.«

»Und warum ist die Unterschrift von Frau Kater die Originalunterschrift, keine Kopie?«

»Woher soll ich das wissen? Selbst unterschrieben und behauptet, das wäre richtig. Keine Ahnung.«

»Wieso ist dann das sogenannte Original, das an die Unfallkasse ging, mit einer Durchschrift der Unterschrift von Frau Kater?« Magdalena Stein wurde immer drängender und brachte den Zeugen sichtlich aus der Fassung.

»Ich weiß es doch nicht!« Seine Stimme wurde schrill.

Die Staatsanwältin schickte den Zeugen wieder nach draußen, raus aus dem Zuschauerraum.

»Ich rufe nun die Zeugin Juliane Kater auf.«

*

»Frau Kater«, begann die Staatsanwältin. »Bitte erzählen Sie von dem Tag, an dem Sie die Unfallanzeige in der Schule abgegeben haben. Wie ist das abgelaufen?«

Frau Kater holte tief Luft und begann zu erzählen. Mit fester Stimme sagte sie: »Im Krankenhaus sagten uns die Ärzte, wir bräuchten eine Anzeige bei der Schülerunfallkasse, weil die die Behandlungskosten bezahlen müssten. Ich habe mir dann einen Vordruck von Frau Schröder, der Schulsekretärin, geholt, ihn zu Hause ausgefüllt und wollte ihn in der Schule abgeben. Dann hätte die ihn weitergeleitet. Herr Linke war alleine im Sekretariat, darum habe ich ihm das Blatt gegeben, damit er es in den Kasten für den Schriftverkehr legen konnte.« Sie rieb sich an der Schulter und drückte die Schultern nach unten, um sie zu entspannen.

Dann sprach Frau Kater weiter: »Ja, dann meinte Herr Linke, er wolle das schon fertig machen, dann könne es noch am gleichen Tag mit der Post raus. Er ging in sein Büro, kam nach einiger Zeit wieder heraus und gab mir ein Klemmbrett mit der Anzeige und ein paar Blättern darunter. Dazwischen war dieses blaue Durchschreibpapier, Kohlepapier, richtig? Ich habe dann also unterschrieben und Herr Linke hat mir das unterste Blatt gegeben. Die Kopie mit meinem Text und meiner Unterschrift. Er meinte, er hätte keine Zeit mehr, weil eine Lehrerkonferenz anstünde, darum würde er das mit dem Schulstempel und so später erledigen. Na, dann habe ich meine Kopie eingepackt und bin gegangen.«

»Wissen Sie, ob alle Durchschläge gleich waren?«, hakte die Staatsanwältin nach.

»Nein«, meinte Frau Kater. »Darüber habe ich mir gar keine Gedanken gemacht. Aus welchem Grund auch? Mich hatte nur erstaunt, dass Herr Linke gar nicht auf meine Anzeige geschaut hatte. Er hatte sie mitgenommen in sein Büro und kam dann wegen der Unterschrift mit dem Klemmbrett wieder. Bis heute habe ich von der Unfallkasse nie etwas gehört. Und ich fand das sehr seltsam. So ein Übergriff eines Lehrers auf einen behinderten Schüler – das kann doch nicht wie so ein kleiner Unfall abgerechnet werden. Ich habe das bis heute nicht begriffen, was da mit Oskars Unfallanzeige passiert ist.«

*

Magdalena Stein rief erneut den Schulleiter in den Zeugenstand. Sie zeigte die drei verschiedenen Anzeigen auf dem Monitor und erklärte präzise die Unterschiede zwischen den verschiedenen Kopien und dem Original. Sigmar Linke wurde zusehends nervöser.

»Herr Linke, nun frage ich Sie noch einmal: Wie kommt es zu den unterschiedlichen Anzeigen?«

Sigmar Linke straffte sich, drückte den Rücken durch und sagte sehr überheblich: »Woher soll ich das wissen? Ich kenne diesen Wisch nicht.«

»Gut, Herr Linke. Dann frage ich mich aber: Wieso sind dann Ihre Fingerabdrücke auf dem Blatt mit der Originalunterschrift von Frau Kater? Dem Blatt, das wir nur zufällig in einer Schulakte gefunden haben?«

Die Staatsanwältin knallte dem Zeugen den eingeschweißten Beweis auf den Tisch vor ihm.

»Wie kommen Ihre Fingerabdrücke hier drauf, wenn Sie dieses Blatt doch nie gesehen haben wollen?«

»Das kann doch gar nicht sein, ich hatte doch Handschuhe an. Oder nicht?« Sigmar Linke knickte ein, gab auf. Seine Augen weiteten sich merklich – es war vorbei.

»Das kann nicht sein? Vermutlich schon. Denn beim Gespräch mit Frau Kater hatten Sie keine an.«

»Ich habe aufgepasst, ich habe es nicht angefasst. Nein, nein.«

»Nun, Herr Linke, da haben Sie beim Wegwerfen in den Papierkorb wohl nicht mehr aufgepasst. Sie waren sich einfach zu sicher, dass Ihr Betrug nie auffallen wird.«

Magdalena Stein verzog ihr Gesicht zu einem zynischen Grinsen. »Es ist ein Problem, wenn man sich zu sicher ist und vergisst, dass heutzutage der Papiermüll noch mal überprüft wird, damit keine Fremdstoffe dazwischen sind. Da muss wohl einer Ihrer Mitarbeiter sehr sorgsam und sehr sorgfältig gearbeitet haben. Sie haben gute Leute, Herr Linke. Gehabt.«

Und damit ging die Staatsanwältin zum Richtertisch.

Mit einem Blick zum vorsitzenden Richter sagte sie nur: »Herr Vorsitzender?«

Der bestätigte die stumme Nachfrage und sagte: »In Ordnung.«

»Bitte führen Sie Herrn Linke ab.« Frau Stein nickte zu den beiden Vollzugsbeamten, die den protestierenden Sigmar Linke durch einen Nebeneingang aus dem Gerichtssaal führten.

»Sie haben ja recht«, rief er. »Das war so dumm von mir. Doch was hätte ich denn machen sollen? Meine Schule, der gute Ruf meiner Schule. Ich musste etwas tun. Es ist doch keiner zu Schaden gekommen. Die Kasse hat doch bezahlt.«

Unruhe breitete sich aus. Von irgendwo kam ein Zwischenruf, den niemand unterbinden wollte. »Ihre Schüler! Was ist mit dem guten Ruf Ihrer Schüler, Linke?«

*

In wenigen Stunden sollte das Urteil verkündet werden. Doch noch versammelten sich die gesamte regionale Presse und auch einige überregionale Fernsehsender in den Räumen der Bezirksregierung und der Schulaufsicht in Detmold.

Der Regierungspräsident übernahm das Wort und trat an das Mikrofon.

»Meine Damen und Herren«, sprach er die Pressevertreter an. »Ich danke für Ihr zahlreiches Erscheinen. Die zuständigen Fachbereiche haben Sie heute zu diesem Termin gebeten, um Ihnen den neuesten Stand zum Thema Dr. Dietmar Dreh mitzuteilen. Wie Ihnen sicher bekannt sein wird, ist in wenigen Stunden der letzte Tag der Gerichtsverhandlung mit der Verkündung des Urteils. Vorab möchten wir Sie jedoch schon über die Entscheidungen der Schulaufsicht informieren, die mit mir als oberstem Dienstherrn, die weitere Vorgehensweise abgestimmt haben. Ich übergebe für nähere Informationen an Herrn Meier-Böke. Bitte, Herr Kollege.«

Der Regierungspräsident trat zur Seite und überließ seinen Platz am Mikrofon Herrn Meier-Böke. Dieser räusperte sich vernehmlich, holte einmal ganz tief Luft und fing an zu reden.

»Sehr verehrte Damen und Herren von der Presse. Auch von mir noch einmal einen herzlichen Dank für Ihr zahlreiches Erscheinen. Gleich zu Beginn möchte ich mit der schwersten Aufgabe beginnen. Es fällt mir nicht leicht, denn es ist ein Zeichen für unsere Unfähigkeit in den letzten Monaten, Fehler in unseren Reihen, frühzeitig zu erkennen.«

Ein Raunen der Empörung ging durch die Reihen der Medienleute.

Der oberste Schulrat hob abwehrend die Hände und fuhr fort: »Bitte entschuldigen Sie. Es ist auch für uns eine Situation, mit der wir erst lernen müssen, umzugehen.«

Ein leises Kichern irgendwo im Raum ließ ihn irritiert fortfahren: »Gut, dann will ich mit der für mich und meine Kollegen wichtigsten Information beginnen. Wir möchten unser großes Bedauern für die Vorfälle in der Vergangenheit ausdrücken. Einzelne Vorfälle, ...«. Schon wieder ein Raunen in den Reihen. Herr Meier-Böke fuhr fort: »Einzelfälle, doch genauso bedauerlich, da sie das Leben zweier Schüler und ihrer Familien zerstört haben. Wir möchten uns aus tiefstem Herzen und voller Bedauern für das Verhalten dieses Lehrers und seiner Vorgesetzten bei den Eltern entschuldigen. Das waren Vorkommnisse, die so einfach nicht vorkommen durften. Die völlig den Vorgaben der Schulaufsicht und den Aufgaben der Schulaufsicht widersprechen. Die Aufgaben für Lehrer und für Eltern und für Schüler als Ansprechpartner und Helfer zur Verfügung zu stehen. Was hier passiert ist, straft unsere ganzen Bemühungen ab. Mir ist bewusst, dass es lange Zeit dauern wird, bis wir das Vertrauen zur Schüler- und zur Elternschaft wieder aufbauen können. Doch vorerst noch einmal – direkt an die Eheleute Kater und an Lukas und seine Eltern, die Eheleute Kraft ganz persönlich: Wir bitten Sie um Entschuldigung. Es wird dauern, bis Sie sie annehmen können, damit müssen wir leben. Wir haben schwerwiegende Fehler gemacht. Und auch damit müssen wir leben.«

Herr Meier-Böke atmete noch einmal tief ein und sagte dann: »Und nun zu den ersten Konsequenzen, die wir unabhängig vom Ausgang des heutigen Gerichtsverfahrens getroffen haben. Meine Mitarbeiter werden Ihnen nach Ende dieser Pressekonferenz das Protokoll der Absprachen aushändigen.«

Herr Meier-Böke stellte einen Fuß weiter vor und nahm sich ein Blatt vom Rednerpult, von dem er ablas:

»Ungeachtet des Ausgangs des heute zu Ende gehenden Gerichtsverfahrens möchte ich im Namen der Schulaufsicht folgende Entscheidungen verkünden: Der seit Beginn des Klageverfahrens vorläufig suspendierte Dr. Dietmar Dreh, Chemie- und Sportlehrer am Kamp-Gymnasium in Badenhausen, wird mit sofortiger Wirkung aus dem Schuldienst ausscheiden. Seine Pensionsansprüche für die Zukunft verfallen somit.«

Die Presseleute fingen begeistert an zu klatschen. Auf manchen Gesichtern sah man einen zufriedenen Ausdruck.

»Der bisherige Schulleiter des Kamp-Gymnasiums Badenhausen, Sigmar Linke«, sprach Herr Meier-Böke etwas lauter in die Unruhe des Saales: »... wird ab kommenden Monat die freie Lehrerstelle für das Fach Mathematik im Nachbarkreis Paderborn übernehmen.«

Herr Meier-Böke wollte das Papier zur Seite legen fortfahren, da hob sich eine Hand aus der Menge der Medienvertreter.

»Ja?«

»Isabella Gurany, Badenhausen aktuell. Meine Frage betrifft Herrn Maron als leitenden Schulrat des KGB, Gibt es von ihm eine Stellungnahme zu den Vorkommnissen? In welcher Weise ist er involviert?«

Herr Meier-Böke hüstelte und räusperte sich. Abwiegelnd sagte er nur: »Das Angebot an den Schulrat, Herrn Maron, auf eine freiwerdende Stelle im Schulministerium, hat dieser aus persönlichen Gründen abgelehnt, sodass auch er zum nächsten Quartal aus dem Schuldienst ausscheiden wird.«

Im Saal wurde es erneut unruhiger, einige Pressevertreter klatschten. Die Stifte und die Tastaturen knackten unter den eiligen Einträgen.

Isabella Gurany hakte nach: »Und was sagt er zu dem, was an einem von ihm betreuten und beaufsichtigten Gymnasium passiert ist?«

»Kein Kommentar, Frau Gurany.«

Der oberste Schulrat legte das Papier nun zur Seite und wandte sich erneut frei an die Pressevertreter: »Es ist nicht viel, was wir nachträglich machen konnten, doch ich hoffe, dass die bisher getroffenen Maßnahmen, auch bei den internen Vorgaben, solche erschreckenden Vorkommnisse nie wieder vorkommen lassen. Nehmen Sie uns alle in die Pflicht und sagen Sie frühzeitig Bescheid, wenn irgendwo etwas aus dem Ruder läuft. Wir haben für die Zukunft eine Melde- und Beratungsstelle eingerichtet, die Eltern und Schülern die Scheu vor dem Hilfeersuchen bei der Schulaufsicht nehmen soll. Auch ein Schritt in eine hoffnungsvolle Zukunft. Lassen Sie es uns angehen! Vielen Dank.«

Herr Meier-Böke nickte den Anwesenden zu, nahm seine Unterlagen und ging gemeinsam mit dem wartenden Regierungspräsidenten nach hinten vom Podium und verließ den Saal.

EPILOG

Am Nachmittag trafen sich einige zugelassene Medienvertreter, Eltern und Schüler im Gericht. Unruhe und Aufregung schwirrten durch den Raum.

Der Richter kam herein, alle Zuhörer standen auf, setzten sich nach Aufforderung wieder, und das Urteil wurde verkündet.

Die Staatsanwaltschaft und die Kommissare waren sich der Auswirkungen des Urteils mehr als bewusst. Sollte Dr. Dreh auch im Revisionsverfahren verlieren, würde er die nächsten Jahre weiter in der Justizvollzugsanstalt bleiben. Vier Jahre ohne Bewährung aufgrund der Schwere der Schuld und der Wiederholungsgefahr und auch wegen der versuchten Vertuschung einer Straftat. Herrn Maron konnte Frau Stein die absichtliche Teilnahme an der »Vertuschung« nicht nachweisen. Er bekam nur als verantwortlicher Schulrat Probleme und hatte schon mit der Schulaufsicht mögliche Zukunftsperspektiven besprochen. Doch Sigmar Linke schaffte es nicht, sich weiter herauszureden. Auf ihn wartete ein eigenes Verfahren. Schon jetzt zeichnete sich ab, dass auch auf ihn eine Gefängnisstrafe von über einem Jahr warten könnte. Und tschüss, Pensionsanspruch!

*

Der vorsitzende Richter schob die Akten zur Seite und setzte zu seinem Schlusswort an. »So ein Verfahren wie dieses«, begann er, »... so ein Verfahren wirft kein gutes Licht auf die Arbeit der Lehrer in unserem Land. Und das nur, weil hier zwei Lehrer die wunderbare Arbeit und das Engagement und den guten Ruf vieler ihrer Kollegen gleich mit zerstört haben. Kollegen, die jeden Tag ihr Bestes geben. Kollegen, denen ihre Schüler am Herzen liegen. Was für ein Misstrauen gegenüber Entscheidungen wird geschürt, wenn sich Eltern nicht mehr auf die Aussage von Schulleitungen und Schulräten verlassen können? Welche Unsicherheit zeigt sich bei Schülern, wenn ihnen nicht die Hilfe gewährt wird, die sie dringend benötigen? Und gerade in Zeiten der Inklusion sollten wir auf Gemeinsamkeiten setzen. Nicht auf Ausgrenzung, sondern auf ein Miteinander.

Ich habe die Hoffnung«, fuhr er fort, »... die Hoffnung, dass dieser Fall für die Zukunft eine unrühmliche Ausnahme bleibt. Dass alle lernen, wie wir richtig miteinander umgehen. Und dass die Kontrollmechanismen wirken. Seien wir aufmerksam! Lassen wir die Verletzungen der Vergangenheit hinter uns, schauen wir voller Zuversicht in die Zukunft.«

Er beendete seine Ausführungen und schloss die Verhandlung. Unruhe, Geklapper, Gelärme. Die Türen gingen auf. Auf dem Gang blitzten die Fotoapparate. Nun ging es in den Medien weiter. Endlich Erleichterung für Lukas und Genugtuung für Oskar und seine Eltern.

Doch eine einzige Frage würde für immer offenbleiben: Wer hat die originale Unfallmeldung gefunden, aufbewahrt und zur richtigen Zeit in Lukas' Akte versteckt?

Katja blickte auf die gegenüberliegende Seite des Gerichtssaals. Anne Schröder saß in der hintersten Reihe und schaute sie mit freundlichen Augen an. Ein wissendes Lächeln zog über ihr Gesicht.

ENDE

Dankeschön

Zuallererst möchte ich mich für die Idee für diese Sozialkrimi-Reihe bei Klara Westhoff bedanken. In ihrer Biografie »In Felix veritas – Aus dem Tagebuch einer Asperger-Mutter« habe ich viele Szenen entdeckt, die wie gemacht für die Aufarbeitung in einem Roman sind. Was im realen Leben oft unbefriedigend für die Beteiligten im Sande verläuft, lässt in der Fiktion den Leser mit seinem Gerechtigkeitsgefühl nicht allein.

Und dann gilt mein Dank Mareike. Danke für deinen fähigen Blick und all deine Tipps, die diesen Roman zu einer schlüssigen Geschichte werden ließen. Und auch an Marion und Dorothee: Ihr habt auch hinter die Fassade geguckt und mir Haken und Ösen gezeigt. Klasse! Ihr drei habt mir die Augen geöffnet und mich tief blicken lassen.

Zuguterletzt der Dank an meine Familie. Danke für eure Ausdauer und euer Verständnis und die Übernahme manch meiner Pflichten, während ich in den Tiefen der Geschichte versunken war. Jetzt bin ich fertig und wieder voll für euch da – bis zur nächsten faszinierenden Tauchfahrt.

II

Aufbruch

Ein Seufzen, das schallt durch die Stille –
da ist der lebensgroße Wille,
zu fragen, ob man helfen darf.
Doch wieder ist dort kein Bedarf.

Die Angst, die sitzt ganz fest im Nacken,
der Typ kriegt's einfach nicht gebacken,
erdrückt den letzten Lebensmut.
Doch weiß ich genau, bald wird es gut.

© Klara Westhoff

PROLOG

Er zog die Strickjacke aus und hängte sie in den Schrank, griff nach seinem Mantel, zog ihn über, schlug den Kragen hoch, rückte den Seidenschal zurecht und klappte den Kragen wieder runter. Die Mappe unter dem Arm machte er sich eilig auf den Weg ins stille, klamme Treppenhaus. Die Kollegen waren sicher alle schon zu Tisch.

Lass sie doch reden. Das interessiert mich doch gar nicht. Ich weiß selbst am besten, was richtig ist. Wann der Zeitpunkt ist, entscheide ich, ich ganz allein. Da braucht mir keiner reinquatschen. Ich habe wirklich Wichtigeres zu tun. Wofür habe ich die ganzen Jahre geschuftet, da lass ich mich doch jetzt nicht von so ein paar Widrigkeiten aufhalten. Völlig zu vernachlässigen. Diese blöde Zicke, die kann mich mal. Disziplinarverfahren? Von wegen.

Ah! Er griff an seine Schulter und rieb vorsichtig. *Au!* Die Hand zuckte zurück.

Mistkerl, dem werde ich es zeigen.

Was? Was ist das? Schande, auch! Was passiert mit mir? Hilfe! Nein, nein! Die Hände griffen ins Leere.

*

»Los, Nadine, nun schließ doch endlich die Tür auf. Sonst ist die Mittagspause gleich vorbei und die Leute stürmen die Anmeldung. Passt der Schlüssel nicht mehr?«

Lachend stupst sie ihrer Kollegin an die Schulter. Doch Nadine schiebt und drückt. Nichts zu machen. Irgendetwas liegt im Weg. Mit Schwung versuchen sie es gemeinsam. Ein Ordner rutscht den Gang entlang zum Bürgerbüro. Ein Fuß verklemmt die Tür. Sie drückt auf den Alarmknopf an der Tür. Stiller Alarm. Und Nadine schreit.

1

Der Blick über den Winterberg begeisterte Katja täglich aufs Neue. Egal bei welchem Wetter. Und ganz besonders, wenn der Tag ein so richtig schönes Exemplar war – so wie heute. Die letzten wärmenden Sonnenstrahlen des Tages blitzten durch die Bäume und hinterließen wunderschöne Schattenbilder auf den Ackerflächen. Saftiggrüne Wiesen, grüne Halme auf den Äckern und im Hintergrund der leuchtend gelbe Raps vorm Winterberg. Eine Idylle zum Entspannen nach ihrem aufreibenden Berufsalltag.

Der Umzug nach Kalldorf in das Elternhaus ihrer Mutter war für Katja die richtige Entscheidung gewesen. Nach Jans Tod brauchte sie eine Veränderung, da war es wie ein Fingerzeig des Schicksals, dass das frühere Haus von Pauline Pörtner, Katjas Großmutter, zum Verkauf stand.

Auf dem Weg nach Hause war sie die Detmolder Straße in Badenhausen entlanggekommen und wollte sich etwas zum Abendessen mitbringen. Tja, und nebenan, bei Friedemann-Immobilien, fiel ihr Blick auf eines der Hausangebote. Gelegen im idyllischen Kalletal, ein Fachwerkhaus mit Ausbaupotential. Sie hatte näher hingeschaut und erschrocken die Luft angehalten. Omas Haus! Ohne Zögern griff sie zu.

Gemeinsam mit Jakob hatte sie die notwendigen Renovierungen erledigt und nun hatte sie ihr eigenes kleines Refugium für sich allein. Das große Bauernhaus in Lüdenhausen, in dem Jan und sie mit Jakob gewohnt hatten, war einfach zu groß geworden. Es hingen zu viele Erinnerungen daran.

Jan und sie hatten ja eigentlich das neue Baugebiet auf dem Bollenbrink für sich auserkoren. Jakob war noch ein Vorschulkind und für die junge Familie war das kleine Dorf mit genügend Einkaufsmöglichkeiten, der rührigen Dorfgemeinschaft und dem hervorragenden Kindergarten einfach perfekt.

Die Neubauplanung war schon abgeschlossen, das Baugrundstück finanziert und die Erwerbsvormerkung im Grundbuch stand kurz bevor. Doch dann war irgendetwas schief gelaufen. Die Erschließungsfirma ging pleite, dann auch noch Probleme mit dem Holzhaus-Hersteller. Der Traum vom Bollenbrink war ausgeträumt. Katja hatte alle Hände voll zu tun und viel zu organisieren, um alle Verträge rückgängig zu machen. Jan war damals auch keine große Hilfe. Er war viel an seinem Arbeitsplatz in der Düsseldorfer Staatskanzlei.

Dann kam das perfekte Angebot. Ganz in der Nähe des Bollenbrinks sollte ein alter Hof verkauft werden. Frisch renoviert, idyllisch gelegen und nicht allzu weit vom Ortskern entfernt. Jan und Katja hatten sofort zugegriffen. Viele Jahre hatten sie sich gemeinsam mit Jakob dort sehr wohlgefühlt.

Und jetzt, da steckte Jakob mitten im Studium an der Hochschule Lemgo und es zog ihn auch immer weiter in die Welt. Auch er musste sich abnabeln. Und das gelang ihm richtig gut.

Stolz schob Katja ihren Spaghettiteller nach vorne und schaute von der Terrasse, auf der sie sich mit Jakob gemütlich zum monatlichen Spaghettiessen getroffen hatte, in die Küche. Der große junge Mann hatte schon viel von seinem Vater, nicht nur die sportliche Figur, auch die leicht gelockten, dunklen Haare. Doch seine Augen, die waren eine wunderschöne Mischung von Jan und ihr selber. Dunkelbraun vom Vater und grüne Sprenkel von der Mutter.

»Mama, was starrst du mich so an? Keinen Appetit mehr auf unseren heißgeliebten Gurkensalat mit Mozzarella?«

»Doch, doch. Ich freue mich einfach, dass ich es hier so gut getroffen habe.« Sie nahm die Arme weit auseinander, als wolle sie die Gegend umarmen, schaute über die Terrasse, sah ihren schwarzen Kater Amadeus um die Ecke schleichen und einen sehnsuchtsvollen Blick auf den gedeckten Tisch werfen, und blickte erneut zu ihrem Sohn. »Und, dass ich so einen klasse Sohn habe, der sogar noch freiwillig von Zeit zu Zeit mit mir zu Abend isst.«

»Ha, ha, ha! Mensaessen ist halt nicht so gut wie futtern bei Muttern.« Jakob grinste sie spitzbübisch an. Schon kam die Stoffserviette auf seinen Arm geflogen.

»Hey, kleiner Scherz, edelmütige Mutter!«, meinte er und verbeugte sich spaßeshalber demütig vor ihr.

»Okay, Kleiner. Salat her, ich brauche jetzt was Frisches.« Katja nahm ihrem Sohn die Schüssel ab und stellte sie auf den Tisch. Und prompt klingelte das Festnetztelefon. Sie zwinkerte ihrem Sohn zu. »Warte kurz, wird sicher nicht lange dauern.«

»Katja Sollig. Guten Abend.«

»Guten Abend, Frau Sollig. Bitte entschuldigen Sie die Störung. Hier ist Isabella Gurany.« Die Stimme im Telefon klang gepresst. »Wissen Sie noch? Ich habe damals den Bericht über das Verfahren gegen den Lehrer und die Schulleitung des Kamp-Gymnasiums für *Badenhausen aktuell* geschrieben.«

»Ah, Frau Gurany, richtig. Ich kann mich erinnern. Was kann ich für Sie tun?«

»Haben Sie von dem Vorfall heute im Jugendamt Badenhausen gehört?«, begann die Journalistin und weckte gleich das Interesse von Katja.

»Von welchem Vorfall sprechen Sie?«

»Der Tod des Jugendamtsleiters Ewald Dohmann, er soll die Treppe heruntergestoßen worden sein. Den Vorfall meine ich.«

»Nein, das ist mir nicht bekannt.« Katja lehnte sich bequem auf ihrem Stuhl zurück und kreuzte ihre Füße. »Erzählen Sie, Frau Gurany. Wobei kann ich Ihnen helfen?«

»Ich weiß nicht mehr weiter. Meine Freundin wurde als Tatverdächtige festgenommen. Sie wird beschuldigt, Herrn Dohmann gestoßen zu haben. Doch sie war das nicht, niemals. Sie würde nie etwas tun, was sie und ihren Sohn auseinanderbringen würde.« Isabella Gurany schnappte nach Luft. »Und jetzt ist sie in Untersuchungshaft.«

»Wenn Sie weitere Erkenntnisse haben, die der Aufklärung dienen können, dann müssen Sie sich an die Kollegen der Mordkommission wenden. Ich wüsste nicht, wie ich Ihnen helfen könnte. Die Soko Sozial wurde nicht dazugerufen, Frau Gurany. Ich kann mich nicht in die Ermittlungen der Kollegen einmischen, auch nicht, wenn ich es wollte.« Katja setzte sich wieder gerade hin und fuhr fort: »Da müsste uns schon die

Staatsanwaltschaft einen Auftrag geben.«

»Danke, Frau Sollig. Daran soll es nicht scheitern. Wir hören voneinander.« Und schon legte sie auf.

*

Dohmann ist tot. In den letzten fünf Jahren hatte er gut für Nachschub gesorgt. Sie brauchten sich nie Sorgen machen, dass sich ihre Arbeit erübrigen würde. Gerade in diesen Zeiten konnte das schnell passieren. Zuwenig Leute und schon wurde geschlossen. Dagegen hatte sie gemeinsam mit Dohmann gekämpft. Bei ihr wurde nicht geschlossen, denn sie wurde gebraucht. Sie machte doch auch gute Arbeit, wer wollte das bestreiten. Bei ihr, da lief alles nach Plan. Kleine Kosten, großer Nutzen. Genauso musste es sein.

Und das kleine Zubrot, das war auch nicht zu verachten. O ja, sie liebte ihr hübsches Cabrio. Ihren *kleinen Flitzer*, wie sie ihren nagelneuen weißen Audi TT liebevoll nannte. Nein, auf solche kleinen Nettigkeiten wollte sie wahrlich nicht verzichten. Immerhin musste sie hier in der Pampa leben, nichts los. Da musste so ein Ausgleich aber wirklich sein.

Dohmann ist tot. Was soll jetzt nur werden?

*

Die komische Frau mit den Fischaugen hatte den Raum verlassen und ihn allein gelassen – mit einem Zeichenblock und ganz vielen Filzern. Sie hatte ihn von zu Hause mitgenommen und er konnte Mama nicht mehr sehen. Mama war weg und alles war still.

Er hatte sich Toddy, seinen Lieblingsteddy geschnappt, die Frau hatte ihn am Arm aus seinem Zimmer gezogen und ihm dabei geholfen, die Jacke für draußen anzuziehen.

Dann war Paul mit der Frau mitgegangen. Sie hatte ihm gesagt, dass sie Mama hinterherfahren würden. Und er müsse dann warten. So genau hatte Paul das nicht verstanden, denn sie sprach so schnell und so ungenau, dass er nicht folgen konnte. Und dann nahm sie auch immer wieder den Kopf zur Seite und Paul verstand gar nichts mehr.

Und nun saß er hier in diesem kalten Raum und sollte malen. Ausmalen. So ein Babykram. Er schob die Stifte und das Malbuch von sich weg, schnappte sich Toddy und legte seinen Kopf auf ihn ab. Er war einfach nur müde und wollte nach Hause. Wollte zu Mama, wollte hier weg. Weg aus diesem komischen Gebäude, das so alt roch, nach nassem Laub.

Seufzend machte er es seinem Kopf etwas bequemer und nickte ein.

Und dann öffnete sich langsam die Tür. Paul schreckte aus dem Dämmerschlaf auf und presste Toddy fest an sich. »Tante Bella, Tante Bella!« Toddy landete auf dem Boden und Paul rannte auf die Gestalt zu, die im Türrahmen stand und ihm die Arme entgegenstreckte. »Tante Bella. Du machst, dass alles gut wird, ja?« Paul umarmte Isabella Guranys Oberschenkel und presste sein tränennasses Gesicht daran.

Isabella beugte sich zu ihrem kleinen Patensohn herunter und strich ihm über das strubbelige Haar. Sie nahm sein Gesicht in ihre Hände und hob es sanft zu sich. »Komm, Paul. Du kommst jetzt mit zu mir. Und dann sehen wir weiter, okay?«

Paul nickte voller Überschwang, griff nach Toddy

und seiner Jacke und nahm Isabellas Hand in seine.
»Nach Hause, zu dir nach Hause, Tante Bella, o ja!«

2

Katja seufzte zufrieden auf. Schön, so ein Tag am Schreibtisch. Endlich mal Zeit, bei einer Tasse Ingwertee, die Akten durchzuarbeiten und die letzten Fälle abzuschließen. Fahrraddiebstahl in der Innenstadt von Badenhausen nach einem Handtaschenraub in der Klosterstraße. Ganz schön dreist, doch Strafe muss sein. Zwei Straßenecken hat der Dieb geschafft, ... und ist prompt am Schweinebrunnen in eine Verkehrskontrolle geschlittert. Tja, mein Lieber. Hättest du besser mal die Zeitung gelesen oder Lokalnachrichten gehört. Den ganzen Tag Radfahrerkontrolle im Stadtgebiet, speziell in den Fußgängerzonen. Dumm gelaufen. Man sollte gewitzte Wachtmeister nicht unterschätzen. Katja griff zu der Schale mit den Schaumzuckermäusen und hielt mitten in der Bewegung inne.

Aber klar, Abschlussbericht noch nicht ganz fertig, schon klingelte das Diensttelefon. Ein Blick auf das Display genügte. »Sollig ..., was gibt es, Chef?«

Tja, manche Journalisten scheinen die richtigen Knöpfe zu kennen. Katja verzog ihr Gesicht zu einem Schmunzeln, denn was hatte ihr Chef, Kriminalrat Bernd Neitmann, gesagt?

Ungeklärter Sturz mit Todesfolge und dann auch noch eine Strafanzeige wegen Nötigung und Vorteilsnahme im Amt. Auf zum Jugendamt!

*

Körperverletzung mit Todesfolge – Anja Updahl konnte einfach nicht glauben, was man ihr vorwarf. Sie soll Ewald Dohmann, den Fachbereichsleiter des Jugendamtes Badenhausen umgebracht haben? Wie kamen die nur darauf? Wer hatte so einen schlechten Eindruck von ihr, dass er ihr so etwas zutraute?

Anja saß in ihrer Zelle und grübelte vor sich hin. Ob es Paul wohl gut geht? Isabella hatte ihn gestern Abend mit zu sich genommen. Als seine Patin war das auch kein Problem gewesen. Paul hatte Vertrauen zu Isabella und Isabella wusste, wie man mit Paul umgehen musste. Sie nahm ihre Patenschaft sehr ernst, hatte sogar extra einen Kurs für Gebärdensprache besucht. Ein Glück, dass sie Isabella hatten.

Die Sonne von draußen zog kleine Lichtkringel zwischen den Gitterstäben auf den Fußboden der Zelle. Anja fuhr mit ihren Schuhen die Wege der glitzernden Sonnenstrahlen nach. Das Fenster war viel zu hoch. Sie konnte noch nicht einmal rausschauen, um sich abzulenken. Also grübelte sie weiter.

Während des Abendessens mit Paul hatte es plötzlich an der Tür geklingelt und geklopft. Immer drängender. Anja war vom Tisch aufgestanden, hatte Paul Zeichen gegeben, sich ordentlich den Pulli glatt gezogen und war zur Tür gegangen, um zu öffnen.

Verwirrt und mit hochgezogenen Augenbrauen hatte sie die drei Personen angeschaut, die vor ihrer Tür gestanden hatten. Ein Mann und zwei Frauen, daran konnte sie sich noch erinnern. Alle drei hielten Anja ihre Ausweise vors Gesicht, sodass sie erst zurückweichen musste, um sie lesen zu können.

»Frau Updahl?«, meinte der Mann.
»Ja?«
»Polizei Badenhausen, Frau Schmidt-Martens, die

Kollegin der Jugendhilfe.« Er zeigte auf die Frau hinter sich.

»Können wir kurz reinkommen? Wir müssen etwas mit Ihnen besprechen.«

Anja trat einen Schritt zur Seite und ließ die Beamten in ihre kleine Wohnung. Voller Sorge schaute sie sich um. Hoffentlich war alles aufgeräumt genug. Der letzte Besuch des Jugendamtes war nicht gerade erfolgreich verlaufen. Sie hatten sie gerade erwischt, als sie mit zotteligen Haaren und im Pyjama am späten Vormittag die Tür öffnete. Nach der Schicht hatte sie ihr Taxi an ihren Kollegen übergeben, Paul von Isabella geholt, mit ihm gefrühstückt und ihn für die Schule fertig gemacht. Und dann war sie ins Bett gegangen. Doch es sah natürlich nicht gerade vertrauensvoll aus, so schlunzig vor den Leuten vom Jugendamt zu stehen. Um die Uhrzeit. Ein Minuspunkt mehr in ihrer Akte.

Doch das, was ihr nun bevorstand, war in keiner Weise mit dem damaligen Besuch vergleichbar. Die Frau von der Jugendhilfe ging zügig zu Paul ins Esszimmer und machte ihm Zeichen, mit ihr mitzukommen. Doch Paul hatte den Kopf geschüttelt und zu seiner Mutter geschaut. Die Jugendhilfe-Tante legte die Hand auf Pauls Schulter und hielt ihn davon ab, zu Anja zu laufen. Sie hatte den Jungen umgedreht und war mit ihm in sein Zimmer gegangen. Danach hatte Anja ihn nicht mehr gesehen. Die beiden anderen Beamten hatten so einen komischen Spruch aufgesagt, ihre Arme nach hinten gedreht, ihr Handschellen um die Handgelenke geschlossen und sie abgeführt. Und nun saß sie hier, nach einer unruhigen Nacht, und verstand noch immer nicht, was ihr geschehen war.

Der Schlüssel drehte sich im Schloss und der diensthabende Beamte schaute durch den Türspalt.

»Frau Updahl? Hier sind zwei Kollegen, die sie sprechen wollen. Bitte kommen Sie mit in den Vernehmungsraum.«

Die Tür öffnete sich weiter und sie ging dem Beamten voraus zu dem Zimmer, in dem sie schon gestern wieder und wieder ihre Unschuld beteuert hatte.

3

Ein bisschen Normalität, das war es, was Isabella Gurany ihrem kleinen Patensohn bieten wollte. Normalität während der verrückten Zeit, in der seine Mutter inhaftiert war. Inhaftiert für eine Sache, mit der sie nichts zu tun hatte. Davon war Isabella felsenfest überzeugt. Ihre Freundin Anja war das nicht, sie hatte den Dohmann nicht die Treppe heruntergestoßen. Und darum vertraute Isabella auch darauf, dass die Amtsschimmelflüsterer etwas ausrichten konnten. Mit einem anderen Blick auf die Dinge, die im Jugendamt vor sich gehen, sollte es doch möglich sein, Anjas Unschuld zu beweisen.

Und bis dahin würde sie, Isabella, für Normalität sorgen, damit Paul nicht noch mehr leiden musste. Der Schreck von der Mutter getrennt worden zu sein und zu sehen, dass seine Mutter abgeführt wurde, dieser Schreck würde sicher noch lange nachwirken. Doch zum Glück hatte Anja vorgesorgt. Vorausschauend hatte sie schon, nachdem Pauls Vater gegangen war und sie als Alleinerziehende dastand, ihre beste Freundin bevollmächtigt, sollte sie selbst aus welchen Gründen auch immer, die Sorge für Paul mal nicht übernehmen können.

Also hatte Isabella Paul sozusagen aus den Fängen des Amtes befreit und ihn mit sich nach Hause genommen. Und heute Morgen konnte Paul seinen üblichen Tagesablauf wenigstens ein wenig genießen. Er hatte schon öfter bei Isabella übernachtet und heute war es nicht anders. Morgens wecken, fertig machen und ab in die Schule. Normalität eben, so gut es ging.

Paul hüpfte, den Turnbeutel in der Hand, von einem Bein auf das andere neben Isabella her, während sie den schweren Tornister trug. Erste Stunde Sport – das konnte Paul kaum erwarten. Am Eingang zum Schulhof an der Niederbecksener Straße blieb Paul stehen, sah zu Isabella hoch und gebärdete ausgelassen: »Ich freu mich so, ich freu mich so.«

Isabella lachte auf und strahlte ihn an. »Das ist schön. ... Mach es gut, mein Kleiner. ... Viel Spaß. ... Bis nachher.« Sie bewegte langsam und präzise ihre Lippen und sprach die Wörter sorgfältig aus, damit Paul sie gut ablesen konnte. Die ostwestfälische etwas verwaschene Ausdrucksweise mit dem Verschlucken von Buchstaben oder sogar Silben machte es Paul nicht gerade leicht, sein Gegenüber richtig zu verstehen. Doch Isabella gab sich viel Mühe. Immerhin wollte sie die Erfolge von Paul in seiner Schule unterstützen.

Der kleine Fratz hatte schon so viel gelernt in den letzten Monaten. Nicht nur den normalen Lernstoff, sondern auch wichtige neue Gebärden. Und dazu noch genaueres Ablesen von den Lippen. In manchen Stunden hatte Paul sonderpädagogischen Förderunterricht. Zwei Stunden die Woche, aber immerhin. Seine Förderlehrerin brachte ihm ganz viele neue Sachen bei, die er gleich im Unterricht mit den anderen Kindern anwenden konnte.

Diese Lehrerin hatte auch die wunderbare Idee mit dem Schulbegleiter gehabt. Ein Schulbegleiter für Paul, der ihm nicht nur bei den organisatorischen Dingen so eines Schulalltages half – den Dingen, für die der Klassenlehrer einfach keine Zeit mehr hatte -, sondern einer, der für Paul auch Gebärdendolmetscher war. Und genauso wie Paul, lernten auch seine Klassenkameraden spielerisch Gebärden im Umgang mit Paul einzusetzen. So hatten auch die anderen Kinder etwas davon. Jetzt hing alles davon ab, dass das Jugendamt den Antrag genehmigte. Bisher sah es nicht gut aus. Antrag abgelehnt. Es lief alles auf eine Beschulung an der Förderschule für Gehörlose hinaus. Oder sogar die Unterbringung im Wohnheim des Jugendhilfeprojektes *Badenhauser Land*. Was für eine verzwickte Situation, in der Paul und Anja sich da befanden. Ob der Tod von Dohmann etwas ändern würde?

Isabella lehnte sich an die dicke Metallumrandung und beobachtete vergnügt, wie Paul durch das Schultor der Wichern-Grundschule ging und gleich von Klassenkameraden umringt wurde. Eine nette Truppe, aufgeschlossen und ohne Scheu gegenüber dem neuen, tauben Mitschüler. Diese Schule hatte Anja mit Sorgfalt ausgewählt und auch Isabella fand, dass es die richtige Wahl war. Und nun war es auch ihre Aufgabe, alles dafür zu tun, dass Paul bleiben durfte - inmitten von vielen kleinen I-Dötzchen, die aufgeregt versuchten, Pauls Gebärden zu verstehen und nachzuahmen. Der Gong zur ersten Unterrichtsstunde erklang. Paul drehte sich noch einmal um und winkte Isabella fröhlich zu, bevor er mit den anderen Kindern hüpfend im Durchgang zur Sporthalle verschwand.

Ein gutes Zeichen fand Isabella und hoffte, dass für Paul diese Tage ohne seine Mutter nicht so tiefe Spuren hinterlassen würden, wie sie zuerst befürchtet hatte.

Alles würde wieder gut, da war sie sich sicher. Isabella richtete sich aus der unbequemen Stellung am Zaun wieder auf, drückte ihren Rücken durch, rückte ihre große Schultertasche zurecht und machte sich auf in die Innenstadt zum Redaktionsbüro von *Badenhausen aktuell*.

*

»Was genau steht denn in der Strafanzeige? Setz mich bitte kurz ins Bild.« Frank war aus seinem Auto ausgestiegen und trat auf Katja zu, die sich zu Fuß auf den kurzen Weg zum Jugendamt machen wollte. Mit einem Umweg über den Dienstparkplatz in der Blücherstraße, wo sie auf Frank gewartet hatte. Nur zwei Straßen weiter lag das Jugendamtsgebäude. Katja schnappte sich ihre Tasche aus dem Fußraum, schloss ihr Auto ab und informierte Frank über die anonyme Anzeige, die am frühen Morgen in der Zentralen Polizeidienststelle Badenhausen eingegangen war.

»Nicht weiter genannte, führende Mitarbeiter sollen Antragsteller genötigt haben, Hilfeleistungen zuzustimmen, um nicht die Erziehungsgewalt über ihre Kinder zu verlieren. Es gibt zwar für Eltern bei Eingliederungshilfeleistungen ein Wunsch- und Wahlrecht, doch das wurde beschränkt. Und sobald die Eltern sich wehren wollten, soll es Akteneinträge wegen verweigerter Mithilfe gegeben haben. Als Konsequenz gab es die Androhung, die Kinder aus der Familie herauszunehmen.«

»Wow, das sind extreme Anschuldigungen. Kaum zu glauben.« Frank schüttelte mit dem Kopf.

»Warte ab, es kommt noch heftiger«, meinte Katja

und fuhr fort: »Das Jugendamt hat daraufhin für einige Kinder die Übertragung der Regelung schulischer Angelegenheiten und das Aufenthaltsbestimmungsrecht beantragt und die Kinder kamen dann in ein Heim der Jugendhilfe. Ohne Möglichkeiten für die Eltern, wirklich Einfluss in die Erziehung oder die Zukunft der Kinder nehmen zu können. In einem Fall kam das Kind in ein Heim im Ausland. Genaueres konnte ich bisher nicht erfahren.«

Katja blätterte weiter. »Und, wer hätte es gedacht? Hier ist die Liste mit den betroffenen Antragstellern – wer steht auch drauf? ... Frau Anja Updahl, alleinerziehend, sorgeberechtigt für Paul Updahl. Schau an, schau an.« Sie blickte zu ihrem Kollegen. »Frank. Mach uns doch für gleich noch einen Termin bei den Jungs und Mädels vom Morddezernat, die den Fall Dohmann bearbeiten.«

Frank verschluckte sich beinahe bei dem Versuch, ein Kichern zu unterdrücken. »*Fall* Dohmann, sehr passend, Katja.«

»Frank, also wirklich!« Katja schüttelte den Kopf und guckte ihn streng an.

»Lass uns lieber kurz über unsere Strategie bei den Gesprächen mit Frau Schmidt-Martens und Frau Meyer reden. Die beiden Sachbearbeiterinnen des Jugendamtes Badenhausen, die Ewald Dohmann gefunden haben. Mal sehen, was die zuständigen Sozialarbeiter dazu zu sagen haben. Frau Meyer ist übrigens die Familienhelferin von Anja Updahl und ihrem Sohn, Frau Schmidt-Martens die Sozialpädagogin, Fachbereich Heimerziehung und Pflege. Aber eine Familienhelferin? Jemand, der Familien unterstützt, die mit der Erziehung überfordert sind? Weil Frau Updahl alleinerziehend ist? Schon komisch.

Ich erzähle dir auf dem Weg, was ich mir überlegt habe. Bis du bereit?« Frank nickte. »Dann lass uns losgehen.«

*

Der Weg die Portastraße entlang vom Jugendamt zurück bis zur Polizeiwache Blücherstraße zog sich etwas hin. Katja und Frank schlenderten auf dem Bürgersteig lang und ließen ihre Gedanken schweifen. Eine einzige dunkle Wolke über ihnen entließ einen kurzen Nieselregen. Die beiden Kommissare bemerkten davon nichts. Links und rechts der Straße zeigte sich das beginnende Frühjahr im grünen Blätterdach der Alleebäume. ... Badenhausen - eine schöne Stadt, mit viel Grün und aufgeschlossenen Bürgern. Nicht gerade die typischen Westfalen. Eher offene und hilfsbereite Bewohner und nicht die, von denen der Volksmund behauptet, sie würden zum Lachen in den Keller gehen. Alles vermutlich dem Umstand geschuldet, dass Badenhausen eine lange Kurstadttradition hatte. Das Fremde, das Ungewöhnliche gehörte einfach dazu und wurde zum Alltäglichen. Erstaunlicherweise war diese offene Einstellung immer noch nicht bis zu den Sozialbehörden vorgedrungen.

»Das waren sehr ungewöhnliche Informationen, die wir bisher gesammelt haben, Frank. Ich bin so froh, dass wir ganz unvoreingenommen und ohne Kenntnis der Fakten zum Todesfall dorthin gegangen sind. Irgendwie hätte das mein Urteil zu dieser Strafanzeige

wegen ›Erpressung, Nötigung, Korruption‹ beeinflusst.«
Katja blieb stehen und malte mit den Füßen kleine Dreiecke in den sandigen Boden am Rand des Bürgersteiges, bevor sie langsam weiterging, den Blick nachdenklich in die Ferne gerichtet. »Was meinst du? Kommst du nachher mit mir laufen? Ich muss das alles erst einmal sacken lassen, um es richtig einordnen zu können. Wir haben heute auch noch ein paar Termine vor uns. Ein kleiner Ausgleich?«

Auf dem Weg zum Eingang der Wache begleitete Frank sie zum Dienstparkplatz auf dem Parkdeck. Katja ging direkt zu ihrem Fahrzeug und klemmte ihre Tasche hinter den Fahrersitz ihres kleinen grünen Geländewagens, schloss die Tür und schaute abwartend zu Frank.

Der nickte ihr zu. »Gern, das mit dem Laufen, meine ich. Lass uns reingehen. Die Jugendamtsakten müssten auch gleich bei uns im Büro liegen. Los, auf zur Besprechung mit den Kollegen vom Mord. Ach, und Katja, aufs Laufen, da freue ich mich schon.«

»In fünf Stunden, 17 Uhr? In Kalldorf-Mitte? Und denk dran – in Vlotho musst du über den Winterberg und den Lehmhöhlenweg fahren. Die Bahn erneuert an der Weserstraße das Schienenbett. In Höhe der Bahnübergänge ist die Durchfahrt noch ein paar Wochen gesperrt.«

4

Kurven, Kurven und noch mehr Kurven. Das Wiehengebirge rauf und auf der anderen Seite wieder herunter. Während der kleine Schulbus sich durch die Serpentinen quälte, weil der Fahrer mit schleifender Kupplung das Schaltgetriebe malträtierte, rutschte der kleine Junge verzweifelt auf seinem Sitzplatz ganz hinten auf der letzten Bank hin und her und versuchte, sich am Vordersitz festzuhalten, um nicht wegzurutschen. Seine Finger krallten sich in die Polsterung. Schon wieder knallte der Fahrer einen der Gänge rein und der Motor quittierte dies mit einem lauten Aufjaulen. Nur noch dreißig Minuten bis Schulbeginn in der Förderschule Badenhausen – und noch sechs Kinder abzuholen. Der Fahrer hatte das Ende der Serpentinenstraße erreicht und gab Gas. Mit quietschenden Reifen ging es durch die letzte Kurve auf die Hauptstraße.

Der kleine Junge atmete auf. Geschafft, das war anstrengend. Er rieb sich die Augen. Das schlimmste der täglichen Horrorfahrt war vorbei. Heute war es besonders unangenehm, denn ein neuer Fahrer hatte ihn an seinem üblichen Abholpunkt aufgelesen. Erst traute er sich nicht einzusteigen, doch aus dem Wageninnern winkten ihm schon drei bekannte Gesichter entgegen, die ebenfalls mit dem Behindertentaxi zur Schule fuhren. Und dann der nächste Schreck. Die Sitzerhöhungen fehlten, vermutlich bei der Taxizentrale vergessen. Die Schultergurte schnitten den Kindern in den Hals oder über das Gesicht. Fünfzig Minuten konnten ganz schön lang sein. Müde schloss der kleine Junge die Augen, lehnte seinen Kopf an die Fenstergardine und nickte ein.

Kurz vor neun hatte der Bus sein Ziel erreicht: Förderschule und Wohnheim ›Badenhauser Land‹. Der Fahrer bog auf den großen Schulparkplatz ein und stellte den Motor ab. »Los, Kinder, auf geht's. Raus mit euch!« Er öffnete die Tür und ließ alle aussteigen. »Denkt dran: um vier steht der Bus hier und ich warte auf euch.« Die neun Schüler stiegen still aus und rannten wild gestikulierend zum Schuleingang und zu ihren Klassen. Der Fahrer drehte sich auf dem Sitz herum, schaute über die Reihen, nahm dann seine Tasche, sprang aus dem Bus und schloss ihn ab.

Und der kleine Junge schlief.

*

Die Enttäuschung war groß, sehr groß. Und es wurde auch langsam Zeit, dass sich etwas änderte. Über zwei Jahre dauerte diese Aktion schon und sie waren noch immer nicht viel weiter gekommen. Die Täter? Bekannt. Die Opfer? Auch bekannt. Doch die Beweise, die waren noch nicht handfest genug.

Die Truppe hatte sich also zusammengesetzt und überlegt, wie man weiter vorgehen könne. Sie konnten nur im Geheimen agieren, aber ohne die Öffentlichkeit war es schwer, Druck aufzubauen und die Schuldigen zu locken. Damit sie sich hinreißen ließen und unachtsam Fehler machten.

Da hatte einer von ihnen die glorreiche Idee, eine alte Dienstaufsichtsbeschwerde wieder aufleben zu lassen, um dann mit disziplinarischen Maßnahmen zu drohen. Tja, das hatte funktioniert. Und zwar so gut, dass ein richtiger Fehler passierte und die Sache ins Rollen kam. Zu nervös, zu unaufmerksam und dann noch unvorsichtig. Der Tod des Leiters der Jugendhilfe Badenhausen war tragisch, doch der Sache förderlich.

Nun kamen die Medien ins Spiel und fähige Ermittler vor Ort entdeckten hoffentlich die letzten Beweise, die sie noch brauchten, um diesen widerlichen und gierigen Geschäftemachern das Handwerk zu legen. Ein paar gezielt gestreute Informationen müssten reichen. Nicht mehr lange und alle konnten aufatmen. Fast alle.

*

Sie musste noch eine Weile stillhalten. Zum Tod von Dohmann und den Begleitumständen gab es eine Nachrichtensperre. Isabella Gurany zog nachdenklich die Stirn kraus und notierte sich die Fragen, die sie morgen bei der Pressekonferenz stellen wollte. Hier in Badenhausen konnten sich die Behörden immerhin auf die Medien verlassen. Da wurde nicht mit einem Aufschrei berichtet, obwohl Stillschweigen vereinbart war. Hier in Badenhausen hielt man sich an den Pressekodex. Und dafür bekamen sie hier auch immer zuerst und exklusiv die neuesten Informationen.

Isabella schaute aus dem Fenster der Redaktion und sah in der Ferne die dunklen Wolken hereineilen. Schon wieder so eine Regenfront, die nicht verschwinden wollte. Durch die Porta kam sie nicht durch, über das Wesergebirge nicht rüber, und so entließ sie immer wieder ihre nervigen Regenschauer über der Innenstadt und die nördlichen Außenbezirke in Dehme und Eidinghausen.

So wurden die Arbeiten an der Nordumgehung nie fertig, wenn es ewig so plästerte. Na ja, wenigstens die Betonarbeiter an den neuen Brücken würden sich über Regen statt über sengende Sonne freuen. Wurde auch Zeit, dass die Nordumgehung endlich eingeweiht werden konnte. Mittlerweile hatte der Rat der Stadt als neuen Termin 2017 angegeben. 2017 – ein Witz! 2012, 2014, 2017 – diese Arbeiten an dem seit Jahrzehnten geplanten Autobahnabschnitt zwischen A2 und A30 entwickelten sich schon zu so etwas wie eine Berliner-Flughafen-Misere in Mini. Die Kollegen hatten viel zu berichten, wenn mal wieder irgendwelche interessanten Verwirrungen dazu führten, dass erneut ein Baustillstand erzwungen werden musste. Ein Glück hatte sie mit dem Ressort nichts zu tun.

Isabella konzentrierte sich wieder auf den Tod von Dohmann und grübelte weiter über ihre Taktik nach. Sie schloss ihre Schreibtischschublade auf und entnahm ihr die Mappe, die heute Morgen für sie in der Post lag. Ohne Absender und mehr als brisant. Sie musste etwas tun, doch das hier war etwas zu groß für sie allein.

Isabella schaute in ihre Kontaktliste, zog das Festnetztelefon zu sich heran und wählte. Schon nach dem zweiten Klingeln hob ihr Gesprächspartner ab. »Isabella Gurany hier. Guten Morgen. Frau Kramer, ich habe eine Bitte an Sie.«

5

Während Kriminalrat Bernd Neitmann im Besprechungsraum die Unterlagen im Todesfall Dohmann an die ermittelnden Kollegen austeilte und Frank alle Anwesenden kurz über die bisher eingeleiteten Maßnahmen wegen der Strafanzeige in Kenntnis setzte, stand Katja im Nebenraum und brühte sich ihren Ingwertee auf. Gewappnet mit Tee und Keksen setzte sie sich zu den Kollegen an den Tisch.

»Irgendwer Lust auf ein paar Orangenplätzchen und einen kleinen Energieschub? Heiße Ware, direkt aus dem Onlineshop.« Abrupt ebbte die Geräuschkulisse ab und fünf paar Hände streckten sich ihr entgegen. Katja lächelte und schob den Teller mit den Plätzchen in die Mitte des Besprechungstisches. »Ich wusste doch, dass ihr das mögt, Jungs. Und Mädels«, zwinkerte sie in die Richtung der ebenfalls anwesenden Kathrin Kramer, dem guten Geist der Abteilung Neitmann. »Greift zu! Ist genug da.«

Sie pustete vorsichtig über den Tee, nippte ein paar Mal und nahm dann einige Schlucke, bevor sie die Tasse wieder zur Seite stellte und sich mit aufgestellten Ellenbogen auf dem Tisch abstützte.

»Hat Frank Sie und die Kollegen schon über unsere Gespräche mit den Sachbearbeitern im Jugendamt informiert, Chef?«

Neitmann schüttelte den Kopf. »Dazu kommen wir später. Herr Lieme hat über den Inhalt der Strafanzeige berichtet und was Sie beide bisher dazu erfahren konnten.« Er fasste kurz das vorher Gehörte und die Gespräche mit der Staatsanwältin zusammen: »Heute Morgen ging bei der Staatsanwaltschaft eine anonyme Strafanzeige ein. Per Telefax, die Nummer unterdrückt.«

»Da wollte wohl jemand, dass wir ganz schnell ans Ermitteln kommen, Leute«, warf Frank dazwischen.

Neitmann nickte ihm bestätigend zu und erläuterte weiter: »Der Verfasser beschuldigt unbenannte Mitarbeiter der Jugendhilfe Badenhausen der Korruption und Nötigung sowie der Ehrverletzung in mehreren Fällen. Konkret soll Erziehungsberechtigten notwendige Hilfemaßnahmen für ihre behinderten Kinder verweigert worden sein. Das Wunsch- und Wahlrecht ausgehebelt – zum Beispiel in einem genannten Fall die selbst gewählte Schule verweigert, Verfahren unverhältnismäßig verzögert, mehrfach die Schweigepflicht verletzt worden sein. Wenn da auch nur ein Fünkchen dran ist«, Neitmann schüttelte ungläubig den Kopf, »dann reicht das schon, um einen ziemlichen Skandal auszulösen. Und das zieht noch weitere Kreise, denn viele der Anschuldigungen betreffen auch Entscheidungen der Schulaufsicht, also der Bezirksregierung.« Neitmann zog die Luft durch die Zähne und seufzte leise.

»Gut. Soviel zu der Strafanzeige, die in das Ressort von Sollig und Lieme fällt. Nun zu Ihnen.« Er blickte die beiden anderen Kriminalbeamten an. »Was haben Ihre Ermittlungen zu Dohmann bisher ergeben? Kuhlmann?«

Der leitende Mordermittler Jens Kuhlmann stand auf und trat an die Tafel, an der schon die mit Namen beschrifteten Fotos von Ewald Dohmann, Anja Updahl und den Jugendamtsmitarbeitern Nadine Meyer und Katharina Schmidt-Martens hingen.

»Fangen wir mit den Personen an«, begann er und fuhr fort: »Ewald Dohmann, 51 Jahre, seit fünf Jahren Fachbereichsleiter des Jugendamtes und in dieser Funktion zuständig für die Jugendhilfe- und die Eingliederungshilfemaßnahmen. Er hat die Anträge von Frau Updahl bearbeitet.« Jens Kuhlmann zeigte mit dem Finger auf das entsprechende Bild. »Und hier die beiden Sachbearbeiterinnen, die den Toten im Treppenhaus am Boden vor der Eingangstür gefunden haben. Auf ihre Aussagen hin wurde Frau Updahl von zu Hause abgeholt und in Haft genommen. Das ist zum einen Frau Schmidt-Martens«, er zeigte auf das linke Foto, »die zuständige Sozialpädagogin der Jugendhilfe, zuständig für Heimunterbringung und Pflegekinder, und dann noch Frau Meyer.« Er zeigte auf das rechte Bild. »Sie ist die Familienhelferin von Updahls. Wir konnten sie bisher noch nicht sprechen. Sie hatte nach dem Fund der Leiche einen Zusammenbruch und war bisher noch nicht vernehmungsfähig.«

»Jens! Warte mal.« Katja hob die Hand. »Sagtest du nicht, auch die Aussage von Frau Meyer hat die Festnahme von Anja Updahl unterstützt?«

»Stimmt, darauf wollte ich gerade kommen. Frau Schmidt-Martens hat uns ein Dossier gegeben, das Frau Meyer über Anja Updahl verfasst hatte. Dort wurde ein Übergriff von Frau Updahl auf den Jugendamtsleiter beschrieben. Und wie sie auf dem Vorhof wütend gegen einen Müllcontainer getreten habe. Etwa eine Dreiviertelstunde bevor Dohmann zu Tode kam. Sie muss sich das direkt notiert haben, bevor sie in die Mittagspause ging. Schau mal in die Mappe vor dir. Dort findest du eine Kopie der Aktennotiz.«

»Wieso hat das für eine Festnahme gereicht? Klingt für mich erst mal nach Hörensagen?«

»Auch da hast du recht, Katja. Da waren die Kollegen wohl etwas übereifrig. Sie waren wohl der Meinung, es wäre Gefahr in Verzug und die Verdächtige würde sich aus dem Staub machen wollen. Und sie haben den Aussagen der Beamten der Jugendhilfe geglaubt und erstmal nicht hinterfragt. Es ist alles ziemlich unglücklich gelaufen.«

Jens ging zurück zum Tisch und setzte sich, nahm eine Mappe, die er mitgebracht hatte, und holte ein weiteres Dokument heraus.

»Hier ist der erste Bericht der Kriminaltechnik. Es wurden von Frau Updahl Fingerabdrücke genommen und es fanden sich mikroskopisch kleine Faserreste an ihren Händen und unter den Fingernägeln. Und dann noch Flusen auf ihrer Jacke. Ewald Dohmann trug während der Arbeitszeit am liebsten eine Strickjacke aus bordeauxfarbenem Mohair.«

»Bordeauxfarbenes Mohair«, wiederholte Kuhlmanns Teamkollege mit einer fiepsigen Stimme. »Ey, ich denke du bist einer von den ganz Harten. Woher kennst du denn so modische Details?« Prompt legte sich eine leichte Röte über Jens' Gesicht. Eine ungewöhnliche Mischung für einen hochgewachsenen Mann mit einem muskelbepackten Körper, der durch seine Statur allein schon so manchen kleinen Verbrecher vor Furcht erzittern lassen konnte.

Gemächlich drehte der Kriminalrat den Kopf zur Seite und imaginäre Blitze aus seinen leicht zusammengekniffenen Augen schossen in die Richtung des Lästermauls. Der gestrenge Blick verfehlte seine Wirkung nicht. Wortlos.

»Tschuldigung, war nur ein Spaß.« Schuldbewusst sackte der junge Kommissaranwärter auf seinem Stuhl zusammen.

»Darf ich jetzt weiter aus den Unterlagen zitieren?« Jens hatte sich wieder gefasst und erzählte weiter, was die Kriminaltechnik herausgefunden hatte.

»Diese Strickjacke aus ›bordeauxfarbenem Mohair ...‹«, imitierte er die Piepsstimme, und am Tisch mussten alle lachen. »Sie passt von der Wolle genau zu den gefundenen Fasern. Es ist also richtig, dass Updahl Dohmann angefasst hat. Doch vermutlich nicht an der Treppe, sondern noch im Büro. Als er gefunden wurde, hatte er seinen Mantel an. Die Strickjacke hing in seinem Schrank in seinem Büro. Wie jedes Mal, wenn er sein Büro für Termine außerhalb verließ.«

Er blätterte weiter, nahm noch einen Schluck von seinem Wasser und räusperte sich. »Ja, das ist wohl alles. Uns fehlt noch der Schlussbericht der Pathologie. Die blauen Flecke auf Dohmanns Schulter und die Prellmarke auf der Brust werden noch untersucht. Dazu sollen wir heute am frühen Abend mehr erfahren. Bisher gibt es keine weiteren Hinweise, wer oder vielleicht auch was für den Tod von Dohmann verantwortlich ist.«

Hauptkommissar Kuhlmann schaute zum Kriminalrat rüber, nickte ihm kurz zu und fuhr fort: »Wir haben unseren Bereich der Ermittlungen abgeschlossen und ihr könnt darauf aufbauen, Katja. Es zeigt sich bisher, dass der Todesfall und die Strafanzeige ineinandergreifen. In beiden Ermittlungen stehen immer wieder dieselben Personen im Vordergrund. Der Chef«, er blickte erneut zu Neitmann, »der Chef möchte, dass du jetzt die Federführung für beide Bereiche übernimmst. Wir sind zu einem alten Fall dazugerufen worden, der neu aufgerollt werden soll. Mein Kollege und ich müssen jetzt leider los.« Jens wandte den Kopf zu seinem Teamkollegen. »Kommst du?« Und schon waren die beiden auf dem Weg zur Tür.

»Gute Arbeit, Hauptkommissar Kuhlmann. Bitte kommen Sie nachher noch zu mir, um diese Angelegenheit, Sie wissen schon, zu besprechen.« Ein kurzer Gruß und Kuhlmann und sein junger Kollege waren verschwunden.

Der richtige Zeitpunkt für Kriminalrat Neitmann, alles Weitere mit den beiden Soko-Sozial-Ermittlern und Frau Kramer durchzugehen.

»Ihr habt es ja schon gehört, dass ich Kuhlmann und seinen Mitarbeiter von dem Fall Dohmann abgezogen habe. Jetzt bleiben noch die paar Dinge durch die Pathologie zu klären, doch es sollte reichen, dass die U-Haft für Frau Updahl vorerst aufgehoben wird. Die zusammengetragenen Beweise rechtfertigen meines Erachtens eine weitere Inhaftierung nicht. Doch das muss Staatsanwältin Stein entscheiden. Und jetzt bringen Sie mich bitte auf den neuesten Stand der Ermittlungen zu der Strafanzeige.« Er lehnte sich bequem zurück, schnappte sich noch ein paar Kekse und schaute auffordernd in Katjas Richtung.

»Okay, dann will ich das mal kurz zusammenfassen. Es ist nicht ganz leicht, da uns noch einige Details fehlen. Auch die Akten konnten wir noch nicht mitnehmen. Nicht ohne ein Schriftstück der Staatsanwaltschaft. Und das war noch nicht unterschrieben, weil irgendsoeine Trantüte es verschlampt hat, den Vorgang in die Unterschriftsmappe zu legen.« Man merkte ihr den Ärger über diesen Fauxpas an. »Und das Gespräch mit der Meyer steht ja auch noch aus. Jetzt nur hauptsächlich in Bezug auf die Anzeige. Es stehen auch noch Gespräche mit Frau Updahl und weiteren Personen auf unserer Liste. Soweit wir bisher recherchieren konnten, alles Eltern, die in der Vergangenheit Hilfen beim Jugendamt beantragt hatten, sich aber über deren Ausgestaltung mit den Sachbearbeitern uneins waren.«

Katja fischte einen Zettel aus der Akte und gab sie dem Kriminalrat. »Hier, das sind die Namen und Vorgänge, die wir noch abarbeiten müssen. Frau Kramer überprüft schon die Adressen und schaut, ob die Daten noch aktuell sind. Ein Glück, dass wir sie haben. Ohne Frau Kramer bekämen wir das alles nur zu zweit nicht auf die Reihe. Danke, Chef, dass wir Ihre Mitarbeiterin für den Datenbankabgleich ins Team holen durften.«

»Kein Problem. Vor allem anderen müssen wir sehen, dass wir Frau Updahl aus dem Gewahrsam bekommen. Dieser ganze Vorgang ist nicht nur für unsere Dienststelle eine peinliche Angelegenheit. Für die Medien ist das doch ein gefundenes Fressen. Kleiner, behinderter Junge, wird von inkompetenten Beamten aus dem Schutz seiner Familie gerissen, oder so. *Badenhausen aktuell* scharrt bestimmt schon mit den Füßen, um mit dem Aufmacher rauszukommen.«

»Glaube ich nicht, Chef«, warf Frank ein. »Es wurde eine Nachrichtensperre veranlasst. Zum Todesfall und auch zu der Strafanzeige. Die Presseabteilung der Staatsanwaltschaft will morgen mit den Medien sprechen.«

»Und woher wissen Sie das jetzt schon? Die Staatsanwältin war vorhin noch in einer Besprechung und wir konnten noch nicht über die Fälle reden.« Bernd Neitmann guckte ziemlich missmutig zu seinen Beamten von der Sonderkommission und schob sich leicht gefrustet noch einen Keks in den Mund. »Nervennahrung«, grummelte er.

»Wir haben so unsere Quellen, nicht wahr, Frank?«, fragte Katja ihren Kollegen und schaute dann zu Kathrin Kramer.

»Die habe ich auch, Herr Kriminalrat«, sagte diese. »Die Gurany von *Badenhausen aktuell* hat heute Vormittag bei mir angerufen. Sie erzählte von dem Pressetermin morgen Mittag und fragte nach dem genauen Ablauf und ein paar kleinen Vorzimmergeheimnissen. Hat sie aber nicht bekommen. Nicht von mir.« Sie verdrehte die Augen und sprach weiter: »Und sie, die Gurany meine ich, die wird sicher nichts schreiben, was nicht Hand und Fuß hat.«

»Ach«, Katja haute sich leicht mit ihrem Stift vor die Stirn. »Das habe ich beinahe vergessen, Chef. Isabella Gurany ist die Patentante des kleinen Paul Updahl. Er ist jetzt bei ihr. Solange seine Mutter inhaftiert ist.«

Sie klappte ihr Notizbuch auf und suchte den entsprechenden Eintrag. »Hier, bei der Befragung von Frau

Schmidt-Martens, da steht es: Der Klient Paul Updahl wurde zur weiteren Betreuung an seine Patin Isabella Gurany übergeben. Das war die Aussage der Sozialpädagogin. Die hatten schon alles bereit für die Inobhutnahme in eine Pflegefamilie. Doch zum Glück konnte das noch abgewendet werden. Frau Gurany konnte eine notariell beurkundete Vollmacht der Mutter vorweisen und so durfte sie den Jungen mit nach Hause nehmen. Ein Glück. Für Paul müssen das sehr schwere Stunden gewesen sein. Ich glaube nicht, dass im Jugendamt Gebärdendolmetscher Schlange stehen.« Katja holte tief Luft.

»Also, um das abzukürzen: Frau Gurany wird sicher nicht über einen Fall berichten, in den sie selbst involviert ist.«

Katja klappte ihre Akte zu und packte ihre Sachen zusammen. »So, von mir aus ist es das. Frank und ich haben gleich noch einen Termin im Arrestzimmer bei Frau Updahl. Herr Neitmann? Wir sehen uns dann morgen früh um acht zur nächsten Dienstbesprechung. Hoffentlich haben wir bis dahin die nötigen Erkenntnisse, um Frau Updahl und ihren Sohn wieder zusammenzubringen.«

»Gut, dann schließen wir das hier. Viel Glück für Sie beide. Hoffentlich finden Sie die fehlenden Puzzleteile. Ich gebe die Informationen gleich an die Staatsanwältin weiter. Da sollte eine vorläufige Freilassung hoffentlich drin sein.« Katjas und Franks Vorgesetzter stand auf, drehte die steifen Schultergelenke und griff noch einmal zum Keksteller.

»Übrigens - leckere Kekse, Frau Sollig. Den Tipp, wo

man die kaufen kann, müssen Sie mir demnächst mal verraten. Frau Kramer - kommen Sie bitte.« Der Kriminalrat klemmte sich seine Tasche unter den Arm, grüßte in die Runde, drehte sich schwungvoll um und verließ den Raum Richtung Staatsanwaltschaft.

6

Katja und Frank standen von ihren Stühlen auf, als Anja Updahl durch die Tür in den Besprechungsraum trat.

»Guten Tag, Frau Updahl. Ich bin Kriminalhauptkommissarin Sollig.« Katja gab der jungen Frau die Hand.

»Bitte setzen Sie sich auf den grünen Stuhl dort vorn.« Sie zeigte auf den bequem wirkenden Holzstuhl auf der anderen Seite des Tisches, nickte Frank zu, der Anja Updahl ebenfalls begrüßte, und alle drei setzten sich auf ihre Plätze. Anja Updahl knetete nervös ihre Finger, als wären sie kalt und sie müsste sie erwärmen. Sie wirkte eingeschüchtert und ängstlich.

»Frau Updahl«, begann Katja. »Mein Kollege, Kriminaloberkommissar Lieme, und ich kommen von der Sonderkommission Sozial. Wir haben eine anonyme Strafanzeige wegen Ungereimtheiten im Jugendamt Badenhausen auf den Tisch bekommen. Ihr Name stand auf einer Liste möglicher Betroffener. Nun, im Zusammenhang mit den Ermittlungen im Todesfall Dohmann durch die Kollegen, zeigen sich weitere Verbindungen bei beiden Fällen. Wir haben darum einige Fragen an Sie. Ist das für Sie in Ordnung?«

»Soko Sozial? Oh, die Amtsschimmelflüsterer, richtig? Ich habe schon viel von Ihnen gehört. Bin ich froh, dass Sie zu mir gekommen sind. Selbstverständlich beantworte ich Ihre Fragen.« Die junge Mutter wirkte nun etwas selbstsicherer und schaute Katja hoffnungsvoll an.

Katja rollte mit den Augen. »Dieser Spitzname, den werden wir echt nicht mehr los. Den verdanken wir Ihrer Freundin, der Journalistin Isabella Gurany. Sie muss das irgendwie in der Polizeiwache in Badenhausen aufgeschnappt haben, und dann hat sie ihn durch ihre Berichterstattung öffentlich gemacht.«

Die Kommissarin hob die Augenbrauen, versuchte streng zu blicken und fuhr dann doch mit einem Lächeln im Gesicht fort: »Obwohl - Amtsschimmelflüsterer, das beschreibt es eigentlich ganz gut. Es läuft was nicht so rund und der Amtsschimmel muss neue Techniken und neues Verhalten lernen. Nichts anderes machen wir – adäquates Verhalten aufzeigen und Behörden und Bürgern den besseren Weg weisen.« Eloquent ratterte Katja Franks und ihren Aufgabenbereich herunter.

»Gut, Frau Updahl«, begann sie. »Nun zu unseren Fragen. Frank - gibst du mir bitte die Akte?« Katja setzte sich auf ihren Platz, griff nach der Mappe und öffnete sie auf der Seite mit der grünen Haftnotiz.

»Frau Updahl«, begann Katja. »Es geht hier nicht um den Vorwurf der Körperverletzung mit Todesfolge. Den Fall bearbeiten unsere Kollegen. Wir von der Sonderkommission Sozial kümmern uns um Strafanzeigen, bei denen Sozialbehörden involviert sind. Wie gesagt, tauchte Ihr Name auf einer Liste auf, die mit dem Jugendamt Badenhausen in Verbindung steht. Erzählen Sie bitte, warum Sie Hilfen des Jugendamtes in Anspruch genommen nehmen wollten.«

Anja Updahl fuhr sich nervös mit der rechten Hand durch die Haare, zupfte sich einzelne Strähnen aus dem

Gesicht und fixierte sie hinter dem Ohr.

»Ich bin wegen meines Sohnes Paul zum Amt gegangen. Er hat sich so gut in der Wichern-Grundschule gemacht. Jetzt, mit dem neuen Direktor, läuft es da richtig gut. Und der Direktor hat beim letzten Schulgespräch gemeinsam mit der Förderlehrerin den Vorschlag gemacht, beim Jugendamt für Paul einen Schulbegleiter zu beantragen, damit Paul es mit seiner Behinderung leichter hat. Paul ist taub, müssen Sie wissen.«

Sie rutschte auf dem Stuhl ein wenig nach hinten und lehnte sich bequemer an.

»Die Grundschule hat mich bei dem Antrag unterstützt, alles dafür getan, damit Paul es im Unterricht leichter hat«, erzählte sie den beiden Kommissaren.

»Es ist alles noch im Umbruch und die Schule noch nicht umfassend auf diesen Förderbereich Hören eingestellt. Während der Übergangszeit braucht Paul und braucht auch die Schule noch Hilfen. Die technischen Hilfen sind noch nicht optimal und sehr teuer für nur einen Schüler, deshalb der Schulbegleiter. Er soll Paul dabei unterstützen, die richtigen Hilfsmittel anzuwenden. Und er ist ausgebildeter Gebärdendolmetscher und kann das, was Lehrer und Mitschüler sagen für Paul übersetzen. Wir waren richtig glücklich, dass wir so eine tolle Schule gefunden hatten. Das ist auch in Zeiten der Inklusion ja immer noch nicht normal, sondern etwas Besonderes.« Anja Updahl strahlte vor Begeisterung über das ganze Gesicht.

Erneut veränderte sie ihre Position auf dem Stuhl, rutschte nach vorn, ganz an den Rand, und stützte ihre

Unterarme auf den Besprechungstisch. Das Leuchten in ihren Augen wurde blasser.

»Ja, und mit dem Antrag begann das ganze Unglück. Statt Schulbegleitung wollte das Jugendamt die Einschulung in die Förderschule Hören erzwingen. Und wir wollten das nicht.« Sie lehnte sich wieder zurück.

»Vor ein paar Tagen bekam ich einen Anruf von dem Jugendamtsleiter, diesem Herrn Dohmann. Ich solle vorbeikommen und einen Antrag auf Umschulung für die Schulaufsicht unterschreiben. Gestern Mittag, da war ich da. Ich habe mich geweigert zu unterschreiben. Und Dohmann hat mir gedroht. Wenn ich nicht kooperiere, würde man mir Paul wegnehmen. Er käme in ein Wohnheim für Hörbehinderte, das ist so einer Förderschule angeschlossen. Er meinte, ich würde *meine Mitarbeit verweigern* und somit den Anspruch auf Hilfen verlieren.« Anja klopfte nervös mit ihrer Hacke auf den Fußboden. Sie sprach schnell, extrem aufgeregt, schnappte nach Luft.

»Ich war so wütend, diese blöden Anschuldigungen. Fehlende Mitarbeit, so ein Quatsch. Und dann bin ich echt stinkig rausgerannt. Das ist auch das, was ich den Leuten von der Kripo gesagt habe. Als ich aus dem Büro rannte und aus dem Haus gestürmt bin, da war der Dohmann noch quicklebendig. Ich weiß einfach nicht, was da passiert ist. Ich habe nichts damit zu tun. Das habe ich aber alles schon Ihren Kollegen gesagt, die mich gestern befragt haben.«

»Beruhigen Sie sich«, sprach Katja die jüngere Frau an und legte ihr ihre Hand auf die Schulter. »Hier geht es nicht allein um den Tod von Ewald Dohmann. Wir müssen herausbekommen, was es mit den Vorwürfen gegen das Jugendamt und dem möglichen Rechtsmissbrauch auf sich hat.«

Doch Anja Updahl konnte sich nicht beruhigen, immer wieder liefen ihr die Tränen über das Gesicht und traurig verzog sie den Mund und schüttelte immer wieder ungläubig den Kopf.

»Rechtsmissbrauch sagen Sie? Das ist nicht nur Rechtsmissbrauch, das ist Rechtsbeugung, Rechts-was-auch-immer. Die können mir Paul doch nicht wegnehmen. Das ist nämlich nicht rechtens, was da abgelaufen ist. Nie und nimmer. Auch wenn der Dohmann mir das einreden wollte. Er ist so furchtbar einschüchternd in seiner Art. Er kam einem immer so nah, nahm einem die Luft, machte mir Angst«, erzählte sie stockend.

Katja fasste Anja Updahls Aussage noch einmal zusammen: »Sie haben also einen Antrag auf eine Schulbegleitung für Ihren Sohn Paul gestellt. Eine Schulbegleitung mit Fachkenntnissen in Gebärdensprache, richtig?« Anja Updahl nickte stumm.

»Und dann wurde Ihr Antrag nicht genehmigt und Paul sollte mitten im Schuljahr auf die Förderschule wechseln. Haben Sie diese Ablehnung und die Begründung schriftlich bekommen?«

Frau Updahl starrte Katja mit großen Augen an. »Schriftlich? Wieso? Nein, das hat mir die Familienhelferin mitgeteilt. Die Frau Meyer. Die hat mir gesagt, dass mein Antrag abgelehnt wurde und dass ich zu einem Gespräch zu Herrn Dohmann müsste, um weitere Unterlagen zu unterschreiben. Frau Meyer sollte doch prüfen, wie Paul so klarkommt. Sie war total nett und ich habe ihr von meinen Sorgen erzählt, was alles noch nicht so klappt in der Schule und so. Und sie hat dann den Bericht für das Jugendamt geschrieben.«

Frank hakte nach: »Nur der Bericht von der Familienhelferin oder gab es da noch andere Prüfungen?«

»Stimmt, das hätte ich beinahe vergessen. Vor zwei Wochen musste ich mit Paul noch zur Amtsärztin nach Minden. Die hat ihn untersucht«, fügte Anja Updahl ganz aufgeregt hinzu. »Ich weiß aber nicht genau, was dabei herausgekommen ist. Sie dürfe es mir nicht sagen, der Brief ginge direkt ans Jugendamt, die hätten auch den Auftrag für die amtsärztliche Untersuchung erteilt. Habe ich nicht ganz verstanden, warum. Aber das wird wohl seine Richtigkeit haben, wenn die das so sagt. Das ist ja immerhin eine Ärztin, sie will ja auch, dass es Paul gut geht, oder?« Anja Updahl schaute fragend in Franks Richtung. Der machte sich die ganze Zeit eifrig Notizen und überließ es Katja, die Befragung abzuschließen.

»Danke, Frau Updahl. Wir haben vorerst genug erfahren. Sie können ruhig schon aufstehen, der Kollege draußen bringt Sie gleich zurück.« Katja stand auf und schob ihren Stuhl zurück an den Besprechungstisch, bevor sie mit Frank zur Tür ging und klingelte, damit der Wachhabende Frau Updahl abholen konnte. »Ach, Frau Updahl. Ich soll Ihnen doch noch etwas von den Kollegen ausrichten. Es sieht sehr gut für Sie aus. Nicht mehr lange, und Sie dürfen gehen. Die Kollegen bringen Sie gleich nach Detmold zum Landgericht, dort ist es auch um einiges exklusiver und bequemer als hier.« Aufmunternd lächelte sie Anja Updahl an. Und die geriet leicht ins Wanken. Die ganze Anspannung schien von ihr abzufallen.

»Ich glaub, ich muss mich kurz wieder setzen. Endlich. Ich kann es kaum noch abwarten.«

7

Isabella Gurany saß schon eine Weile auf einer Bank an einem Ecktisch im Café Finselbach, ein Glas Wasser vor sich, als Katja eintrat und suchend ihren Blick durch das Café schweifen ließ. Schnell hatte sie die zierliche Journalistin entdeckt, ging auf sie zu und reichte ihr die Hand.

»Guten Tag, Frau Gurany.« Sie schüttelte schmunzelnd den Kopf. »So fix hört man wieder voneinander. Oder wie sagten Sie gestern Abend zu mir?«

Ihr Gegenüber riss die hellbraunen Augen auf, schnalzte mit dem Mund und antwortete nur lapidar: »So ist das Journalistenleben, Frau Sollig. Immer in Bewegung.« Sie schob eine Tasse zu Katja über den Tisch. »Hier, Ihr Ingwertee. Ziehzeit wie gewünscht und auch schon etwas abgekühlt. So, wie ich es für Sie bestellen sollte. Frau Kramer hat mir den Tipp gegeben.«

»Na dann, Frau Gurany, was haben Sie denn so Dringendes für mich, dass Sie sich hier mit mir treffen wollten?« Katja nahm die Tasse und drehte den Henkel passend herum, während Isabella aus ihrer Tasche einen Papphefter zog.

»Das hier.« Sie entnahm dem Hefter zwei Blätter und gab es der Kommissarin zu lesen.

Katja überflog die maschinegeschriebenen Zeilen zuerst, stutzte, begann von Neuem und las dann ganz genau. Sie reichte die Papiere zurück, nahm einen Schluck Tee und setzte ruhig die Tasse wieder ab.

»Wo haben Sie das her?«

»Das ist die Kopie des Schreibens, die mit dem Eingangsstempel der Behörde. Und der Nachweis des Faxes an die Staatskanzlei. Die Familie des Antragstellers hat sich die Kopien als Beweis aufbewahrt. Sicherheitshalber, um für später einen Beleg zu haben. Und dieses später, das ist nun eingetreten.« Die Journalistin nahm die zarte Hornbrille ab und massierte vorsichtig ihre Augenbrauen. Sie schaute zu Katja. »Tja«, sagte sie müde und seufzte, »und bei meinen Recherchen habe ich diese Familie getroffen und sie haben mir von dem Schreiben erzählt.« Isabella setzte ihre Brille wieder auf, zog den akkurat gerade geschnittenen schwarzbraunen Pony wieder an seinen Platz und wartete auf Katjas Reaktion.

Die blieb vorerst still und dachte nach. Die Sekunden verstrichen und keine der Frauen sagte ein Wort. Während die Lampe über dem Tisch die bernsteinfarbenen Strähnchen in Isabella Guranys Haaren glitzern ließ, biss Katja sich gedankenverloren auf die Unterlippe, hob den Blick und sprach: »Und was wollen Sie von mir?«

»Ich hoffe, dass es Ihnen hilft, den wahren Täter zu finden.«

»Den wahren Täter? Sie meinen den wahren Mörder? Aber Sie wissen schon, dass das nicht mein Fachbereich ist, oder?« Katja hob abwehrend die Hände hoch.

»Warten Sie ab, Frau Sollig. Warten Sie ab, was sich entwickelt. Manche Dinge erscheinen ganz einfach und sind viel komplizierter als Sie glauben. Schauen Sie genau hin, prüfen Sie, und Sie werden Dinge entdecken, die Sie so nicht erwartet haben. Mehr kann ich Ihnen nicht sagen. Doch ich vertraue Ihnen, dass Sie das Rätsel lösen werden.«

Isabella Gurany zog ihre Tasche zu sich heran, legte das Geld für ihr Wasser auf den Tisch, stand auf und wollte gehen. Sie drehte sich noch einmal um. »Wenn nicht Sie, wer dann. Sie werden das schaffen.« Ihre gelb markierte Visitenkarte und die Mappe ließ sie liegen.

*

In Badenhausen regnete es mittlerweile unaufhörlich. Aus dem Nieselregen von vor zwei Stunden war mittlerweile ein Dauerregen geworden. Die dicke Wolkendecke verdunkelte den Nachmittag. Vor den Fenstern des Jugendamtes platschten die Tropfen ausdauernd auf die Fensterbänke und spritzten gegen die Scheiben. Schmuddelwetter in Ostwestfalen.

Katharina Schmidt-Martens trat in den Besprechungsraum und betätigte zuallererst den Lichtschalter. Mit lautem Knistern gingen die alten Neonleuchten an und tauchten den Raum in ihr grelles Licht. Ein leises, fiependes Summen war zu hören.

»Wäre mal ein Grund ein bisschen was in sparsamere Beleuchtung zu investieren«, sagte sie in Richtung von Katja und Frank, die hinter ihr her ins Besprechungszimmer traten. »Doch dafür hat die Stadt mal wieder kein Geld. Und wir hier müssen uns mit diesen grausamen Lichtverhältnissen plagen.« Sie kniff verärgert die Augen zusammen und drehte sich zur Tür. »Warten Sie bitte, ich hole für den Besprechungstisch zwei Einzellampen. So geht das gar nicht. Das macht einen ja total nervös, dieses Gesurre.«

Frau Schmidt-Martens verließ kurz den Raum und kam mit zwei Tischlampen wieder zurück.

»So, gleich wird es besser.« Sie steckte die Lampen in die Steckdosen, positionierte sie an den beiden Tischenden und schaltete sie an. »Setzen Sie sich doch. Möchten Sie etwas trinken? Einen Kaffee?«

»Nein, Frau Schmidt-Martens.« Katja winkte ab. »Lassen Sie uns gleich beginnen. Wir haben nachher noch einen Termin und nicht so viel Zeit.«

Katharina Schmidt-Martens drückte auf den Lichtschalter der Deckenbeleuchtung und setzte sich gegenüber an den Tisch, verschränkte die Hände auf dem Schoß und wartete.

Katja blickte zu Frank, nickte ihm kurz zu und er begann mit der Befragung.

»Frau Schmidt-Martens, wir haben hier eine Auflistung von Familien aus Badenhausen, die Sie betreuen. So steht es in den Akten der jeweiligen Familien. Worin genau besteht Ihre Aufgabe?«

Die Sozialpädagogin runzelte irritiert die Stirn. »Was hat das mit dem Tod von Herrn Dohmann zu tun, Herr Lieme? Das verstehe ich jetzt nicht?«

»Wir ermitteln nicht im Todesfall Dohmann«, erwiderte Frank und fuhr fort: »Wir ermitteln wegen einer Strafanzeige, die wir erhalten haben und Sie sind das Bindeglied zwischen den Familien und den angezeigten Vorfällen.«

Katharina Schmidt-Martens presste ihre Fäuste unterm Tisch fest gegeneinander, bis die Knöchel weiß anliefen. »Wer hat mich denn angezeigt, und warum? Ich begreif' das nicht.« Ihre Stimme klang kühl, doch sie konnte das Zittern nicht ganz unterdrücken.

Frank wurde ungeduldig. »Frau Schmidt-Martens,

bitte antworten Sie auf meine Frage. Welche Aufgaben haben Sie in Ihrer Funktion hier im Amt?«, fragte er barsch.

»Ich kümmere mich um die Pflegekinder und um die Heimkinder. Dass die Kinder gut untergebracht sind und dass der Kontakt zur Ursprungsfamilie bestehen bleibt. Sofern es eine gibt und diese das auch möchte.«

»Wo werden die Kinder untergebracht?«

»Üblicherweise in den uns bekannten Pflegefamilien. Derzeit haben wir aber keine Kapazitäten mehr, darum werden die neuen Fälle vom Sozialprojekt ›Badenhauser Land‹ aufgenommen und weiter betreut.«

»Hm.« Frank schürzte die Lippen. »Wer ist der Träger, der hinter ›Badenhauser Land‹ steht?«

»Soweit ich weiß, ist das ein Verein, eine Organisation der Behindertenhilfe, und die Kosten werden vom Kreis übernommen. Wir von der Stadt sind da außen vor.«

»Seit wann läuft diese Betreuung über das Projekt?«, hakte Frank nach.

»Etwa drei, vier Jahre. So genau kann ich das nicht sagen. Herr Dohmann war der Ansprechpartner hier im Amt.«

»Und wer übernimmt jetzt die Verantwortung für das Projekt? Gibt es einen Vertreter hier im Haus?«, hakte Frank nach.

Frau Schmidt-Martens biss sich auf die Unterlippe. »Wie das jetzt weiterlaufen soll? Ich bin völlig überfragt. Jetzt, wo er tot ist. Vorerst suchen wir neue Pflegefamilien.« Die Sozialpädagogin verzog ihr Gesicht zu einem Weinen und guckte traurig auf den Tisch. Doch es flossen keine Tränen. Noch immer lockerte sie ihre Fäuste nicht.

»In keiner der Akten steht Ewald Dohmann als zuständiger Ansprechpartner. Wir konnten nur Ihren Namen finden, Frau Schmidt-Martens«, mischte Katja sich ein. »Können Sie uns das bitte erklären?«

»Um welche Familien geht es denn?«

Katja las ihr die Namen vor, doch Frau Schmidt-Martens schüttelte den Kopf. »Nein, bei den ersten drei Familien habe ich die Betreuung schon vor Längerem abgegeben. Bei den anderen Namen muss ich nachschauen. Ich kann mich nicht an alle Fälle erinnern. Die Inobhutnahmen sind in den letzten Jahren stark angestiegen.«

»Wissen Sie, Frau Schmidt-Martens, dass Sie sich an die Familie Updahl nicht erinnern können, das erstaunt mich dann aber sehr. Sie waren immerhin gestern dabei, als Paul Updahl und Anja Updahl zu Hause abgeholt wurden. Als Frau Updahl in Haft und Paul Updahl aus seinem Zuhause mit in die Übergangsbetreuung der Jugendhilfe genommen wurden. Keine Erinnerung, Frau Schmidt-Martens?« Katjas Augen schlossen sich zu Schlitzen.

»Ist ja gut«, spie die Sozialpädagogin heraus. »Ich war erst kurz mit dem Fall beschäftigt. Da hatte ich den Namen noch nicht so parat.«

»Aha. Schon komisch. Immerhin haben Sie die Genehmigung des Einsatzes einer Familienhelferin unterschrieben. Sehen Sie?« Katja zeigte auf die Stelle in der Akte. »Und hier«, - sie zeigte auf das nächste Blatt – »hier steht der Antrag auf Anordnung einer Heimunterbringung. Ist doch auch Ihre Unterschrift, oder nicht?«

Katharina Schmidt-Martens wandte den Blick ab und schwieg. Nach einer Weile schaute sie zurück zu Katja. »Na und, das ist meine Arbeit«, fauchte sie. »Welche Qualifikation haben Sie, meine Arbeit zu bewerten?«

Katjas Mundwinkel zogen sich hoch, doch ihr Blick war weiter eiskalt. »Die Qualifikation der Sonderkommission Sozial. Polizeiausbildung, Laufbahn im gehobenen Polizeidienst und Zusatzstudium Sozialrecht und Sozialpädagogik. Das sollte reichen, Frau Schmidt-Martens. Zu den Sozialgesetzen brauchen Sie mir nichts erzählen.« Katja wartete einen Moment und fuhr fort: »Aber etwas, das können Sie mir doch erzählen.« Katja klatschte in die Hände, stellte die Ellenbogen auf den Tisch und die Hände vor das Gesicht und schaute nachdenklich. »Warum Erziehungshilfe bei Frau Updahl und ihrem Sohn? Schulbegleitung fällt ja wohl eindeutig unter Eingliederungshilfe für behinderte Kinder. Eine völlig andere Klientel, nicht wahr, Frau Schmidt-Martens?« Katja legte den Kopf schief und wartete erneut.

Frau Schmidt-Martens blieb still.

»Dann dazu später. Mal schauen. Ah, auf meiner Liste ist noch etwas offen. ... Wie sieht es mit Dienstaufsichtsbeschwerden aus? Gab es da in den letzten Jahren häufiger Ärger?«, fragte Katja weiter und beobachtete genau das Gesicht ihres Gegenübers.

»Dienstaufsichtsbeschwerden?« Katharina Schmidt-Martens lachte kurz auf. »Das meinen Sie doch nicht ernst? Sie wissen doch selbst – formlos, fristlos, fruchtlos. Alles nur Schall und Rauch, da mache ich mir bei meiner Arbeit keine Sorgen.« Sie kratzte sich hinter dem linken Ohrläppchen und schluckte. »Die jungen Frauen sind dem Leben mit einem Kind einfach nicht mehr gewachsen, die sind ja oft selbst noch Kinder. Den fehlen so oft soziale Kompetenzen und einfache hauswirtschaftliche Kenntnisse. Die sind schnell überfordert. Wissen Sie«, sprach sie Frank an, »richtige Waisenkinder, die gibt es kaum noch. Wir plagen uns mittlerweile mit den Auswüchsen der Spaßgesellschaft herum. Viel Spaß, aber keine Verantwortung übernehmen. Und wenn es dann schief geht, sind wir mal wieder die Bösen. Typisch.« Die Sozialarbeiterin spuckte die letzten Worte regelrecht heraus.

»Nun, gut, Frau Schmidt-Martens. Belassen wir es dabei.« Frank steckt die Kappe auf den Filzstift und klemmte ihn in die Spirale seines Notizblocks. »Ich habe hier eine Liste und die Genehmigung der Staatsanwältin. Ich muss Sie bitten, zu den angestrichenen Fallakten die Handakten Ihrer Kollegin Nadine Meyer herauszusuchen und uns mitzugeben. Es kommt gleich ein Kollege vorbei, der Ihnen dabei hilft und die Akten zur Dienststelle bringt.«

Katharina Schmidt-Martens nahm das Blatt entgegen, schaute drauf und ... wurde blass. Doch sie bekam sich schnell wieder in den Griff, räusperte sich und nickte Frank und Katja mit verkniffenem Mund und halb geschlossenen Augen wortlos zu.

Und draußen klopften die Regentropfen weiter monoton auf die Fensterbänke.

8

Zum Glück war die Straße durch Dehme hindurch zur Porta und dann durch den Weserauentunnel heute nicht so stark befahren, von den üblichen Staus vorm Tunneleingang war bisher nichts zu sehen. Katja kam zügig vorwärts, Frank hatte die Augen geschlossen und ruhte sich ein wenig aus – oder wohin auch immer seine Gedanken schwirrten. In weniger als zehn Minuten müssten sie in Minden sein. Da schrillte Katjas Mobiltelefon und spielte den unerwartet echt klingenden Ton der alten Bakelit-Telefone ab. Frank erschrak und hielt sich die Hand auf die Brust.

»Was war denn das? Seit wann hast du diesen grauenhaften Ton eingestellt?«

»Also, ich mag ihn. Gehst du bitte für mich dran?«

Frank schüttelte sich immer noch, griff aber nach hinten zu Katjas Tasche und tastete nach dem Telefon in der Außentasche. »Lieme, Apparat Sollig.« Er gab seiner Stimme einen geschäftsmäßigen Klang. Katja musste lachen.

»Ja, ... ja. Okay, Frau Kramer. Dann weiß ich Bescheid, ich werde es ihr sagen. ... Gut. ... Stillschweigen? Alles klar. Wir sehen uns morgen. Tschüss!« Frank drückte auf die Austaste und schob das Mobiltelefon wieder in Katjas Tasche.

»Und, was hat sie gewollt?«

»Sie wollte uns über einen Vorfall informieren, der heute in der Förderschule *Badenhauser Land* passiert ist.« Frank strich sich übers Haar und atmete vernehmlich aus. »Als wir im Jugendamt bei Frau Schmidt-

Martens waren, kam in der Dienststelle eine Suchmeldung herein. Ein Schüler der Förderschule wurde vermisst. Die Eltern hatten das gemeldet.«

»Aha – wurde vermisst?«

»Ja, zum Glück wurde.« Frank stockte. »Das Ganze hat sich schon aufgeklärt. Du wirst es nicht glauben – die haben den Jungen im Schulbus gefunden. Eingesperrt und völlig allein. Über Stunden. Was muss der kleine Kerl Angst gehabt haben. Der Fahrer hatte ihn heute Morgen einfach im Bus vergessen. Auf dem Schulparkplatz. Na, das gibt wohl ziemlichen Ärger.«

»Aber wie kann den so etwas passieren?«, fragte Katja nach. »Ist denn keinem aufgefallen, dass er nicht im Unterricht war? Die hätten doch die Eltern informieren müssen, dass der Junge nicht da ist.« Katja blinkte und fuhr in den Kreisel Richtung Kreishaus. Sie schaute nach rechts, fädelte sich in die Ausfahrtspur ein und schaute Frank kurz an.

»Sie hätten, sie haben aber nicht. War wohl heute irgendeine Veranstaltung und erst heute Mittag fiel es auf. Und als Erstes hat das Schulsekretariat die Eltern angerufen. Die waren natürlich völlig aus dem Häuschen und haben unsere Abteilung informiert.«

»Und?«, hakte Katja nach. »Mach es doch nicht so spannend.«

»Frau Kramer hat ihnen den Tipp mit dem Schulbus gegeben. Es lag ja auch nahe. Aber in der Schule war noch keiner auf die Idee gekommen.«

Katja fuhr auf den Parkplatz der Kreisbehörde und suchte nach einem freien Stellplatz. Hurtig fuhr sie vor, blinkte rechts, fuhr rückwärts in die Parklücke und machte den Wagen aus.

»Wow, das war gekonnt.«

Katja strahlte. »Gelernt ist gelernt. Nein, ehrlich. Mein Auto und ich sind eins. Da klappen solche Manöver.« Sie zog die Nase kraus. »Aber noch einmal zurück zu dieser Schulbusgeschichte. Ich vermute, das wird noch ein Nachspiel haben. Wollen die Eltern Strafanzeige stellen?«

»Du meinst wegen Verletzung der Aufsichtspflicht?« Frank schaute zu ihr rüber. »Dazu hat Frau Kramer nichts gesagt. Doch es würde mich nicht wundern. Derzeit sind die Eltern sicher froh, dass der Junge wohlauf – mehr oder weniger – gefunden wurde. Das Nachdenken über diese Sache, das kommt sicher noch.« Frank zog Katjas Tasche vom Rücksitz zu sich und reichte sie ihr. »Dann lass uns mal gehen. Hoffen wir mal, dass der Herr Landrat uns ein paar Fragen beantworten kann.«

*

Die Sekretärin des Landrats klopfte an die Tür seines Dienstzimmers im Kreishaus in Minden, ging unaufgefordert herein und bat Katja und Frank, hinter ihr einzutreten.

»Herr Landrat Stratemeier, Frau Sollich und Herr Kriminaloberkommissar von der Sonderkommission Sozial aus Badenhausen wünschen Sie zu sprechen.« Sie winkte die beiden zu sich.

Der Landrat erhob sich und wollte gerade zum Sprechen ansetzen, als Katja mit Blick zu seiner Angestellten erwiderte: »Kriminalhauptkommissarin Sollig, bitte. Der Name wird mit *g* geschrieben, aber ganz unlippisch auch mit *g* gesprochen.« Sie blickte die Sekretärin an.

»Sie können jetzt gehen. Dies ist ein vertrauliches Gespräch zwischen dem Landrat und der Oberen Polizeibehörde.«

»Also ...«, begann die Sekretärin empört und hob abwehrend die Hände, doch Katja drängte sie zur Tür und schloss sie hinter der ärgerlich zischenden, wütend dreinblickenden Vorzimmerdame.

»Eine ganz schön forsche Dame sind Sie, Frau Kriminalhauptkommissarin Sollig mit ›g‹. Sie haben meine Mitarbeiter schon gut im Griff.« Der Landrat schmunzelte vergnügt. »Was kann ich für Sie beide tun? Vorab. Darf ich Ihnen einen Kaffee anbieten? Eine Kanne mit frisch aufgebrühtem Kaffee steht dort vorne auf der Anrichte.« Mit der Hand wies er in die Richtung. »Sie können sich gerne bedienen. Milch und Zucker, alles da. Um diese Tageszeit ist immer meine Kaffeepause. Man gönnt sich ja sonst nichts. Also - erzählen Sie mir bitte, um was es geht.«

Während Frank sich eine Tasse nahm, lehnte Katja dankend ab. Sie freute sich schon auf die Berichte, die sie noch im Büro zu schreiben hatte. Mit einer schönen Tasse Ingwertee und ein paar Orangenplätzchen neben sich. Kaffee? Nein, danke.

»Herr Landrat«, begann sie. »Bei den Ermittlungen zu einem noch ungeklärten Todesfall im Jugendamt Badenhausen sind wir auf eine neue Spur gestoßen. Eine namentlich nicht genannte Quelle hat uns eine Kopie einer Dienstaufsichtsbeschwerde zukommen lassen, die gegen den Verstorbenen eingereicht worden war. Ewald Dohmann, Jugendamtsleiter in Badenhausen, sagt Ihnen das etwas?«

»Hm, dazu kann ich gar nichts sagen. Das müsste in den Personalakten des Kreis-Jugendamtes vermerkt sein. Solche Maßnahmen landen üblicherweise bei den direkten Vorgesetzten der jeweiligen Fachbehörden. Ich kann mich daran nicht erinnern. Haben Sie ein genaues Datum, an dem die Beschwerde eingereicht wurde? Ich könnte Herrn Lehmann hinzurufen, der müsste über solche Vorgänge Bescheid wissen. Ist das in Ihrem Sinne, Frau Sollig?« Der Landrat griff schon nach seinem Telefon und wartete auf Katjas Reaktion.

»Einen Moment noch. Ganz allgemein gefragt: Wie ist hier der Umgang mit Beschwerden bei der Dienstaufsicht? Sie als höchster Verwaltungsbeamter im Kreis müsste doch über solche Vorgänge informiert sein. Sie sind doch üblicherweise der Adressat dieser Beschwerdebriefe, oder nicht?«

»Bei Dienstaufsichtsbeschwerden bin ich das, sicherlich. Aber die kommen ja kaum vor. Meistens bekommt der Kreis Fachaufsichtsbeschwerden. Die gehen immer direkt zur Prüfung an die Fachabteilungen. Um was geht es denn eigentlich in Ihrem Fall? Hat sich der Kollege nicht an Fristen gehalten, die falschen Paragraphen angewendet? So etwas landet nicht auf meinem Tisch. Da muss schon etwas Gravierendes passiert sein. Vorteilsnahme im Amt, oder so.«

»Eben, Herr Landrat. Volltreffer. Frank, reich mir bitte die Kopie des Schreibens an Herrn Landrat Stratemeier.«

Katja griff nach dem Papier, das Frank aus der Akte zog, und legte es dem Landrat auf den edlen Mahagonischreibtisch. »Bitte sehr. Wie gesagt, Sie sind der

Adressat und genau deswegen sind wir hier.« Katja lehnte sich wieder auf ihrem Stuhl zurück und verschränkte gelassen ihre Hände auf ihrem Schoß. »Und? Schon mal gesehen?«

Wilhelm Stratemeier nahm das Schreiben und las sich Zeile für Zeile durch. Unruhig griff er wieder nach dem Hörer und wählte eine interne Durchwahl. »Herr Lehmann, bitte kommen Sie zu mir. Ich habe hier etwas für Sie.«

Kurze Zeit später klopfte es an der Tür und einer der Verwaltungsbeamten des Kreises kam herein. »Herr Landrat, Sie wollten mich sprechen?«

»Ja. Bitte nehmen Sie diese Kopie mit und prüfen Sie den Vorgang. Eingang hier im Haus, Bearbeitungsvermerke, Stand der Bearbeitung und so weiter. Und wenn Sie das erledigt haben, berichten Sie bitte direkt an mich. Danke, Sie können wieder gehen.« Der Beamte nahm das Schreiben entgegen, warf kurz einen Blick auf die beiden Kommissare, drehte sich um und verließ unverzüglich das Dienstzimmer seines Chefs.

»So«, hob der Landrat an. »Ich denke, das wäre es dann. Ich gebe Ihnen Bescheid, wenn ich genauere Erkenntnisse habe. Geben Sie bitte im Vorzimmer Ihre Kontaktdaten ab. Ich melde mich bei Ihnen. Einen schönen Tag noch.« Mit diesen Worten öffnete er die Tür und komplementierte Katja und Frank aus dem Raum.

Verdutzt blieben die beiden vor der nun geschlossenen Tür stehen.

»Was war denn das?«

»Tja, Katja, wer hatte jetzt wen gut im Griff?«, witzelte Frank, gab der böse dreinblickenden Sekretärin die Visitenkarte der Dienststelle und verließ grußlos mit seiner Kollegin zügig das Kreishaus.

9

Der Hörer verfehlte die Ablage. Wütend ballte er die Faust und knallte sie auf den Tisch.

Diese dämlichen Hornochsen, da, in ihrem Provinzkaff. Wie kann man nur so dämlich sein und sich in die Karten gucken lassen? Seit fünf Jahren lief die Geschichte perfekt. Alle hatten davon profitiert, alle. Und jetzt? Da knallt der Dohmann die Treppe runter, dieser Blödmann, und löst eine Untersuchung aus, die die ganze Aktion gefährdet. War ja klar, dass der mit seiner cholerischen Art irgendwann Ärger bedeutet. Statt mit den richtigen Argumenten und genug Einfühlungsvermögen hat er die Leute unter Druck gesetzt. War doch klar, dass sich irgendwann jemand wehrt. Doch von dem lass ich mir meine Position nicht kaputtmachen. Ein leitendes Mitglied der Staatskanzlei – das muss man sich erst mal verdienen.

Schadensbegrenzung. Genau, Schadensbegrenzung! Das ist das Einzige, was ich hier noch versuchen kann. Der Typ von der Bezirksregierung hat richtig gehandelt, gut, dass er mich angerufen hat. Auch, wenn ihm durch mein Getobe nun die Ohren klingeln. Kann ja keiner ahnen, dass er seine Leute nicht im Griff hat. Doch gut, gut, dass er angerufen hat. Es stand schon mal alles auf der Kippe. Doch das habe ich geregelt. Endgültig. Wer schnüffelt, der fliegt. Der Typ hat geschnüffelt – und ist geflogen. Mit 'ner hübschen Limousine. Ist ihr nicht gut bekommen, der Limousine. Und dem Typen auch nicht. Asche zu Asche.

Er tippte mit dem Stift auf seiner Schreibtischunterlage herum und starrte zum Aktenschrank. Und dann fiel es ihm ein. Das, was er tun musste. Ein Griff zum ledernen Terminplaner mit den Telefonnummern für alle Fälle. Mit zitternden Fingern blätterte er nervös bis zum Eintrag, den er gesucht hatte. Er nahm den Hörer wieder auf und wählte. Besetzt. Dann musste das warten. Kurz.

Es klopfte. Dreimal. Seine Assistentin.

»Ja?« Er versuchte, seiner Stimme einen unaufgeregten Klang zu geben.

Die Sekretärin öffnete die Tür und schaute herein. »Herr Staatssekretär?«

Er blickte zu ihr und nickte.

»Frau Stark bittet Sie zu einem Gespräch. In fünf Minuten in ihrem Büro.«

»Und warum ruft sie dann nicht direkt an?« Schweißtropfen bildeten sich an seinem Nacken. Er tastete verzweifelt nach dem Taschentuch in seiner Hosentasche. Bekam es jedoch nicht zu fassen.

»Das kann ich nicht sagen, Herr Staatssekretär. Die Aufforderung kam direkt vom Vorzimmer der Ministerpräsidentin. Sie möchten bitte die Unterlagen zum Sozialprojekt *Badenhauser Land* mitbringen.«

»Na, dann. Da werde ich mich wohl aufmachen müssen«, erwiderte er mit einem aufgesetzten Grinsen und bedeutete seiner Sekretärin die Tür zu schließen. Endlich erhaschte er den Zipfel des Taschentuches und zerriss es beinahe, als er es herauszog. Unruhig rieb er sich den Schweiß weg, nahm sich einen losen Aktendeckel zur Hilfe und fächerte sich etwas Luft zu.

Angstschweiß? Nie und nimmer. Wenn er gehen

musste, wenn alles aufflog, dann würde sie mitfliegen, aber richtig – die gute Lieselotte. Noch einmal den Kopf kreisen lassen und die Schultern entspannen. Es knackte unangenehm.

Er warf das verbrauchte Tuch in den Eimer und holte sich aus seiner Aktentasche ein neues. Kurzer Blick in den Spiegel an der Wand. Wird schon gehen.

Ein Griff zum schicken Hochglanzprospekt und ein weiterer zum gut gefüllten Aktenordner. Ein paar Schritte zur Tür und los. »Auf in die Höhle der Löwin.«

*

Die Sonne strahlte vom Himmel und malte im Lippischen Bergland viele bunte Tupfer zwischen die Wälder und Hügel. Vom Regenwetter in Badenhausen war hier nichts zu sehen. Ganz weit hinten, weiter im Norden, da zeigten sich noch die Wolken, doch über die Weser kamen sie zum Glück mal wieder nicht rüber. Gelobt sei die lippische Heimat.

Katja bremste den Geländewagen abrupt ab. Straßensperrung da vorne, an der kleinen Brücke über den Wiebesieksbach, das kann ja wohl nicht sein. Und das ohne Vorwarnung. Katja war die Winterbergstraße heruntergefahren, um zum Kalldorfer Brunnen zu kommen. Gestern ging das doch noch. Und nun? Hier kam sie nicht weiter. Und eine Seitenstraße zum Drehen? Keine Chance. Oder doch? Zum Glück wohnte Onkel Rudi direkt an der Straße und Katja erinnerte sich dunkel an die Sonntagsspaziergänge mit Oma Lina, Mama, Papa, ihrer Schwester Marina und eben Omas Neffe Rudolf. Der kleine Weg am Wiebesiek, gegenüber Rudis Haus, da müsste sie drehen können.

Schwungvoll drehte sie um und fuhr zügig die Winterbergstraße zurück bis zum Farmbker Weg, um über Schleichwege zum Meyra-Ring und dann zum Treffpunkt mit Frank zu kommen.

*

»Hey, nicht so schnell, ich komme nicht hinterher.« Katja wurde etwas langsamer, drehte sich zu Frank um, blieb dann stehen und lief auf der Stelle, um Frank aufholen zu lassen.

»Tut mir leid, ich war ganz in Gedanken. Wir sind gleich am Friedhof, da können wir eine Pause machen. Nur noch der Pattweg da vorn auf dem Huckel.«

Katja zeigte auf den schmalen Trampelpfad vor ihnen.

»Und nachher, da lade ich dich auf ein Bier im Kalldorfer Brunnen ein. Okay?«

Frank reckte sich, beugte sich vornüber, stützte die Hände auf den Oberschenkeln ab und holte langsam und tief Luft, um seinen Puls wieder ruhiger zu bekommen. »Gerne, das ist ein Angebot.«

»Da bin ich aber froh, dass du kein Schluffen bist.«

»Katja, aber wirklich.« Gespieltes Entsetzen machte sich auf Franks Gesicht breit. Er keuchte auf.

»Immer diese lippische Ausdrucksweise. Ein Schluffen? Antriebsschwach? Also bitte, Katja, als würde ich hier nur herumschlüren.«

Langsam kam er wieder zu Atem und richtete sich wieder auf. »Ich bin dafür, wir laufen lieber gemächlich weiter. Das sollte doch ein gemütlicher Dauerlauf und kein privates Rennen werden.« Der Schweiß lief ihm noch über das Gesicht. Mit einem Stofftuch wischte er sich über die Stirn.

»Sprichst du in Gedanken mit Jan über den Fall und gehst gedanklich alle Eventualitäten durch?« Die beiden Kommissare liefen nun entspannt nebeneinander her.

Katja schürzte die Lippen, rollte die Augen nach oben und seufzte laut auf.

»Klingt irgendwie tüddelig, ich weiß. Gespräche mit einem toten Ehemann. Als ob ich nicht loslassen könnte, verwirrt wäre. Dabei hilft es mir einfach, mich zu sammeln. Unsere Fälle noch mal von Anfang an aufzurollen. Jan hat mir damals diese Methode beigebracht. Ein gedankliches Zwiegespräch mit einem Unbeteiligten. Von einem lebenden Gesprächspartner war nie die Rede.« Da musste Katja sogar selbst grinsen. Sie lachte vergnügt auf und Frank stimmte in ihr fröhliches Lachen mit ein.

Ein schönes Plätzchen, dieser Friedhof von Langenholzhausen. Viele alte Laubbäume, alte verwitterte Grabsteine.

Und darüber der intensive Duft der umgebenden Rapsfelder. Der Friedhof lag auf einem Hügel, dem Klingenberg, und man konnte von manchen Sitzplätzen aus weit in das Land über das Kalldorfer Holz und den Langenholzhauser Forst bis hinter Elfenborn blicken. Eine Wohltat für die Augen. Und wunderbar zum Entspannen nach einem lauten, unruhigen Tag in Badenhausen. Obwohl, laut war es auch – irgendwie. Die Vögel schienen heute einen Chorwettbewerb im lautesten Zwitschern abzuhalten. Tja, das musste man mögen. Für Katja war diese Umgebung Ruhe und Entspannung.

Also perfekt.

Das Eingangstor quietschte mal wieder unangenehm, doch irgendwie gehörte das zu dieser speziellen Idylle dazu. Ein rostiges Tor und viele moosbewachsene wunderschöne alte Grabsteine. Für Katja war ein Friedhof ein Ort des Innehaltens, kein Ort der Trauer. Ein Ort des Wiederfindens und der Ruhe, aber kein Ort der Verzweiflung. Und wenn dieser Ort so wunderschön gelegen war und sich über Jahrhunderte entwickelt hatte, dann war er schon ein mystischer Ort. Für Katja jedenfalls. Sie fühlte sich Jan hier immer so nah.

Und, wenn sie ehrlich zu sich selbst war, dann fühlte sie den Verlust von Jan nicht richtig. Als könne sie nicht glauben, dass er tot ist. Doch so viele Monate ohne ihn, das war doch nicht normal. Warum konnte sie nicht einfach akzeptieren, dass sie ihren geliebten Mann verloren hatte? Warum konnte sie sich nicht eingestehen, dass sie sich ein neues Leben aufbauen musste? Dass ein neues Haus zum Wohnen nicht gleichbedeutend mit einem neuen Lebensabschnitt war?

Katja griff sich ins Haar und zog das verrutschte Haargummi wieder zurecht. Sie seufzte leise vor sich hin. Und fasste einen Entschluss. »Ja, ich muss etwas ändern. Heute Abend fange ich an. Zuallererst werde ich Jans alte Sachen aussortieren und einiges wegwerfen«, dachte sie. Die ganzen Mappen und Ordner, Bilder und Erinnerungsstücke hatte sie ordentlich in Kisten verpackt und nach dem Umzug auf dem Dachboden verstaut. Und nun war es an der Zeit, die Vergangenheit zu begraben. Genau.

Frank war schon weiter gegangen, während Katja das

Tor schloss. Sie ging mit gesenktem Blick hinter ihm her und setzte sich neben Frank auf die Besucherbank in der Nähe von Jans Grab. Es kribbelte ganz seltsam zwischen ihren Schulterblättern und sie blickte sich um. Komisch, so ein vertrautes Gefühl. Doch sie sah nur einen alten Mann, gebeugt, in viel zu großen Schlappen über den Feldweg Richtung Ortsmitte schlurfen. Sonst war niemand zu sehen.

»Was nicht in Ordnung?« Frank schaute sie fragend an, doch sie schüttelte nur langsam den Kopf, schürzte nachdenklich die Lippen. Der ungewöhnliche Moment war schon wieder vorbei.

»Den zweiten Tag ist Frau Updahl nun schon von ihrem Sohn Paul getrennt. Es wird Zeit, dass wir herausfinden, warum Dohmann gestorben ist«, meinte sie.

»Wo ist der Beweis für Anja Updahls Unschuld?« Katja stützte ihre Ellenbogen auf ihre Knie, legte den Kopf in ihre Hände und schaute grübelnd vor sich hin.

»Ich verstehe nicht, warum die Abdrücke von Updahls Fingern auf Dohmanns Oberarm sind. Sie muss ihn doch angegriffen haben, sonst wäre das doch nicht zu sehen, oder, Katja?«

»Ja, so sieht es aus. Doch mich macht der Pathologiebericht stutzig. Was hat Dr. Nathan geschrieben? Irgendetwas mit ›Durchblutungsstörungen und ...‹? Kommst du an die elektronischen Berichte?«

»Nein, ich habe keinen Zugriff mit dem Mobiltelefon. Lass uns weiterlaufen. Sobald wir im Kalldorfer Brunnen sind, ruf ich Dr. Nathan direkt an.«

Katja nickte ihm zu, stand auf und dehnte ihren Körper. Frank tat es ihr nach und beide verließen den

Friedhof und liefen über die neu gestaltete Bundesstraße an Hellinghausen vorbei Richtung Kalldorf.

10

Die Kriminalbeamten joggten ruhig nebeneinander her. Jeder für sich in seine Gedanken versunken. Um sie herum alles gelb. Gelb, gelb und nochmals gelb. Rapsblütenzeit. Kurz, aber heftig. Katja liebte diese Farbenspielchen, die ihr geliebtes Kalletal zu jeder Jahreszeit bot. Bei fast jedem Regenschauer mit glitzernden, zaghaften Sonnenstrahlen lockten unzählige Regenbogenfarben den Blick über die Felder. Im Sommer saftiges Grün, die Bäume im Herbst in Rot, in Grün, in Gelb, in Orange. Und eben gerade jetzt hunderte Felder voll von blühendem Raps. Farbexplosionen in Gelb. Erfrischend für die Augen. Eine Wohltat für die Seele und für Katja der notwendige Gegenpol zu ihrem aufregenden Arbeitsleben voller Intrigen, Leid und Ausgrenzung.

Die letzten Meter den Meyra-Ring entlang fetzte Katja los und suchte sich schon einen Platz draußen vor dem Gasthaus *Kalldorfer Brunnen*. Sie setzte sich keuchend unter den Schirm in den gemütlichen Biergarten, nahm ihren kleinen Rucksack ab und machte es sich bequem. »Komm, Frank, hier ist Schatten und es ist schön ruhig. Den anderen Gästen ist es sicher noch zu kühl hier draußen.«

Frank setzte sich erleichtert zu ihr und blätterte in der Getränkekarte.

»Wasser kann ich nicht mehr sehen. Ich brauch jetzt etwas Gehaltvolleres. Ein Radler, oder so was.« Er blätterte um und korrigierte sich: »Ach, nee, ich sehe gerade, bei euch heißt das Alster.«

Er fächerte sich mit der Karte etwas Luft zu, stellte sie wieder in den Tischhalter und massierte sich die schmerzenden Waden.

Die Bedienung war an den Tisch getreten und lächelte den beiden zu.

»Was darf ich Ihnen bringen?«

»Ah, Irene«, sagte Katja. »Hätten Sie für mich ein *Detmolder Weizen*?«

»Noch vor sechs, sind Sie etwa noch im Dienst, Frau Sollig? Ts, ts, diese Polizei von heute!« Irene schaute streng auf ihre beiden Gäste, doch dann fingen ihre Augen an zu leuchten und sie zwinkerte Katja zu.

Katja senkte leicht verschämt den Blick. »Erwischt – bei Dienstgesprächen in der Freizeit. Der Tag und die Aufregungen nehmen heute kein Ende. Aber Sie haben Recht, Irene. Natürlich ein alkoholfreies *Detmolder Weizen*. Und für meinen Kollegen ein *Detmolder Sun*. Der braucht noch ein bisschen zusätzliche Energie. Der musste heute nicht nur die Sperrung der Weserstraße umfahren, sondern auch den Umweg über die Windmühlenstraße in Bentorf und übers Johanningsfeld nehmen. Die Winterbergstraße in Kalldorf war netterweise mal wieder ohne Ankündigung gesperrt.« Katja knurrte genervt, doch ihre Augen lachten.

»Das habe ich noch gar nicht mitbekommen. Danke für den Tipp. Bei der Fahrerei haben Sie sich heute aber auch was Leckeres zu essen verdient. Wie wär's? Wir haben heute Pickerttag, süß oder herzhaft.«

Frank nickte. »Eine gute Idee. Für mich bitte einen Herzhaften. Mit Butter, aber ohne Leberwurst, lieber Speck, geht das?«

»Ja, ein Speckpickert mit Butter, das geht in Ordnung. Und Sie, Frau Sollig?«

Katja schüttelte den Kopf. »Nein, danke. Ich habe zu Hause noch die restlichen Nudeln von gestern. Mein Sohn und ich hatten unseren Spaghettiabend.«

»Okay. Ein *Sun*, ein Weizen alkoholfrei und einen Pickert mit Butter. Kommt in ein paar Minuten.« Irene klappte ihren Notizblock zusammen, drehte sich um und ging zurück ins Gasthaus.

*

»Warte mal, Frank, ich hol nur gerade meine Kladde und einen Stift aus dem Rucksack, dann kann ich mir gleich Notizen machen. Hast du die Nummer von Dr. Nathan in deiner Telefonliste?«

Frank nickte kurz und fing schon an, die Nummer einzugeben. »Ein Glück, dass sie heute Spätschicht hat und wir sie noch anrufen können. Mit ihrem Kollegen komme ich echt nicht klar. Diese ganzen medizinischen Fachbegriffe. Ehrlich, ich bin Polizist und kein Arzt. ... Ah, die Leitung ist frei«, sagte er und hob kurz die Hand, damit Katja still blieb.

»Hier spricht Frank Lieme, guten Tag, Frau Dr. Nathan. Haben Sie kurz Zeit für mich? Ja? Klasse. Ich habe ein paar Fragen zum *Fall Dohmann*. Können Sie uns schon Näheres zu der Todesursache sagen? Gut. Nein, auf laut stellen kann ich sie leider nicht. Das ist hier zu öffentlich. Doch ja, ihr Bericht später, das reicht uns völlig. Na, dann – erzählen Sie mal.«

*

»Danke, Dr. Nathan. Können Sie die neuen Erkenntnisse bitte kurz zusammenfassen und uns den Bericht an die Dienststelle in Badenhausen schicken? Gut.« Frank nickte und klappte das Telefon zu.

»Ah, unsere Bestellung, schau mal Katja. Das brauche ich jetzt.«

Die Bedienung trug das große Serviertablett zu ihrem Tisch und stellte Teller, Flaschen und Gläser vor den beiden ab. »Alles recht so?«, fragte sie.

»Sie können mein Glas wieder mitnehmen, Irene. Ich trinke das Weizen direkt aus der Bügelflasche. Du auch, Frank?« Frank hob zustimmend den Daumen und Irene stellte die Gläser wieder zurück auf ihr Tablett. »Wenn Sie noch etwas brauchen, da vorn ist eine Klingel, dann weiß der Schankraum Bescheid. Lassen Sie es sich schmecken.«

»Und?«, fragte Katja neugierig nach, nachdem Irene im Eingang verschwunden war. »Was hat Nathan, die Weise, noch herausgefunden?« Mit einem lauten Ploppen öffnete sie ihre Bügelflasche *Detmolder Weizen*, nahm einen großen Schluck, klaubte sich eine der rotgelben Papierservietten mit dem Emblem der lippischen Rose vom Tisch, wischte sich damit über den Mund und schaute Frank fragend an.

»Moment! Geduld, Geduld. Ich trinke auch erst einen Schluck. Und nehme erst noch einen Bissen.« Auch Franks Flasche Alster ploppte erfrischend und Frank trank gierig die halbe Flasche aus. »Boah - war ich durstig. Diese Rennerei, die klaut mir wirklich Energie. Danke, Katja, für den Tipp mit dem *Sun*, kannte ich noch gar nicht. Das ist wenigstens nicht so übersüßt, schmeckt viel erfrischender als ich erwartet habe.« Frank stellte die Flasche zurück auf den Tisch, breitete eine der Servietten auf seinem Schoß aus, rutschte mit seinem Stuhl näher heran, nahm das Besteck in die Hand und fing direkt an, sich das erste Stück vom dampfenden Speckpickert abzuschneiden. Er pustete vorsichtig, und genüsslich schob er ihn sich in den Mund. »Mhh, köstlich.«

Katja saß kopfschüttelnd daneben und amüsierte sich über die Begeisterung ihres Kollegen für die lippische Küche. »Tja, an manchen Tagen ist das Einfache einfach das Beste«, sinnierte sie und drängte erneut: »Los, sag schon, was hat Dr. Nathan noch herausgefunden? Mach es doch nicht so spannend. Dein Pickert ist eh noch zu heiß.«

»Wirklich lecker.« Frank kaute weiter, schluckte, und endlich bekam Katja die ersehnte Antwort.

»Ja, da gibt es weitere Auffälligkeiten. Du weißt doch noch? Unsere Befragung im Jugendamt und die Untersuchung in Dohmanns Büro, von der uns die Kollegen der Kripo berichtet haben? Die haben Medikamente gefunden. Ganz hinten in einer abschließbaren Schreibtischschublade versteckt hinter einem Stapel Notizpapier. Dr. Nathan hat die Blisterpackung geprüft, eine Verpackung war nicht zu finden. Eindeutig ein Herzmedikament. Der Medikamentenspiegel in Dohmanns Blut war recht hoch. Er hat vermutlich eine Dosis doppelt genommen. Eine Herzerkrankung würde auch die intensiven blauen Flecken und die Prellmarken erklären. Die Haut reagiert schneller mit Einblutungen und vermehrten blauen Flecken, wenn es Herzprobleme gibt. Dr. Nathan will noch mit dem behandelnden Arzt sprechen. Wenn sie genauere Infos hat, schickt sie uns das zu.«

Frank legte sein Besteck zur Seite und rutschte mit dem Stuhl wieder zurück.

»Bingo! Du kannst den Chef informieren, damit er der Staatsanwältin die neuen Erkenntnisse mitteilt und Frau Updahl schnell freikommt.« Frank hob den Daumen. »Auch die Sturzverletzung wurde genauer überprüft. Dohmann ist die Treppe heruntergestürzt und durch den Aufschlagwinkel und den Genickbruch konnte unsere Pathologin einwandfrei nachweisen, dass ein Schubsen den Sturz nicht ausgelöst haben kann. Die Position der blauen Flecke passt einfach nicht mit dem Ablauf zusammen. Sein Fuß zeigte eine zusätzliche Bänderdehnung. Das muss direkt vor dem Sturz passiert sein. So wie es aussieht, ist Anja Updahl von dem Vorwurf der Körperverletzung mit Todesfolge freigesprochen.« Frank strahlte Katja voller Begeisterung an. »Der Chef wird sich freuen, dass wir uns endlich weiter um die Strafanzeige kümmern können.«

Katja seufzte vernehmlich auf. »Wie schön. Die Kollegen sind sicher froh, dass ihre Ermittlungen damit abgeschlossen sind. Und wir müssen jetzt sehen, was da im Jugendamt vor sich geht. Ich verstehe diese Beteiligung der Mitarbeiter an der Verleumdung von Anja Updahl nicht. Ohne das wäre sie niemals so schnell in Haft gekommen.«

11

Nadine Meyer ging es schon wieder besser. Das Krankenhaus hatte sie am Nachmittag wieder entlassen und ihr noch ein paar Tage Ruhe verordnet. Der gestrige Tag war der einzige Horror für sie gewesen. Sie war einfach zusammengeklappt, konnte sich nicht mehr beruhigen. Dohmann tot, umgebracht von dieser hysterischen Mutter, die lauthals in seinem Büro gewettert hatte. In den Nachbarbüros hätte jeder mithören können, doch die meisten der Kollegen waren schon in der Mittagspause. Die Updahl schrie herum, dass sie es Dohmann zeigen würde, dass er mit seinen Methoden nicht durchkommen würde und dass er ihr Kind keinesfalls in die Fänge bekäme. Niemals. Wenn die wüsste. Die hatte doch keine Ahnung, wie das lief. Die war doch völlig überfordert mit ihrem behinderten Kind, alleinerziehend, nachts Taxi fahren. So etwas geht doch nicht. So etwas ist völlig inakzeptabel. Damit käme die Updahl nicht durch. Und jetzt sowieso nicht mehr. Denn jetzt war Dohmann tot. Dohmann, aber nicht die Organisation. Die macht so schnell keiner kaputt. Die machten gute Arbeit, warum sah das bloß keiner. Merkten die Eltern denn nicht, dass man ihnen nur helfen wollte? Sie aus ihrer Überforderung herausholen. Sie sollten doch froh sein, endlich die Verantwortung an andere abgeben zu dürfen. An Leute, die sich auskannten, die wussten, wie man mit solchen Kindern umzugehen hatte. Wie oft hatte sie, Nadine, in Hilfeplangesprächen diese Überforderung der Eltern bemerkt. Ängstliche Blicke, Unterwürfigkeit. Oder hysterisches Auftreten und ewiges Verweigern. Das war doch keine gute Atmosphäre für ein Kind, wenn die Eltern entweder unsicher oder rebellisch waren.

Nadine Meyer war lange genug in dem Job, um zu wissen, wie sie vorgehen musste. Zuallererst brauchte sie ihre eiserne Reserve. Nebenan im Schlafzimmer tippte sie die Kombination in den Safe ein und öffnete die Tür. Der Umschlag für Notfälle lag gleich oben. Zehntausend Euro, das sollte vorerst reichen. Wenn sie untertauchen musste, brauchte sie Bargeld.

Nadine zählte die passende Summe ab und verteilte sie in mehreren Portemonnaies. Machte sich ja nicht so gut, wenn man so einen dick gefüllten Geldbeutel öffnete, um an einer Tankstelle zu bezahlen oder um sich ein paar belegte Brötchen zu besorgen. Sie schmunzelte vor sich hin. Schon witzig. Den Blick des Tankstellenpächters hätte sie gern gesehen.

Sie stopfte alles in ihren Rucksack und in die Jackentaschen, packte noch ein paar Waschsachen und Kosmetika dazu und schnappte sich den Autoschlüssel vom Haken am Eingang.

Und dann als Zweites: Sie musste zum Amt gehen und sich die Handakten holen. Die gingen keinen etwas an. Und dann zuguterletzt musste sie unbedingt nach Düsseldorf, denn nur vor Ort waren Gespräche möglich. Telefonisch? Einfach zu unsicher.

Prompt klingelte das Telefon. Nadine kannte die Nummer nicht und ignorierte das aufdringliche Klingeln. Endlich hörte es auf, dafür fing die Nachrichtenanzeige grell zu blinken an. Sie stand auf und ging zum Telefon, um den Anrufbeantworter abzufragen. Die

Polizei wünschte ihren Rückruf, aha! Da konnten die lange wünschen, sie würde jetzt hier verschwinden. Sich ihre Sachen schnappen, im Amt die Akten besorgen und dann klammheimlich im Dunkel der Nacht untertauchen. Sie war dann mal weg.

*

Das Jugendamtsgebäude zeigte sich düster und kalt in diesen regnerischen Abendstunden in Badenhausen. In den Bäumen auf dem Vorplatz raschelte das junge Laub, die entfernte Straßenlampe zeichnete diffuse Schattenzeichnungen auf die Hauswand. Nadine nutzte die dunklen Abschnitte, um zum Haupteingang zu kommen, denn hier würde kein Bewegungsmelder auslösen, den gab es nur auf dem Mitarbeiterparkplatz, damit die Kollegen sicher zum Nebeneingang kommen konnten. Sparmaßnahme der Stadt? Mitnichten. Eher ein Zeichen für die ungleiche Bewertung der Bedürfnisse von Mitarbeitern und von Hilfesuchenden.

Vorsichtig tastete Nadine sich vorwärts und achtete darauf, dem flatternden Lichtkegel auszuweichen. Von der Straße her war der Vorplatz nicht einsehbar, die Nachbarschaft gehörte auch nicht zu denen, die sich dafür interessierten, was im oder auch vorm Jugendamt geschah, solange es sie nicht selbst betraf. Also keine Gefahr für Nadine und ihr Vorhaben.

Sie zog den Schlüssel heraus und schloss die Außentür auf. Sie zitterte, es gelang ihr zuerst nicht, den Schlüssel in das Schloss zu bekommen. Die Erinnerung an die gestrigen Geschehnisse war noch zu frisch. Sie hätte besser die verordneten Medikamente nehmen sollen, doch sie wollte klar im Kopf sein. Matsche in der

Birne und ein scheeles Dauergrinsen konnte sie echt nicht gebrauchen. Nadine atmete tief ein, blies die Luft ganz langsam wieder aus und begann von Neuem. Diesmal klappte es, der Schüssel rutschte ins Loch und sie konnte aufschließen. Sie schob die Tür ein kleines Stück auf und drückte sich durch den Spalt, um dem Nachtlicht auszuweichen. Geschafft!

Der Weg die Treppe hoch zu ihrem Büro war dann nur noch ein Kinderspiel. Sie schaffte es durch das dunkle Treppenhaus, ohne ins Strauchen zu geraten. Oben, im Bürotrakt, half ihr die Straßenlaterne, die hier von den Bäumen unbehelligt, die Gänge und Räume der Straßenseite mit zartem Licht erfüllte.

Dritte Tür rechts, schon hatte Nadine ihren Arbeitsplatz erreicht. Sie lehnte sich vor, griff in die kleine Mulde auf ihrem Schreibtisch, die durch eine versteckte Klappe verdeckt war, und holte den Sicherheitsschlüssel für den Aktenschrank heraus. Nur noch aufschließen, Handakten verstauen und endlich weg.

Sie hockte sich hin, zog den Hängeschrank auf, doch der Griff ging ins Leere. Suchend fühlte sie nach, bis in alle Ecken. Sie entsicherte die hintere Abdeckung. Nichts, leer. Alles weg. Die Fallakten verschwunden, ihre persönlichen Handakten hinten in dem geheimen Fach auch. Wie konnte das sein? Wer sollte Interesse an den Akten haben? Die Polizei? Was sollte ein Mord mit den von ihr betreuten Erziehungshilfefällen zu tun haben?

Nadine stand auf und ließ sich langsam auf ihren Bürostuhl nieder. Sie musste nachdenken. Denken, los! Es gab nur eine Lösung. Verschwinden. Abrupt stand sie auf, drückte die Schublade wieder zu, verschloss alles und verstaute den Schlüssel wieder an seinen geheimen Platz. Schnell wieder runter und raus aus diesem ungastlichen Gebäude. In der Aufregung vergaß sie das Nachtlicht und ein riesiger Schatten zeichnete sich auf dem Vorplatz ab. Sicher hatte es keiner gesehen. Sie lief weiter, ohne auf die Lichtkegel zu achten. Nur weg, weg hier.

In der kleinen Nebenstraße stand ihr Auto, ihr kleiner Flitzer. Schnell setzte sie sich herein, griff zum Einwegtelefon und tippte die Notfallnummer ein.

»Ja?«

»Falk? Wir haben ein Problem.«

12

Nur noch ein paar Schritte und endlich zu Hause. Das kleine Fachwerkhaus kuschelte sich gemütlich in die sanfte Hügellandschaft des Südhangs am Winterberg. Im Zwielicht wirkte ihr Zuhause besonders verwunschen. Die Nachtbeleuchtung war schon angegangen und die Lämpchen beleuchteten zaghaft Wege und Randbepflanzung. Die Reste von den Spaghetti und noch etwas vom Gurkensalat warteten auf sie. Und dann ein entspannter Abend auf dem bequemen Brokatsofa mit einem richtig schön kitschigen Film und vielleicht mal ein Gläschen Rotwein. Musste nicht immer Ingwertee sein. So dogmatisch war sie denn doch nicht. Feierabend, ich komme!

Katja hatte den Wagen in die Garage gefahren, das Tor verschlossen, und machte sich nun die Stufen herunter auf den Weg zur Eingangstür. Mist, schon wieder leicht ausgerutscht. Es wird wirklich Zeit, endlich die Stufen zu erneuern. Die alten Waschbetonplatten vom Vorbesitzer und Feuchtigkeit und Moosbelag vertrugen sich nicht mit dem dynamischen Gang einer zügig ausschreitenden Kommissarin. Da musste wohl wieder das Baugeldkonto herhalten, das sie extra für solche Renovierungsarbeiten angelegt hatte. Viel war ja nicht mehr drauf. Ohne Jans Einkommen gab es eine große Lücke in ihrem Haushaltsbudget. Und die Lebensversicherung? Die hatte noch immer nicht gezahlt. Es waren noch nicht alle Umstände geklärt, der Unglücksfahrer, der Jans Unfall verursacht hatte, noch nicht gefunden. So lag diese Zahlung auf Eis. Nun ja, sie musste sich halt einschränken. Wird schon werden, irgendwie.

Katja hatte sich ihren Optimismus bewahrt. Sie glaubte weiterhin an das Gute im Menschen. Jan hatte das oft belächelt, sie für diese Mentalität aber auch geliebt. Während er in seinem Beruf oft mit den Auswüchsen von Korruption und den Machenschaften geld- und machtgieriger Zeitgenossen konfrontiert wurde, sah Katja in ihrem Bereich als Kriminalkommissarin im Sozialbereich so oft, dass vieles, was völlig aus dem Ruder gelaufen war, auf Missverständnissen beruhte. Missverständnisse bei Behörden, die notwendige Hilfen verweigerten und Missverständnisse bei den Antragstellern, die auf ein Rundum-Sorglos-Paket hofften, das es so aber nicht geben konnte. Der Einsatz von Eltern behinderter Kinder war schon immer immens hoch. Und Katjas Ziel war es, diesen Menschen mit ihrer Arbeit ein bisschen ihrer Last zu nehmen. Und auch auf Behördenseite darauf einzuwirken, diese Vorstellung vom gierigen, unersättlichen Bürger, der sämtliche Finanzmittel einer Gemeinde auffraß, geradezurücken.

In ihrer Nähe knackte es im Gebüsch. Katja fuhr zusammen. Schon wieder dieses kribbelige Gefühl in ihrem Nacken. Sie spürte, wie sie automatisch – ganz die Polizistin – wachsam ihren Blick schweifen ließ. Kein Laut mehr. Doch ein ungewisses Gefühl. Wie auf dem Friedhof heute. Ungewöhnlich, aber nicht angsteinflößend.

Da, hinter einem Baum löste sich ein Schatten, groß und dunkel, vom Mond beschienen, und schlich auf sie zu.

»Miau.«

»Oh, Amadeus, du bist es. Was hast du mir einen Schrecken eingejagt. Was machst du denn hier draußen?«

Katja rückte die Henkel ihrer Tasche auf der Schulter zurecht, beugte sich zu ihrem alten Kater herunter und kraulte ihm das seidige, schwarze Fell. Sie nahm ihn auf den Arm und ging weiter vorsichtig die Stufen herunter zum Eingang, während Amadeus sein Köpfchen an ihrer Schulter rieb und leise schnurrte. Die gebeugte Gestalt, die lautlos über das Grundstück der Alten Sternwarte flüchtete, nahm sie gar nicht mehr wahr.

*

Der leere Spaghettiteller stand schon in der Spüle und der Esstisch in der Küche war auch schon abgeräumt. Katja hatte sich schon ihren bequemen Schlafanzug angezogen, schlenderte ins Wohnzimmer, stellte ihr Rotweinglas auf den Beistelltisch und machte es sich auf dem Sofa bequem. Sie wackelte mit den Zehen in den mollig warmen Frotteesocken, beugte sich vor und massierte ihre Füße, die noch immer etwas kalt waren. Nein, es gab keinen Grund mehr, zu trödeln. Katja straffte die Schultern und holte tief Luft.

Es war an der Zeit, sich an die unangenehme Aufgabe zu machen, die sie sich vorgenommen hatte. Vor ihr stand einer der Kartons vom Dachboden. Einer von den Kartons mit Jans Sachen, die sie beim Umzug unbesehen einfach dort oben abgestellt hatte.

Katja gab sich einen Ruck, beugte sich vor und zog den Deckel von der Pappkiste. Aufseufzend blickte sie hinein. Da hatte sie ja gleich den richtigen Karton erwischt – Fotos aus Jans Schul- und Studienzeit, seine

Zeugnisse, Studienberichte ... Stück für Stück schaute sie sich die einzelnen Papiere an und sortierte sie nach Wichtigem und Unwichtigem. Der Wichtig-Stapel wurde immer höher.

Sie griff noch einmal hinein und zog einen Hefter heraus – Jans Doktorarbeit. Katja blätterte durch seine Aufzeichnungen, las seine Forschungsergebnisse und dachte sehnsüchtig an das zurück, was Jans und ihr Ziel gewesen war: Fairness und korrektes Vorgehen im Sozialbereich. Denen helfen, die Hilfe dringend nötig haben und den Helfern helfen, diese Hilfen fachgerecht zu bearbeiten und zu gewähren. Jan hätte ihre Aufgabe bei der Sonderkommission Sozial und der Spitzname *Amtsschimmelflüsterer* sicher gefallen. *Ach, Jan! Wärst du doch hier, hier bei mir.*

Katja wischte sich mit dem Ärmel die Tränen von der Wange, schnappte sich alle Unterlagen und packte sie zurück in den Karton. Deckel wieder drauf und ab unter den Tisch. Diese Aufgabe musste warten. Das war für heute zu viel. Sie griff nach der Fernbedienung und klickte auf die Filmaufnahmen der letzten Tage. Eine schnulzige Arztserie aus Österreich – die hatte sie sich jetzt verdient. Sie zwinkerte die letzten Tränen weg und ließ sich von den Geschehnissen auf dem Bildschirm verzaubern.

*

Sanft strich eine Hand ihr die Haare aus der Stirn, zog die Decke wieder über den nackten Rücken. Ein zartes Seufzen entrang sich ihrer Kehle und sie versuchte mit der Hand, den liebevollen Helfer zu berühren. Da strich ein leichter Windhauch durch das Schlafzimmer im

Dachgeschoss. Waren die beiden bodengleichen Dachfenster auf Lüftung gestellt? Katja wälzte sich unruhig in ihrem Bett – und erwachte vollends. Sie blickte sich irritiert im Halbdunkel des Raumes um. Der Mond schien ihr ins Gesicht und schon konnte sie den Störenfried ausmachen. Wie blöd musste man sein, in Vollmondnächten die Rollos offenzulassen? Da musste man ja aufwachen. Katja schlug die Decke vollends zur Seite und taperte zu den Fenstern, um die Rollos herunterzuschieben. Der Griff nach der Lüftungseinstellung war jedoch vergebens. Alles verschlossen. Stirnrunzelnd ging sie wieder ins Bett, kuschelte sich in ihre Bettdecke und schlief mit einem Lächeln ein – auf der Suche nach dem angenehm liebevollen Gefühl, mit dem sie erwacht war.

13

Noch ganz in Ruhe den Ceylontee ausgetrunken, Amadeus das Futter hingestellt, die Katzenklappe gesichert und schon war es auch wieder Zeit für Katja, sich auf den Weg zur Dienstbesprechung zu machen.

Der Chef hatte vorhin schon angerufen und ihr den Termin für die Freilassung von Frau Updahl mitgeteilt. Am späten Vormittag war es endlich soweit. Die Papiere geprüft und unterschrieben, die Aussagen sauber abgetippt und zur Ablage gegeben, die Unschuld von Anja Updahl im Todesfall Ewald Dohmann, Leiter der Jugendhilfe Badenhausen, eindeutig bewiesen. Die medizinischen Befunde zeigten zweifelsfrei einen selbst verursachten Unfall mit Todesfolge. Für Katja war dieser Fall abgeschlossen. Die umfangreichen Ermittlungen wegen der Strafanzeige in Sachen Jugendhilfe Badenhausen waren es jedoch noch lange nicht.

Katja seufzte frustriert. Frank und sie mussten noch einigen Vorwürfen nachgehen, um zu erkennen, was und wie viel an dieser ganzen Sache überhaupt dran war. Und ermitteln mussten sie, das stand außer Frage. Jeder, auch einer anonymen Strafanzeige musste nachgegangen werden.

Amadeus drängte sich an ihre Beine und verlangte maunzend seinen allmorgendlichen Abschiedsgruß.

»Nun warte doch Amadeus, ich muss noch etwas erledigen.« Katja griff zum Hörer des alten Bakelit-Telefons mit der Wählscheibe, blätterte in ihren Notizen und wählte die Nummer auf der gelb markierten

Visitenkarte.

Super, das war auch erledigt. Sie zog Amadeus die schon leicht zerkaute graue Spielzeugmaus aus dem Maul, kraulte dem schwarzen Kater noch einmal liebevoll am Hals und warf für ihn die Maus den langen Gang entlang. »Viel Spaß, Amadeus. Pass gut aufs Haus auf!«, rief sie dem auf den Fliesen langschlitternden Kater hinterher.

Noch ein letzter Blick in den Spiegel über der alten Kommode, einem der Familienerbstücke aus dem Nachlass ihrer Großmutter, die rotbraunen, langen Locken durchgewuschelt und ab durch die Tür, auf in einen neuen aufregenden Arbeitstag.

*

Das Gleisbett der Südbahnstrecke die Weserstraße entlang wurde noch immer erneuert und die Vollsperrung würde auch noch die nächsten Wochen bestehen. Katja bog oben auf dem Winterberg entnervt in den Lehmhöhlenweg ein und hoffte, diesmal ohne entgegenkommende, querstehende Lastwagen oder über den matschigen Seitenstreifen rutschende Transporter die Umleitungsstrecke befahren zu können. Doch sie hatte Glück und kein anderes Fahrzeug versperrte den Weg Richtung Badenhausen. Warum die Umleitung überhaupt durch dieses enge Waldstück führte, war ihr rätselhaft. Das konnte nur jemand entschieden haben, der die Straßenführung allein von einer Karte her kannte.

Egal, heute war ein prima Tag, denn heute wurde Frau Updahl entlassen und durfte in ihr Leben zurück. Heute durfte ein kleiner Junge seine Mutter wieder in den Arm nehmen. Und heute ging es mit den Ermittlungen zur Strafanzeige vorwärts. In der Dienstbesprechung sollte das weitere Vorgehen Thema sein. Frau Kramer hatte schon die Kontaktdaten der betroffenen Familien herausgesucht und am Nachmittag gab es die ersten Befragungen.

Das große Fragezeichen jedoch, das bereitete Katja Sorge. Was würde ihr Chef zu der Dienstaufsichtsbeschwerde sagen? Die, die in Kopie an die Staatskanzlei ging. Den Arbeitgeber ihres verstorbenen Ehemannes Jan Sollig.

Wehmütig dachte sie an die Zeit mit Jan zurück. Sie hatte so viel von ihm gelernt, sie hatten so eine schöne Zeit verbracht und sie ergänzten sich wunderbar. Der Bruch, als er starb, der war so abrupt, dass sie es bisher noch nicht realisiert hatte. Trotz der vielen Monate, die vergangen waren, konnte sie es nicht glauben, dass er nicht mehr da war. Beim Abschiednehmen und Loslassen hatten der letzte Abend und die Nacht nicht wirklich geholfen.

Besonders in den letzten Tagen war dieses Gefühl wieder so intensiv. Sie spürte Jan wieder überall. Immer wieder kam es ihr vor, als sei er bei ihr, als sei er nie weg gewesen.

»Miese Trauerbewältigung, Katja, echt mies. Du musst dich freimachen, darfst nicht immer in der Vergangenheit leben, du musst nach vorne blicken«, sagte sie laut zu sich selbst.

Weiter darüber nachdenken konnte sie nicht. Auf dem Zebrastreifen, da vorne beim Kamp-Gymnasium, standen die Schülerlotsen und achteten auf die fröhlich quatschenden Schulkameraden, die sonst ohne groß zu schauen, in ihre Gespräche vertieft, die Straße überqueren würden.

Als sie weiterfahren konnte, lächelte Katja die jungen Leute in ihren neongelben Warnwesten fröhlich an und freute sich darüber, dass sie erkannt wurde, denn sie winkten ihr begeistert zu. Was für eine schöne Belohnung dafür, jeden Tag diese Ausweichstrecke nehmen zu müssen. Letztes Jahr hatte Katja die Missstände im KGB aufklären können. Die neu eingesetzte Schulleitung schien den Aufgaben gewachsen zu sein. Klasse!

*

Noch drei Stunden. Genug Zeit, um mit Neitmann und den Kollegen die bisherigen Erkenntnisse und das weitere Vorgehen zu besprechen. Und um sich dann nach Detmold zum Landgericht aufzumachen, um Frau Updahl abzuholen. Eine kleine Überraschung hatte sie sich auch ausgedacht. Heimlich, doch niemand würde ihr diese kleine Einmischung in die Verfahrensabläufe übel nehmen.

Katja war früh dran und die Erste im Besprechungsraum. Während der kurzen Wartezeit machte sie sich ihren Tee und setzte sich mit der dampfenden Tasse an den Besprechungstisch, um sich die Akte des KiWo-Falles noch einmal anzuschauen. Des Falles, den sie und ihre Kollegen nun unter dem Namen Kindeswohlgefährdung Jugendhilfe Badenhausen führten.

Ganz oben waren die Befragungen von gestern abgeheftet, darunter die Strafanzeige und die Dienstaufsichtsbeschwerde mit dem Anlageblatt. Katja blätterte bis zu der Anlage und starrte darauf.

Sie stellte ihre Ellenbogen auf dem Tisch auf und

stützte ihr Kinn auf ihre Hände. So fand Bernd Neitmann sie, als er ins Besprechungszimmer trat und die Tür leise hinter sich schloss. »Guten Morgen, Frau Sollig. Ganz in Gedanken versunken?«, fragte er gut gelaunt.

Katja schrak auf. »Entschuldigung, Chef, ich habe Sie gar nicht hereinkommen hören. Guten Morgen.«

»Worüber grübeln Sie denn, dass Sie so abgelenkt sind, Katja? Gibt es etwas Neues?« Der Kriminalrat zog sich einen Stuhl heran und setzte sich neben Katja. »Sie können mir ruhig erzählen, was Sie so bedrückt. Lieme und Frau Kramer kommen erst in ein paar Minuten, wir haben also etwas Zeit. Also, was ist? Es hat doch etwas mit dem Fall zu tun, das sehe ich Ihnen doch an.«

Die Kommissarin setzte sich wieder etwas bequemer hin, griff zum Aktenordner, entnahm ihm das Anlageblatt und reichte es ihrem Chef. »Das hier, das macht mir Sorgen. Dies ist die Anlage zu der Dienstaufsichtsbeschwerde gegen Ewald Dohmann, die unsere Abteilung gestern zugespielt bekam. Wir reden ja gleich noch ausführlicher darüber. Verstehen Sie, was ich meine?«

Neitmann schüttelte den Kopf. »Auf was wollen Sie hinaus?«

»Die Beschwerde und sämtliche Beweise für die Aussagen gingen als Kopie auch an den zuständigen Mitarbeiter in der Staatskanzlei. Sehen Sie den Namen des Abteilungsleiters?« Katja zeigte mit dem Finger auf die Zeile, die sie meinte.

Und da verstand Neitmann. »Jan Sollig«, flüsterte er. »Ihr Mann.« Er schluckte. »Stimmt, ja, Ihr Mann war der Leiter der Behördenaufsicht bei der Staatskanzlei. Im

Fachbereich Soziales. Er war also mit dem Fall betraut.«
Er stand auf und tigerte ruhelos durch den Raum. »Es müsste doch noch Unterlagen zu dem Vorgang in Düsseldorf geben. Frau Kramer soll das gleich nachprüfen.«

Katja winkte ab. »Nein, schon erledigt. Ich habe vorhin mit Jans ehemaliger Sekretärin gesprochen. Sämtlicher Schriftverkehr ist digitalisiert. Es gibt nirgendwo Einträge, noch nicht einmal handschriftliche Notizen, geschweige denn eine Akte oder einen Vermerk dazu. Als hätte es diese Dienstaufsichtsbeschwerde gar nicht gegeben.«

Der Kriminalrat setzte sich wieder und klopfte mit seinem Stift aufgeregt auf der Schreibunterlage herum. »Es hat sie aber gegeben. Der Nachweis liegt hier vor uns.« Er tippte auf das Anlageblatt mit der automatischen Eingangsbestätigung des Faxversands.

Es klopfte an der Glastür des Besprechungszimmers. Neitmann drehte sich um, sah Frank und Kathrin Kramer draußen stehen und winkte sie herein.

Frank wuchtete einen Aktenstapel und stellte ihn aufstöhnend auf den Tisch. »Leute, ich werde alt. So ein paar Akten und ich kriege schon das Keuchen.«

»Was habt ihr uns denn da mitgebracht«, hakte Neitmann nach und wies auf die Schachtel, die Frau Kramer hereingetragen hatte.

Frau Kramer lachte und grinste ihren Vorgesetzten an. »Die Akten der Eltern, die in der KiWo-Strafanzeige genannt werden.« Sie zeigte auf den Berg, den Frank getragen hatte. »Oder meinen Sie das hier?« Sie zeigte auf die Schachtel.

»Nun spannen Sie mich doch nicht auf die Folter,

Frau Kramer. Ich sehe doch den Aufdruck.«

Frau Kramer ging in den Nebenraum und holte Servietten und einen Brotkorb aus dem Schrank, schüttete den Inhalt der Schachtel hinein und stellte alles auf den Tisch. »Zeit für ein zweites Frühstück. Ich habe Laugencroissants von unserem Lieblingsbäcker besorgt. Lasst es euch schmecken.«

»Was täten wir nur ohne Sie, Frau Kramer«, strahlte Neitmann seine Sekretärin an.

»Verhungern und verdursten vermutlich.« Sie strahlte spitzbübisch in die Runde und freute sich über die Kollegen, die sich begeistert über die Croissants hermachten.

»Ach, denkt bitte an die Kaffeekasse. Die müsste mal wieder aufgefüllt werden, sonst wird es demnächst nichts mit so kleinen Bäckereizugaben.« Frau Kramer stellte das giftgrüne Plastikschwein mit dem Soko-Sozial-Schriftzug neben den Brotkorb, schaute auffordernd in die Runde, nahm sich dann selbst ein Croissant und biss herzhaft hinein. »Himmlisch, ich liebe es.« Die Zustimmung am Tisch war nicht zu überhören.

Bernd Neitmann nahm sich als Erster eine Serviette und rieb sich die fettigen Finger sauber.

»So.« Er schluckte, leckte sich über die Lippen und wischte mit der Hand die letzten Krümel fort. »Mit etwas im Magen denkt es sich gleich leichter. Wir sollten anfangen und die Aufgaben für den Tag besprechen«, begann er. »Punkt 1: Frau Sollig wird um die Mittagszeit in Detmold sein, und Frau Updahl abholen. Punkt 2: Heute Nachmittag gibt es drei Gespräche mit Eltern von der Liste. Zwei davon bei den Eltern zu Hause und eines hier in der Dienststelle. Frau Kramer?« Er schaute seine Mitarbeiterin an. »Ist das Besprechungszimmer reserviert?«

»Ja, alles geklärt. Ab 17:00 Uhr ist der Raum frei.«

»Gut«, fuhr der Kriminalrat fort. »Sollig, Lieme?« Die beiden Ermittler schauten auf, und ihren Chef aufmerksam an. »Sie haben den Fragebogen für die Elterngespräche?«

Beide nickten.

»Gibt es dazu noch Fragen?«

Verneinendes Kopfschütteln von beiden Kommissaren.

»Okay, dann gibt es nur eines, was wir heute dringend besprechen müssen, weil es Einfluss auf unseren Fall hat. Frau Sollig hat gestern Kenntnis von einer Sache bekommen, die wir bei den Ermittlungen nicht außer Acht lassen können. Katja - könnten Sie bitte Herrn Lieme und Frau Kramer von der neuen Richtung berichten, in die sich dieser Fall entwickelt?« Er schob Katja den Ordner zu und reichte ihr das Anlageblatt zurück.

»Herr Kriminalrat?« Kathrin Kramer hob zögernd die Hand, um auf sich aufmerksam zu machen.

»Bitte.«

»Herr Kriminalrat. Soll ich bei den weiteren Besprechungen denn dabei bleiben? Genau genommen gehöre ich doch nicht zum Team der Sonderkommission und ich habe auch nicht die entsprechende Ausbildung.«

»Ich bitte Sie, Frau Kramer.« Bernd Neitmann stand auf und reichte Frau Kramer die Hand. «Hiermit ernenne ich Sie für die Zeit der Ermittlungen im Fall Kindeswohl zur rechten Hand der Kommissare Sollig und Lieme. Recht so?«

»Danke, Chef, jetzt fühle ich mich wohler. Ich wollte das doch geklärt wissen. Immerhin geht es hier um sehr prekäre Ermittlungen.« Beruhigt rutschte Frau Kramer wieder auf ihrem Stuhl zurück und griff nach ihrem Stift und dem Notizblock.

»Genau deshalb habe ich Sie ausgewählt, Frau Kramer.« Er zupfte seine Krawatte zurecht und löste den obersten Knopf des Hemdkragens. »Es geht hier wahrlich um sehr prekäre Angelegenheiten. Und deshalb bitte ich Sie alle drei, dass alles, was wir jetzt hier besprechen, auch zwischen uns bleibt. Einzig die Staatsanwältin werde ich informieren, um mit ihr zu klären, wie wir am besten reagieren. Damit wir den Fall abschließen können und damit wir Rechtssicherheit haben.« Der Kriminalrat klatschte mit den Händen sanft auf den Tisch. »Katja, bitte fangen Sie an.«

»Gut, Chef«, begann Katja. »Ich fasse zuerst mal zusammen, was gestern bei den Befragungen im Jugendamt, bei Frau Updahl und beim Landrat in Minden herausgekommen ist.« Sie nahm ihre Kladde vom Tisch und blätterte bis zur markierten Seite.

»Gestern Morgen sind wir direkt zum Jugendamt und haben nach Verbindungen zwischen dem Fall Dohmann und dem Kindeswohl-Fall gesucht. Es stellte sich heraus, dass Frau Updahl von Sachbearbeitern der Jugendhilfe schwer belastet wurde. Ihr wurden übergriffiges Verhalten und hysterische Ausbrüche nachgesagt. Als Dohmann zu Tode kam, war sie kurz vorher bei einem lautstarken Streit mit ihm beobachtet worden.

Dies hatte Frau Meyer, die Familienhelferin, noch kurz vor ihrer Pause schriftlich fixiert.« Katja trank einen Schluck von ihrem Tee und sprach dann weiter. »Frau Updahl war extrem erregt weggerannt und wurde am Hintereingang gesehen, als sie das Gebäude verließ. In etwa zur gleichen Zeit stürzte Dohmann die Treppe herunter.« Katja blätterte weiter.

»Frau Updahl hat diesen Ablauf während unserer Befragung bestätigt. Die Vorwürfe der Übergriffigkeit und der Hysterie wurden von ihr jedoch vehement abgestritten. Da dies aber für unseren Fall vorerst unerheblich ist, haben wir hier nicht weiter ermittelt. Viel interessanter war die Frage, warum Frau Updahl so beschrieben wurde, sodass die Kollegen sich gedrängt fühlten, sie sofort in Gewahrsam zu nehmen.« Sie tippte sich mehrfach mit dem Finger auf die Wangenknochen, schaute kurz hoch und fasste weiter ihre Notizen zusammen.

»Beim Vergleichen der Akten«, Katja blickte zu Frau Kramer und lächelte sie an, »da fiel Frau Kramer auf, dass bei allen Kindern der Eltern, die auf unserer Liste stehen, Frau Schmidt-Martens als zuständige Sachbearbeiterin genannt wurde. Frau Schmidt-Martens, diejenige, die im Jugendamt für die Pflegekinder und die Inobhutnahmen zuständig ist. Und die auch schon für Paul Updahl die entsprechenden Papiere vorbereitet hatte.« Die Kommissarin blickte in die Runde, rümpfte die Nase und seufzte. »Na, jedenfalls hat Pauls Patin dies abwenden können, da sie eine notarielle Vollmacht für die Betreuung von Paul vorweisen konnte. So, nun zur Dienstaufsichtsbeschwerde.« Ein Seitenblick zu

Frank ließ den Kollegen weiterreden.

»Ich mache dann mal mit unserem Besuch beim Landrat weiter. Wir sind nach Minden zu seinem Dienstsitz gefahren, um dort die Unterlagen zu der Dienstaufsichtsbeschwerde gegen Ewald Dohmann zu besorgen. Im Jugendamt selbst gab es dazu keine Unterlagen. Nicht in den Mitarbeiterakten, nicht in den Fallakten, auch nicht beim städtischen Dienstherrn, dem Bürgermeister, nirgendwo. Diejenigen, die wir befragt haben, waren alle völlig ahnungslos.« Frank drehte seinen Stift in der Hand, klopfte kurz damit auf den Tisch, legte ihn zur Seite und sprach dann weiter. »Und wer hätte es gedacht, auch im Landratsamt gab es keine Informationen zum Vorgang. Netterweise wurden wir direkt vom Landrat aus seinem Büro hinauskomplementiert. Unsere Anfrage wird derzeit von einem Herrn Lehmann geprüft und bisher haben wir noch keine Rückmeldung. Stimmt doch, Frau Kramer? Bei Ihnen ist auch noch nichts eingegangen?«

»Richtig, ich habe noch keine Mitteilung vom Landratsamt auf dem Tisch gehabt.« Kathrin Kramer legte ihre Hand auf die des Kollegen. »Und, Frank, Sie dürfen ruhig Kathrin zu mir sagen. *Frau Kramer ...*, das klingt doch sehr formell. In einem Team wie unserem.«

Frank grinste. »Aber gern, Kathrin. Nach den köstlichen Croissants bin ich zu allem bereit, egal was Sie vorschlagen.« Alle am Tisch lachten.

»Gern geschehen.« Frau Kramer zögerte, fragte dann aber doch nach. »Diese Dienstaufsichtsbeschwerde -, worauf bezog die sich?«

»Diese Dienstaufsichtsbeschwerde, richtig«, begann

Katja. »Das ist einer der Fälle aus der Strafanzeige. Vor etwa drei Jahren hat eine Familie aus Badenhausen sich beim Vorgesetzten von Herrn Dohmann beschwert. Kam aber nicht weiter und legte die Beschwerde beim Landratsamt ein. Die Eltern, Herr und Frau Schäfermeier, fühlten sich von der Jugendhilfe genötigt, ihre behinderte Tochter in die Kinderpsychiatrie zu geben. Würden sie dies verweigern, würde ihnen das Aufenthaltsbestimmungsrecht und letztendlich das Sorgerecht entzogen.« Katja seufzte leise und schüttelte missbilligend den Kopf. »Das Jugendamt hat den Eltern Kindeswohlgefährdung vorgeworfen. Obwohl«, Katja stockte, »obwohl bei den Unterlagen, die uns zugespielt wurden, Bescheide von Ärzten und auch von den Therapeuten waren. Alle sprachen sich eindeutig gegen die Notwendigkeit einer Behandlung in der Psychiatrie aus.«

»Und warum sollte die Kleine in die Psychiatrie? Ich meine, laut Dohmann?«, fragte Frau Kramer nach.

»Schulabsentismus. Das Mädchen hatte sich einige Male verweigert, in den Unterricht zu gehen.«

»Das gibt es doch nicht. Da müssten ja so einige Schüler mit einer Begeisterung fürs Blaumachen schleunigst eingewiesen werden«, murmelte Neitmann schulterzuckend.

Katja erzählte weiter. »Jedenfalls haben die Eltern sich geweigert und prompt kam die Quittung – sämtliche Hilfen für die Tochter wurden gestrichen und sie musste die Schule verlassen. Die Gerichtsverfahren dazu laufen noch.«

»Diese Dienstaufsichtsbeschwerde ist im Jugendamt also nicht auffindbar, richtig?«

»Genau, Kathrin«, sagte Frank. »Bisher haben wir noch niemanden gefunden, der davon etwas wusste. Die Schmidt-Martens hat sich sogar mit ihrem ›*formlos, fristlos, fruchtlos*‹-Spruch darüber lustig gemacht.«

»Und jetzt etwas, was ich vorhin schon dem Chef gezeigt habe.« Katja räusperte sich und hielt das Anlageblatt Frank und Frau Kramer hin. »Wie man hier unschwer erkennen kann, haben die Eltern von Rike Schäfermeier die Dienstaufsichtsbeschwerde zusätzlich an die Staatskanzlei geschickt. Doch auch dort gibt es keine Unterlagen zu den Vorwürfen und weiteren Untersuchungen – oder sie sind verschwunden, vernichtet, unterschlagen ... - oder was auch immer. Vielleicht vom zuständigen Behördenleiter?« Katja kniff die Augen zusammen und blickte sich um. »Und das war der interne Ermittler, der Ministerialdirektor Jan Sollig.«

Stille im Raum, sonst nichts.

EPILOG

»Mama, Mama!« Der kleine Junge löste sich aus der Hand seiner Patentante und rannte über den Vorplatz des Gerichtsgebäudes auf seine Mutter zu.

Anja und Katja traten aus dem Eingangstor ins Freie. Hinter ihnen schlossen sich die Türen zu den Haftträumen.

Anja stellte ihre Tasche auf den Bürgersteig, bückte sich, fing Paul auf und drückte ihn liebevoll an sich. Sie küsste ihn auf die warmen, weichen Wangen und rieb dann mit ihrem Zeigefinger vorsichtig ihre Tränen von seinem Gesicht. Paul schaute erwartungsvoll zu seiner Mutter auf und strahlte sie an. Sie machte eine Faust und machte kleine Kreise vor ihrer Brust. »Ich habe dich so sehr vermisst.« Die Tränen strömten immer weiter über ihr Gesicht.

Isabella Gurany war stehen geblieben und beobachtete gerührt die Szene. Alles noch einmal gut gegangen. Sie seufzte erleichtert auf. Sie war Katja Sollig sehr dankbar, dass sie Anjas Sohn und ihr ermöglicht hatte, beim Entlassungstermin dabei zu sein. Das würde ein schöner Bericht für ihren Chef werden. Die Amtsschimmelflüsterer hatten wieder perfekt ihre Arbeit erledigt.

Anja schaute von ihrem Sohn hoch und blickte zu Katja auf. »Danke.« Mehr sagte sie nicht.

*

Im obersten Stock des Landgerichtes auf der anderen Straßenseite stand Magdalena Stein, die Staatsanwältin, auf dem Flur vor den Gerichtssälen und schaute aus dem Fenster auf die Geschehnisse auf dem Vorplatz herunter.

Wie schön, dass dieser Todesfall so schnell abgeschlossen war und Mutter und Sohn wieder zusammen sein konnten. Nun war es ihre Aufgabe, die verkrusteten Strukturen im beteiligten Jugendamt aufzubrechen. Magda drehte sich um, ging zu ihrem Büro und machte sich daran, die Unterlagen zu sichten und sich eine Strategie für ihr Vorgehen auszuklamüsern.

Es gab noch viel zu tun.

ENDE

Dankeschön, die Zweite

Dreißig Tage Schreibmarathon und dreißig Tage Vorkorrekturen. Dann dreißig Tage Warten aufs Lektorat und die Betaleser. Und zuguterletzt dreißig Tage nacharbeiten. Es reicht, ich weiß. Denn für euch, meine Lieben, hieß das viermal dreißig Tage das erledigen, was ich nicht so ganz auf die Reihe bekommen habe. Vier mal dreißig Tage nur körperliche Anwesenheit. Und davor und danach Recherchen, Recherchen, Recherchen und Korrekturen, Korrekturen, Korrekturen.

Und darum meiner Familie zuallererst ein dickes, fettes Dankeschön. Ohne euch könnte ich nicht immer wieder aufs Neue in diesen spannenden Geschichten versinken, die aus meinen Fingern rauswollen, um sich im Dunkeln der Nacht auf dem leuchtenden Monitor des Computers festzusetzen.

Danke auch an Klara Westhoff, die mich erst auf die Idee zu dieser Sozialkrimi-Reihe gebracht hat. Gute Idee. Merci, Klara.

Ein weiteres ganz liebes Dankeschön an meine Testleser, besonders an Carola, Dorothee und Marion. Ihr habt mir mal wieder all die Dinge gezeigt, die mir entgangen sind. Habt den Schleier gehoben, wo ich noch im Dunst herumirrte. Danke, euch allen.

III

Klagelaut

Dein Weg

Lass dich nicht hindern,
geh deinen Weg.
Schau immer vorwärts,
sonst hat's wenig Zweck.

Freu dich auf Ziele,
renn darauf zu.
Genieße dein Wissen,
und mehr's immerzu.

Und ist mal was widrig,
du benötigst viel Mut?
So trau dich zu kämpfen,
denn alles wird gut.

© Klara Westhoff

PROLOG

Der alte Mercedes kam von der Straße ab, rutschte ungebremst die Böschung herunter und blieb erst nach 50 Metern auf dem Acker stehen. Rauch stieg aus dem Motorraum, Rauch quoll auch aus dem Innenraum. Alles neblig, das Auto und die Landschaft.

Eine Gestalt bewegte sich vorsichtig und leicht vorgebeugt am Feldrand entlang aus den Nebelschwaden heraus. Sie stolperte auf die Straße zu, mühte sich die Böschung hinauf, rutschte auf dem feuchten Boden immer wieder aus. Dann blieb sie stehen, zerdrückte etwas mit der rechten Hand, streckte sich und verschwand im Wald.

Ein lauter Knall zerriss die Stille dieser einsamen, unbewohnten Gegend. Eine Stichflamme und dann eine Explosion. Das Auto, zerstört und wertlos, brannte völlig aus.

1

Endlich mal ausschlafen. Sollte man meinen. Doch Katja Sollig, Kriminalhauptkommissarin der Sonderkommission Sozial in Badenhausen, nutzte diesen Sonntag für die ganzen Berichte, die sie noch fertigstellen musste. In den letzten Tagen hatte sie viel um die Ohren gehabt.

Frank Lieme, ihr Teamkollege, und sie konnten mit der Hilfe der Jungs der Mordkommission die Unschuld einer jungen Mutter beweisen und sie und ihren Sohn wieder zusammenführen. Der Tote, Jugendamtsleiter in

Badenhausen, war einfach nur verunglückt. So etwas kommt vor. Die junge Frau so vorschnell zu verhaften, hätte jedoch nicht vorkommen dürfen. Ein Glück, dass Katja sich diese Schmach nicht aufhalsen musste, sondern andere Kollegen ihre Verantwortung in diesem Fall in ihren Berichten dezidiert aufzeigen sollten.

Sonntag – eine kleine Pause sollte schon sein. Katja speicherte ihre Arbeit, schloss die Online-Verbindung zum Polizeicomputer und fuhr ihren PC herunter. Ein Druck auf den Ausschalter und Ruhe. Sie lehnte sich auf ihrem flexiblen Bürostuhl zurück und schaute aus dem Fenster zu den Hügeln vor dem Haus. Weit ging der Blick bis nach Schaumburg und das Wesergebirge. Ihre Heimat bedeutete für Katja den Ruhepol in ihrem ansonsten so aufreibenden Leben als Kommissarin im Sozialbereich. Hier zu Hause konnte sie runterkommen, wieder Frieden finden. Und manchmal auch ihre eigenen Sorgen vergessen.

Nun war sie schon seit bald drei Jahren alleine. Verwitwet, mit Anfang Vierzig. Wie das klang. Dabei waren Jan und sie immer eine Einheit gewesen. Gemeinsam hatten sie ihre Ziele verfolgt, voneinander gelernt und miteinander Strategien entwickelt, um den Menschen zu helfen, die sich selbst nicht helfen konnten. Katja im Polizeidienst und Jan später als leitender Ministerialdirektor in der Staatskanzlei in Düsseldorf.

Bis zu diesem schrecklichen Unfall. Das Auto war von der Straße abgekommen, über eine Wiese auf einen Acker gerutscht, explodiert und völlig ausgebrannt.

Katja schluckte. Sie hatte das Ganze noch immer nicht richtig verarbeitet. Wie sollte sie auch? Sie hatte nie eine Chance gehabt, sich richtig von Jan zu verabschieden. Es gab keinen Leichnam, den sie hätte begraben können, es gab nur Asche. Sie stützte ihre Hände auf dem Schreibtisch ab und drückte sich hoch. Bloß nicht von der Trauer überwältigen lassen. Sie trauerte über den Verlust, das Alleinsein. Es war schon genug Zeit vergangen.

Auf dem Weg die Treppe hinunter in die Küche entdeckte sie die Pappkiste, die sie vor ein paar Tagen unter den Tisch geschoben hatte. Eine Kiste mit Erinnerungen, wichtigen und unwichtigen. Jans Erinnerungen und auch ihren.

Jetzt erst mal einen Ingwertee aufgießen und ein paar Minuten die Füße hochlegen. Vielleicht auch etwas vor die Tür? Mal schaun. Und danach ging es wieder an die Berichte. Sie zog die beiden Teebeutel aus der Tasse, drückte sie mit der flachen Gebäckzange aus und warf sie in den Komposteimer. Im Kühlschrank sollten noch ein paar gekühlte Schaumzuckermäuse sein – auch so ein Tick von ihr, doch sie mochte diese weißen Mäuse am liebsten schön fest und nicht so weich. Oder Orangenkekse zum Tee? Mist, sie hatte vergessen, im Shop neue nachzubestellen.

Katjas Blick ging aus dem Küchenfenster in den urigen Kräutergarten hinter dem kleinen Fachwerkhaus. Er blieb an der Fahnenstange hängen. Die Fahne mit der Lippischen Rose in den Kreisfarben Rot und Gelb flatterte sanft im Wind.

Dann schaute sie Richtung Beet zum Russischen Strauchbasilikum mit den hübschen roten Stängeln, das sie von ihrer Schwester zum Geburtstag bekommen hatte und das mittlerweile auf fünffache Größe gewachsen war. Und sie amüsierte sich über Amadeus, ihren schwarzen Kater, der auf leisen Pfoten zwischen den Dekosteinen und den Tontöpfen hindurchschlich und sich auf der Suche nach der nächsten Maus auf die Lauer legte.

Gestärkt und beruhigt nahm Katja sich das vor, was wichtig war. Nein, nicht die Gartenarbeit und das Unkrautzupfen und auch nicht die Wäsche, die noch ungefaltet in der Waschküche lag. Sie spülte die Tasse aus und stellte sie in die Spüle, drehte sich um und machte sich wieder auf den Weg die Treppe hoch ins Büro. Heute Abend wollte sie endlich die Kartons mit Jans Sachen weiter durchschauen. Es wurde Zeit, Abschied zu nehmen. Wenn auch vorerst von den Dingen. Nicht von ihrer großen Liebe. Das konnte noch warten. Dazu war noch Zeit.

*

Olek schob den Jungen vor die Tür und drückte ihn immer weiter Richtung Hühnerstall. Vorbei an Steinhaufen der alten Mauer, die schon langsam vom Verfall bedroht war und vorbei an den tiefen Pfützen, die der letzte Platzregen hinterlassen hatte. Er öffnete die Tür mit einer Hand und schubste den Jungen hinein. »So, du fauler Kerl. Entweder du sammelst hier jetzt die Eier ein und erledigst deine Arbeit oder eben nicht. Dann wirst du wohl oder übel deine Nacht hier im Stall verbringen. Und komm mir nicht mit diesem Quatsch, du könntest das nicht. Du wirst es schon lernen.« Er zog die Tür hinter sich ins Schloss und verriegelte sie von außen. »Ich schaue in einer Stunde wieder nach dir. Also beeil dich, Kleiner.« Während Olek in seinen dicken grünen Gummistiefeln und mit dem grünen Parka pfeifend zurück zum Haus stapfte, schob sich der Junge an der Außenwand des Stalls entlang und tastete nach einem Lichtschalter.

Nichts. Er blickte sich um, versuchte seine Augen an das dämmrige Licht in diesem modrigen Schuppen zu gewöhnen. Verzweifelt drückte er seine Hände auf die zitternden Oberschenkel. Wenn er wenigstens einen Fensterladen öffnen könnte, damit etwas Licht hereinkäme. Vorsichtig setzte er einen Fuß vor den anderen, bis er einen Lichtstreif erkennen konnte und eines der Fenster erahnte. Seine Hand griff zum Fensterladen und er wollte ihn gerade aufdrücken, als er erschreckt davon abließ. Glühende Augen starrten ihn an. Gerade zwei Schritte ging er zurück, bevor er stürzte ... und schrie.

Das Gegacker der Hühner im hinteren Teil des Stalls, die Unruhe, das Geflatter und von überallher Knistern und Scharren lockten Olek zurück zum Stall.

Er öffnete abrupt die Tür und zog den Jungen vom Boden hoch. Zur gleichen Zeit fetzte die Hofkatze los und sauste an Olek vorbei Richtung Haus.

»Was macht nur dieses Mistvieh wieder hier im Stall«, murmelte Olek vor sich hin, ging zur Tür und drehte den Lichtschalter an. Innerhalb von Sekunden war der Raum durch ein paar Leuchtstoffröhren erhellt. Der Junge blinzelte und rieb sich die Augen.

»Hab ich wohl vergessen, Junge. Hier«, er drückte ihm einen Korb in die Hand, »den wirst du wohl brauchen.« Und schon war er wieder aus der Tür hinaus und verschloss sie erneut.

2

Dienstaufsichtsbeschwerde gegen Ewald Dohmann, Leiter des Jugendamtes Badenhausen, Fachbereich Jugendhilfe. Katja saß wieder an ihrem Schreibtisch, fuhr den Computer hoch, loggte sich ins System ein und griff nach den Unterlagen und ihren Notizen.

Durch eine anonyme Strafanzeige wurde ihr Augenmerk vor ein paar Tagen von der Tatverdächtigen im Todesfall Dohmann auf eine Gruppe von Eltern gelenkt, die sich vehement gegen das Vorgehen des Jugendamtsleiters bei ihren Hilfeanträgen gewehrt hatten. Die Eltern wollten Hilfen zur Eingliederung ihrer behinderten Kinder beantragen - Schulbegleitung, Kurse oder besondere Therapien – und genehmigt bekamen sie lediglich Hilfen zur Erziehung. Ziemlich unsinnig, wenn man bedenkt, dass Eingliederungshilfen für die Kinder gedacht sind, Hilfen zur Erziehung jedoch für die Eltern, um ihnen mit Tipps, Kursen und Aufsicht bei der Erziehung ihrer Kinder zur Seite zu stehen.

Katja schob sich ihr rotbraunes Haar aus dem Gesicht hinter die Ohren und schüttelte still den Kopf. Schon erstaunlich, welch' seltsame Wege manche Behördenmitarbeiter gehen, um mit solchen Kosten nicht das eigene Budget belasten zu müssen. *Sollen doch andere bezahlen.*

Einer dieser Fälle betraf die Familie Schäfermeier. Durch einen Hinweis aus der Bevölkerung ..., Katja grinste in sich hinein und freute sich noch immer über die Mappe, die ihr von der Journalistin Isabella Gurany zugespielt worden war – durch diesen Hinweis hatte sie von der Dienstaufsichtsbeschwerde der Schäfermeiers erfahren.

Obwohl das Schreiben schon vor drei Jahren an die zuständigen Vorgesetzten geschickt worden war, war es nirgendwo auffindbar. Weder im Jugendamt noch in der Kreisbehörde und auch nicht im Sozialministerium in Düsseldorf. Somit konnte Dohmann unbeschadet weiter seine ungewöhnlichen Hilfestrategien anwenden. Gegen ihn lag ja nichts vor. Andere Eltern hatten sich erst gar nicht getraut, sich zu wehren. Und es gab auch noch die, denen aus Unkenntnis nicht bewusst war, dass ihr Antrag nicht korrekt bearbeitet wurde. Das Vertrauen in das Jugendhilfesystem ist unerschütterlich – so sollte es ja auch sein. Leider konnten solche Leute wie Dohmann diese Gutgläubigkeit und dieses grenzenlose Vertrauen in die Arbeit seiner Behörde mit einem Fingerschnipsen zerstören. Und damit zerstörte er nicht nur seinen eigenen Ruf und den seiner Mitarbeiter, sondern den der vielen fairen und korrekt arbeitenden Kollegen in anderen Gemeinden gleich dazu. Wenn das Misstrauen erst die Runde machte ... Katja seufzte und schrieb weiter an ihrem Bericht: die Zusammenfassung und Ergebnisse der Befragungen von drei Familien, die auf der Liste standen, die der Strafanzeige beilag. Die Strafanzeige, die hatte es in sich. Neben den erwähnten falsch deklarierten Hilfen kamen auch noch Nötigung und Vorteilsnahme im Amt dazu. Es gab noch viel zu ermitteln. Zuerst nahm sie sich für ihren Bericht das Gespräch mit den Schäfermeiers vor ...

*

... Familie Schäfermeier wohnte in einem dieser modernen Betonkubusbauten auf dem Kappenberg in Badenhausen. Umgeben von einer stilvollen, hüfthohen, grauen Bruchsteinmauer und zwei schönen Eisentoren – das größere für die Garagenzufahrt und das kleine für den Kiesweg zur edlen Haustür aus Eiche – nahm das den Betonwänden die Kühle. Geschmackvoll waren neben großen Rasenflächen verschieden große Buchsbaumkugeln und bunte Staudenbeete auf dem Grundstück verteilt. Der Kiesweg mit der Buchsbaumeinfassung begeisterte Katja besonders.

Und genau auf diesem Kiesweg rannte ihnen ein großer Hund entgegen, nachdem Frank am Tor auf die Klingel gedrückt hatte. Ein hübscher aschgrauer Weimaraner. Ein sehr bewegungsfreudiges Tier. Für ihn schien das Zuhause der Schäfermeiers der passende Ort zu sein.

Mit Riesensätzen kam der Jagdhund immer näher. »Ben!« Der Hund bremste ab. »Halt!« Er blieb vor dem Tor stehen. »Ben, sitz!« Und er setzte sich, die beiden Fremden ganz genau im Blick. Eine junge Frau, fast noch ein Mädchen, trat hinter einem der Büsche hervor und kam auf die Polizeibeamten zu.

»Darf ich vorstellen?«, sagte sie mit lauter, monotoner Stimme und sah dabei nur auf den Hund, der nun ihr seine Aufmerksamkeit schenkte. »Ben von der Hohenlohe. Eigentlich Benjamin, ein sehr wohlerzogener Hund. Ben, auf! Fuß!« Sie zeigte auf den großen Rasenplatz, der sich bis hinter das Haus zog, schlug mit der Hand auf den Oberschenkel, und Mädchen und Hund waren Seite an Seite schon wieder verschwunden.

Frank blickte verwundert zu Katja. Beide waren sich

nicht sicher, wie sie diese Situation nun einordnen sollten, da kam eine andere Person aus dem Haus zielstrebig auf sie zu.

»Entschuldigung, dass Sie warten mussten. Frau Sollig, Herr Lieme, richtig? Ich bin Sophie Schäfermeier.« Sie gab beiden die Hand und öffnete das Tor. »Meine Tochter haben Sie sicher schon kennengelernt, sie trainiert hinterm Haus mit unserem Therapiehund. Und der steht sofort am Tor, wenn jemand kommt.« Sie zog das Tor wieder sorgfältig ins Schloss und ging voraus Richtung Haustür. »Treten Sie bitte ein.«

*

»Möchten Sie etwas trinken?« Frau Schäfermeier wartete.

»Gern, für mich ein Mineralwasser. Frank?«

»Das nehme ich auch, danke, Frau Schäfermeier.«

Die drei nahmen an dem großen, hellen Eichentisch Platz, Katja holte ihre Unterlagen aus der Aktentasche und begann mit der Befragung.

»Wir haben diesen Termin gemacht, um mit Ihnen über die Dienstaufsichtsbeschwerde von 2012 zu sprechen. Können Sie uns bitte erzählen, was genau bis dahin vorgefallen ist?«

Sophie Schäfermeier drehte ihr Glas zwischen den Handflächen und schaute nachdenklich auf den Tisch, bevor sie den Blick hob und sich bemühte, mit fester Stimme zu erzählen, was schon viele Jahre die Familie bedrückte.

Frank machte sich fleißig Notizen. »In den Unterlagen stand, Ihre Tochter hätte die Schule verlassen müssen, weil sie häufiger den Unterricht nicht besucht hätte. Können Sie dazu etwas sagen? Und zu den Gründen«, fragte er Frau Schäfermeier.

»Sicher«, begann Sophie Schäfermeier. »Die Schule war anscheinend überfordert, wollte es aber meiner Meinung nach nicht zugeben. Rike wurde von den Klassenkameraden schwer gemobbt, doch unsere Nachfragen beim Klassenlehrer halfen nicht. Da kam nur die lapidare Antwort, das sei das Alter, da könne man nichts machen. Die Klassenkameraden würden da schnell rauswachsen. Aushalten sei die Devise.« Kopfschüttelnd schürzte sie die Lippen und schaute blicklos in die Ferne, in den Erinnerungen gefangen.

»Frau Schäfermeier? ... Frau Schäfermeier?« Katja strich der anderen Frau vorsichtig über die Hand und die zuckte zusammen.

»Oh! Entschuldigung - die Situation von damals nimmt mich noch immer mit, weil sie die Unfähigkeit im Umgang mit Mobbing-Tätern und -Opfern zeigt. Und Rike hat so gelitten. Wie oft wurde auf ihrer Jacke herumgetrampelt oder auf ihren Tornister getreten. Oder ihr ein Bein gestellt. Und immer dann war keine Aufsicht in der Nähe ... Haben Sie noch etwas gefragt, was ich nicht mitbekommen habe?«

»Wann war das? In welcher Klassenstufe?«, hakte Frank nach.

»Sechste Klasse und siebte. Danach kam Rike in eine andere Klasse, wurde zurückgestuft. Ab da ging es ihr in der Klasse richtig gut. Alle haben sie akzeptiert, das war richtig schön anzusehen. Nur für Rike wurde es sehr schwierig. Dieses Urvertrauen in die Lehrer und in den Schulleiter, das war gestört. Und im Endeffekt hat sich auch gezeigt, dass die Schule Rike loswerden wollte. Und da haben wir erst gemerkt, welche Methoden genutzt wurden. Das waren Absprachen zwischen Schule und Jugendamt, doch das wurde uns erst bewusst, nachdem wir Einblick in die Gerichts- und in die Schulakten bekamen.«

3

»Eigentlich begann alles damit, dass Rike in der Schule Ängste entwickelt hatte«, erzählte Frau Schäfermeier. »Wir konnten uns nicht erklären, woher sie kamen. Sie wurde älter und irgendwie hatte sich da etwas manifestiert ... ich weiß nicht, zuerst hielten wir, mein Mann und ich, das für Auswirkungen der Pubertät. Aber das war es nicht, jedenfalls nicht allein.« Sie drehte wieder das Glas weiter, trank aber nichts.

»Monate später stellte sich dann bei einem Therapiegespräch heraus, dass Rike in der Schule Schlimmes erlebt haben muss, eigentlich schon seit der Grundschulzeit. Nicht einfach Mobbing oder so, sondern richtig traumatische Erlebnisse. Einsperren durch Lehrer nach scheinbarem Fehlverhalten oder Pausenzeiten auf der *Roten Bank*, eine Sanktion, die der ganzen Schule einen unfolgsamen Schüler präsentieren sollte. Und dann natürlich auch das Herumhacken der Mitschüler, die sich durch das Verhalten der Lehrer so richtig angestachelt fühlten. Diese Ängste und auch zeitweise Schulverweigerung ..., das müssen dann die Auswirkungen gewesen sein. Sie hatte wohl einfach das Vertrauen in manche Lehrer verloren. Erst nach dieser langen Zeit sprach sie darüber, so, als wären die Vorfälle gerade erst gewesen und nicht schon so lange her.« Das Glas quietschte, als sie mit beiden Daumen über die Oberfläche rieb.

»Mein Mann und ich, wir machen uns noch immer Vorwürfe, dass wir das damals gar nicht mitbekommen haben. Sie war unruhig, aber sie hat nicht davon erzählt. Eben erst sehr viel später.« Frau Schäfermeier schob das Glas zur Seite, atmete tief ein und erzählte weiter.

»Wir haben das mit dem Kinderpsychiater besprochen und der hat uns an eine fähige Psychotherapeutin verwiesen, die das Erlebte mit Rike aufarbeiten sollte. Die Autismustherapie wurde ausgesetzt, die brachte eh wenig, weil sie so mit den Schulproblemen und den Ängsten von Rike überfrachtet war, und ein paar Monate später sollte die Psychotherapie beginnen.«

»Monate später?«, fragte Frank nach.

»Ja, das dauert immer so lange, bis man einen Therapieplatz bekommt. Bei uns war es von der Verordnung bis zum ersten Termin ein Dreivierteljahr. Genau diese Zeit war es auch, die alles eskalieren ließ. Die Schule bemängelte Rikes unregelmäßigen Schulbesuch, dabei war sie immer in der Schule, nur es gab Vorfälle, sodass sie und ihre Schulbegleitung in anderen Räumen Aufgaben erledigt haben. Doch leider hatten manche der Lehrer sie als fehlend eingetragen. Sie wissen ja, das Klassenbuch ist ein Dokument, was da drin steht, das ist völlig korrekt.« Frau Schäfermeier verdrehte genervt die Augen.

»Dann hat das Jugendamt die Schulbegleiterstunden gekürzt und irgendwie wusste die Schule nichts davon, denn die bemängelten immer und immer wieder, Rike ginge nicht in den Unterricht. Dabei wollte sie ja, doch die Schule pochte auf einen Schulbegleiter. Das war ein totales Durcheinander damals. Wir haben das auch erst später verstanden, wie das alles zusammenhing.«

»Und wo kam dann der Jugendamtsleiter ins Spiel?«

Katja versuchte, die Befragung ein wenig zu beschleunigen.

»Der war es doch, der die Schulbegleiterstunden gekürzt hat. Und damit hatte er Rike einen weiteren Schlag versetzt. Die Schulbegleiterin war immer so etwas wie ein Fels in der Brandung für sie. Jemand, der Beständigkeit bedeutete und der sie schützte, aber auch forderte. Das brach dann völlig weg. Herr Dohmann verlangte, dass wir Rike in die Psychiatrie einweisen lassen sollten, damit man dort nach Gründen für ihre Schulverweigerung schauen könnte. Aber das war doch Quatsch. Sie hatte doch nicht mehr verweigert, es war doch die Kürzung der Begleiterstunden. Und wir hatten doch schon eine Therapeutin für die Ängste.« Sie drehte an einem Zipfel der Tischdecke, die vor ihr lag, und schaute direkt Katja an. Tränen glitzerten in ihren Augen.

»Und dann kam es richtig schlimm. Dohmann verlangte von uns, wir sollten uns Hilfe holen. Und da wir kooperationsbereit waren, haben wir natürlich zugestimmt. Gab ja schon Gespräche mit Psychiater und Therapeuten. Die Chefin der Schulbegleitung hatte meinen Mann und mich vorher instruiert, immer auf Vorschläge des Jugendamtes einzugehen, damit man uns keine fehlende Mitarbeit vorwerfen könne. Tja, und das hat uns dann erst richtig reingerissen. Doch, wie gesagt, hat sich das erst später gezeigt. Wir haben jedenfalls immer und immer wieder versucht, dass die Schulbegleiterin weitere Stunden bekommt, damit Rike wieder zu Schule gehen konnte, doch das war erfolglos. Wir haben sogar eine Zeit lang selbst die Finanzierung übernommen. Letztendlich hat dann die Schulaufsicht den weiteren Besuch der Schule untersagt. Und auch die verlangten erst Psychiatrie und, nachdem Rike wieder gesund wäre, könne sie auch wieder zur Schule zurück.« Die Tischdecke war am Rand schon leicht zerknittert, erschreckt strich Sophie Schäfermeier sie wieder glatt. »Gesund? Von was denn? Die nehmen Rike alles Vertraute weg und dann soll sie also in die Psychiatrie und nach Monaten wieder freudestrahlend zurück zur Schule ohne die bekannten Gesichter, ohne die gewohnte Schulbegleitung, ohne überhaupt irgendetwas, was sie stützen könnte? Wie sollte das funktionieren? Wir haben uns dagegen gewehrt, denn die Ärzte hatten uns ja einen anderen Weg empfohlen. Und weil Herr Dohmann«, sie zischte den Namen wütend heraus, »weil dieser Dohmann mit seiner monatelangen Verzögerungstaktik alles noch schlimmer gemacht hat, darum hatten wir eine Dienstaufsichtsbeschwerde eingelegt.«

»Und was ist nach der Beschwerde passiert?«

»Gar nichts, wir haben noch nicht einmal eine Eingangsbestätigung bekommen. Na ja, bis auf das Ministerium. Dort hat man uns beraten und man wollte sich kümmern. Die haben uns verstanden. Mein Mann und ich haben uns dann ganz auf die Klagen vor dem Verwaltungsgericht konzentriert. Die sind ja immer noch nicht abgeschlossen. Bei der Dienstaufsichtsbeschwerde haben wir nicht mehr nachgehakt. Es war so sinnlos.« Sie schluckte. »Die Unterlagen waren nicht aufzufinden. Das Amt hat sogar behauptet, wir hätten uns das nur ausgedacht und gar keine Belege eingereicht.«

»Wurde Ihnen das schriftlich mitgeteilt?« Katja

stutzte.

»Nein. Damals war ich noch so unerfahren und habe viel telefoniert. Und jetzt habe ich keinen Beweis für Dohmanns Unverfrorenheit. Ich habe sogar einen Brief an die Ministerpräsidentin geschrieben. Sie hat alles prüfen lassen und, tja ... keine Belege, keine Notizen, nichts. Wir konnten es nicht glauben.« Frau Schäfermeiers Stimme wurde leicht schrill. Man merkte ihr die Aufregung wieder an. Sie atmete ein paar Mal tief ein und beruhigte sich wieder.

»Das wirkt sich auch auf die Gerichtsverfahren aus, weil der Richter die Jugendamtsakten als Grundlage nimmt. Und die Akten sind nicht vollständig. Da sind wir uns einig und auch unser Anwalt teilt diese Vermutung.«

Frank machte sich gerade und nahm die Schultern zurück. »Sie wissen schon, Frau Schäfermeier, dass das eine waghalsige Behauptung ist. Können Sie das beweisen?«

»Ich weiß doch, welche Belege ich beim Jugendamt eingereicht habe und kenne auch die medizinischen Befunde. Doch vor Gericht wurde das alles verdreht. Und dann hat noch unser Anwalt einen Fehler begangen und wir haben dieses Verfahren in vollem Umfang verloren. Die Erinnerung daran macht mich noch immer wütend. Es hätte nicht so enden brauchen, doch bei einem Verfahrensfehler ist es schwer, den wieder auszubügeln. Die nächste Instanz hat die Klage dann direkt abgewiesen. Das zu akzeptieren fällt schon schwer. Alles aus Dummheit.«

»Noch mal zu der Dienstaufsichtsbeschwerde und

die Weiterleitung ans Sozialministerium, Frau Schäfermeier.« Katja zog ihr Glas Wasser zu sich und nahm erst einen Schluck, bevor sie fortfuhr: »Wissen Sie noch, mit wem Sie dort gesprochen haben? Haben Sie sich Notizen gemacht.«

»Natürlich. Die Beschwerde und meine Fragen habe ich per eMail ans Ministerium geschickt. Doch zuerst habe ich angerufen. Und dann lief es auch weiter telefonisch. Eine nette Sonderpädagogin, die einige Zeit Rike betreut hat, die hat mir die Nummer des Autismuskoordinators für unsere Region gegeben. Und der hat mir den Kontakt zum Ministerium vermittelt. Der Name des Mannes, mit dem ich gesprochen habe? Lassen Sie mich kurz überlegen.« Sie nahm den Kopf zur Seite und zog die Stirn kraus. »Nein, ich komm nicht drauf. Doch ich habe es mir aufgeschrieben.« Sie stand auf und ging zu der Anrichte mit dem Telefon, am anderen Ende des Raumes. Aus der Schublade holte sie ein Notizbuch und blätterte darin. Frau Schäfermeier drehte sich halb um und schaute über ihre Schulter zu Frank und Katja. »Ich konnte ihn ja nicht mehr erreichen, er hat wohl den Arbeitsplatz gewechselt und keiner konnte sagen, wohin. Das war damals sehr schade, weil wir uns von ihm so gut verstanden fühlten. Und er hat so einiges in die Wege geleitet, denn es lief eine Zeit lang ganz gut mit dem Jugendamt. Da hat er sicher interveniert.« Sie blätterte weiter in ihren Notizen. »Ja, da habe ich es. Er heißt ...« Sie drehte sich nun ganz zu Katja um und hob die Mundwinkel zu einem Lächeln. »Das ist ja witzig. Genauso wie Sie.«

4

Endlich waren die Berichte fertig. Drei Vernehmungen hatte es gegeben. Neben dem Besuch bei den Schäfermeiers war sie mit Frank zu einer anderen Familie gefahren und in der Dienststelle kam dann um fünf Uhr nachmittags ein letzter Termin für den Tag dazu. Und alle drei Familien erzählten von ähnlichen Vorfällen: die Beschränkung von Eingliederungshilfen für ihre behinderten Kinder und stattdessen Verpflichtung zu Familienhilfen oder auch stationäre Unterbringung. Und bei Verweigerung der Eltern kam die Drohung, die Kinder aus der Familie zu nehmen. Da zeichnete sich eine Methode ab, deren Sinn Katja noch nicht erfassen konnte. Was wollte Ewald Dohmann mit diesem Vorgehen erreichen? Die betroffenen Familien zählten noch nicht einmal zu dem Kreis derer, die dringend Hilfen bei der Erziehung brauchten. Ganz im Gegenteil, diese Eltern waren überhaupt nicht mit ihren Kindern überfordert, sondern eher mit der Situation und der Sorge, dass man ihnen die Kinder wegnimmt. Und allein die rechtlichen Möglichkeiten, sich zu wehren, die musste man als Laie erst mal kennen.

Katja sicherte ihre Arbeit und schickte die Daten an den Computer in der Dienststelle. Sie schüttelte ihre Hände aus, massierte sich die Finger, stand auf und dehnte und reckte sich ausgiebig. Amadeus war auch mittlerweile wieder ins Haus gekommen und hatte es sich auf seiner Decke unter der Dachschräge in ihrem Büro bequem gemacht. Nun öffnete er ein Auge und riss das Maul zu einem Gähnen auf. Der Kater setzte sich auf und fing an, sich zu putzen. Katja ignorierte er völlig. Doch als sie sich auf den Weg zur Treppe machte, zischte er an ihr vorbei und rannte ihr voraus in die Küche.

»Na, Amadeus? Futterzeit?« Das anklagende Miauen war ihr Antwort genug.

Während Amadeus sich über die Fleischstückchen in Gelee mit dem wohlklingenden Namen *Xiao Mao* hermachte, ging Katja zurück auf den Dachboden und holte sich einen weiteren von Jans Kartons. Für heute Abend sollte es der kleine hinten aus der Ecke tun. Er war ein wenig hinter den anderen Umzugskartons versteckt, die alle noch darauf warteten, endlich aussortiert zu werden. Eine Stunde sollte für heute reichen. Wenn sie sich jeden Tag ein wenig Zeit nahm, war die lästige Arbeit bald erledigt. Katja seufzte und trug den Karton ins Wohnzimmer runter.

Sie hatte sich keinen Vermerk auf den Pappdeckel gemacht und sie konnte sich auch nicht mehr erinnern, ihn selbst gepackt zu haben. Neugierig hob sie den Deckel und erschrak. Sie nahm die oberste Mappe heraus, klappte sie auf und begann zu lesen. Es wurde langsam dunkel, als sie die Lektüre und die Unterlagen wieder zur Seite legte. Aus der Stunde waren zwei geworden und von Aussortieren und Ausmisten konnte auch keine Rede mehr sein.

Katja ging zum Telefon und tippte eine Nummer ein. »Guten Abend, ich bin‹s - Katja. Frank, hast du Zeit? Du musst dringend vorbeikommen, ich muss dir etwas zeigen.«

*

Noch 500 Meter bis zum Rastplatz. Nadine blinkte und fuhr von der Autobahn ab. Hinten rechts war noch ein freier Parkplatz, etwas entfernt von den anderen Fahrzeugen und den Schlafplätzen der LKW-Fahrer - und mit Blick über die Rastanlage. Sie ließ den Wagen ausrollen und stellte den Motor ab. Auf der Flucht, sie war auf der Flucht. Wie hatte das nur passieren können? Sie musste endlich verschwinden. Durch die Gegend fahren war nicht gerade sinnvoll, sicher wurde schon nach ihr gesucht. Nach diesem Wochenende mit Sicherheit. Die Nächte auf dem Campingplatz in Borlefzen in der Hütte ihrer Freundin hatten ihr ein wenig Zeit verschafft, doch sie konnte nicht bleiben. Es würde auffallen, wenn eine fremde Person sich dort aufhielt. Nadine wollte auch nicht mehr Versteckspielen, sie wollte weg. Und sie brauchte endlich Ruhe, Ruhe zum Nachdenken. Nachdenken, wie es weitergehen sollte.

Dieses Geplätscher der Weser, die an der Campinganlage entlang floss, hatte sie ganz nervös gemacht. Allzu viel zu essen gab es auch nicht, also hatte sie nach zwei Tagen die Hütte wieder verschlossen, den Schlüssel ins Versteck gelegt und sich zurück zu ihrem Auto geschlichen. Seitdem fuhr sie herum, suchte sich kleine Gasthäuser, um etwas zu essen und zu trinken und wartete auf den richtigen Zeitpunkt, damit ihr Plan endlich aufging. Nur noch wenige Stunden, dann konnte sie weiter.

Sie drehte die Rückenlehne weiter zurück, zog die Decke vom Rücksitz zu sich hin und machte es sich bequem. Sie war so erschöpft. Langsam schloss sie die Augen und konzentrierte sich auf ihren Atem. Immer ruhiger und langsamer sog sie die Luft ein und noch langsamer wieder aus. Und schon war sie eingeschlafen. Unruhig wälzte sie sich hin und her, träumte wild durcheinander. Von ihrer Arbeit, ihren Aufgaben, den Familien. Dem Grinsen der engsten Kollegen, den wütenden Blicken der Eltern und der Angst in den Augen der Kinder.

*

Rike Schäfermeier kannte sie aus ihrer Zeit als Chefin des Integrationsdienstes. Die Eltern des Mädchens hatten beim Jugendamt eine Schulbegleitung beantragt. Eine Zeit lang war das auch in Ordnung, doch sie hatten im Amt die Zwei-Jahres-Regel. Nach zwei Jahren wurden die Hilfen gekürzt und dann auch bald eingestellt. Irgendwie musste das bezahlt werden und die Vorgaben von Dohmann waren sehr strikt. Er musste die Stunden genehmigen, sie suchte die Kräfte aus und betreute die Begleiter und die Familien. Und nach zwei Jahren mussten sie sich was ausdenken, damit das Jugendhilfebudget auch reichte und auch sie weiter genug Aufträge für ihr Unternehmen abstauben konnte. Entweder die Kinder bekamen eine andere Betreuung außerhalb der Familie, finanziert durch den Landkreis mit Zuschüssen des Landes, vielleicht auch zusätzlich über Krankenkassenleistungen, oder aber die Gelder flossen aus einem anderen Topf – dem der Erziehungshilfe. Der war meist gut gefüllt. Da ließ es sich schnell mal arrangieren, dass Eltern sich bereit erklärten, Hilfen zur Erziehung, Kurse, Betreuung und Anleitung in ihrem Zuhause zu akzeptieren. Das war zwar nicht im Sinne der Eingliederungshilfe für behinderte junge Menschen, doch wer blickte da schon durch? Die meisten Eltern jedenfalls nicht. Die waren froh, dass ihnen überhaupt Hilfen genehmigt wurden. Und Dohmann und sie waren froh, dass die Jugendhilfe Badenhausen Gelder einsparen konnte.

Bei Rike lief es wieder ein bisschen anders. Ihre Familie kostete Nadine nicht nur Geld, sondern erst recht Nerven. Sie ließen sich nicht so leicht etwas gefallen. Als Dohmann langsam anfing, die Stunden zu kürzen, gingen sie auf die Barrikaden und nahmen sich einen Anwalt. Vor Gericht musste Dohmann klein beigeben, auch später schaute ihm der Anwalt gerne über die Schulter. Wie gesagt, Familie Schäfermeier war ein harter Brocken.

Doch auch den hatten sie beide geknackt. Zuerst war es noch schwer, denn die Familie hatte Unterstützung aus dem Schulministerium bekommen. Die Schulaufsicht musste die weitere Beschulung von Rike gewährleisten, was nichts anderes hieß, als dass das Jugendamt die Schulbegleitung zu bezahlen hatte. Nadines Kontakt in der Staatskanzlei konnte da nichts ausrichten. Bis zu der letzten Landtagswahl, als er selbst zum parlamentarischen Staatssekretär aufstieg und sich seine Mitarbeiter im Ministerium passend zusammenstellen konnte. Und die Unbequemen in den anderen Ministerien? Die gingen zumeist von allein. Für Dohmann und Nadine lief es danach spitze. Für Rike Schäfermeier eher weniger. Und für ihre Eltern? Da lief es gar nicht mehr.

Eine erneute Stundenkürzung, dadurch viele ausgefallene Unterrichtsstunden, ein verärgerter Schulleiter, ein vermasseltes Zeugnis, ein paar kleine Zwischenbemerkungen, dass das Kind doch einer genaueren Überprüfung der psychischen Belastbarkeit bedürfe, verweigernde Eltern – und zack: Eingliederungshilfe gestrichen, Kind unbeschult. Die Verantwortung trugen nun andere Stellen. Dohmann und sein Amt waren außen vor.

Auch für Nadine hatte sich damals einiges geändert. Sie übertrug die Geschäftsleitung ihres Integrationsdienstes an die Stadt Badenhausen, übernahm von Zeit zu Zeit noch Betreuungsaufgaben und widmete sich ansonsten immer mehr den Aufgaben der sozialpädagogischen Familienhilfe. In Zusammenarbeit mit Dohmann und mit Unterstützung durch das Sozialprojekt *Badenhauser Land*, das Dohmann als Aufsichtsratsvorsitzender und sie in der pädagogischen Leitung zu einem der größten Förderzentren der Region ausgebaut hatten. Und jetzt? Jetzt hatte der Tod von Dohmann dieses wunderbare Konstrukt zum Wackeln gebracht.

*

Ein Hupen ließ Nadine erschreckt auffahren. Einfädeln auf die Autobahn will gelernt sein, doch vermutlich fühlte sich wieder ein Autofahrer abgedrängt und ließ seinen Unmut mit der Hand auf dem Lenkrad aus.

Es war schon hell. Sie rieb sich verschlafen die Augen, schaute in den Rückspiegel und ärgerte sich über die dunklen Schatten unter den Lidern und die geröteten Augäpfel, die ihr entgegenblickten.

Während sie den Kopf hin- und herbewegte und die Schultern kreisen ließ, griff sie nach ihrer Tasche und kramte nach ihrem Mobiltelefon. #31#, den Code für die Rufnummernunterdrückung kannte sie auswendig, die

Durchwahlnummer für das Büro des Staatssekretärs sowieso. Sie lauschte dem Klingeln und hörte an den Klackgeräuschen, wie an einen anderen Anschluss weiterverbunden wurde. Schon wieder nahm dieser Kerl nicht ab. Wo war er bloß?

»Vorzimmer Staatssekretär Falk Budde, was kann ich für Sie tun?«

»Guten Tag. Jugendamt Badenhausen. Ich hätte gerne Herrn Budde in einer dringenden Angelegenheit gesprochen.«

»Herr Budde ist derzeit nicht im Haus. Kann ich ihm etwas ausrichten?«

»Wann ist er wieder erreichbar?«

»Übermorgen ist er wieder im Büro. Bitte geben Sie mir Ihren Namen, dann sag ich ihm Bescheid, wenn er sich meldet. Ihren Namen bitte und die Nummer, unter der er Sie erreichen kann.«

Doch Nadine hatte schon aufgelegt.

5

*P*ock. Die blöde Autotür des kleinen alten Geländewagens wollte wieder nicht richtig schließen. Katja öffnete die Tür erneut und knallte sie zu. So, geschlossen. Sie zog den Gurt über die linke Schulter und wollte ihn verriegeln, doch auch das klappte nicht reibungslos. Aufseufzend versuchte sie es erneut und drückte die Schlosszunge rein ... *Na endlich.*

Nur ein kurzer Dreh des Zündschlüssels, und der grüne Toyota sprang sofort an. Katja verzog das Gesicht zu einem Grinsen. *Braver Junge, so gefällst du mir.* Sie streichelte liebevoll über das Armaturenbrett. Noch einen Blick in den Rückspiegel, Rückwärtsgang rein, rückwärts aus der Garage und vorsichtig den Feldweg entlang bis zur Einfahrt vom Büscher-Hof. Ein Glück, dass auch heute kein Nachbar mit seinem Trecker um die Kurve gerauscht kam. Schwungvoll das Kupplungspedal getreten, ersten Gang rein und auf zur Arbeit nach Badenhausen.

Am Ende der kleinen Ansiedlung bog Katja nach links auf den Winterberg und nach einigen Metern wieder nach links auf den Farmbker Weg. Die Krückebergstraße, ihr üblicher Arbeitsweg war mal wieder gesperrt. Sicher wieder ein Baum auf der Straße oder Schlamm, der den Weg versperrte. In den letzten Tagen war so einiges an Wasser heruntergekommen, da waren die Serpentinen häufiger nicht mehr befahrbar.

Während der Fahrt durch die Anliegerstraßen lief leise und beruhigend der Lokalsender *Radio Lippe*. Abrupt ging die Lautstärke hoch. Katja erschrak.

»... dringender Verkehrshinweis. Bitte beachten Sie die Sperrung der Weserstraße ab Krückebergstraße, B 514, in Kalletal, die Straße Niedernmühle in Höhe der sogenannten Todeskurve. Nach einem schweren Motorradunfall wurde die Strecke zwischen Vlothoer Stadtgrenze bis Abbiegung Wiesental wegen Bergungsarbeiten gesperrt. Polizei und Rettungskräfte sind vor Ort. Sobald wir weitere Informationen haben, geben wir Bescheid.« Der Verkehrsfunk piepte und alles war wieder vorbei.

Katja konnte aus der Ferne den Unfallort sehen und entschloss sich, die Abkürzung über die Landwirtschaftswege zu nehmen, um die Unfallstelle zu umfahren. Gaffen war nun wirklich nicht ihr Ding. Nach dem Einbiegen auf die Weserstraße außerhalb der Sperrung ging es für sie wieder zügig vorwärts. In der Gegenrichtung hatte sich eine lange Blechschlange gebildet. Die Autofahrer versuchten verzweifelt einen Weg zu finden, um drehen zu können und eine Umleitung zu finden. Heute würden viele Berufspendler zu spät kommen, das war sicher. Wer sich nicht auskannte, hatte schnell mal fünfzig Kilometer Umweg in Kauf zu nehmen. Und als wenn es nicht genug wäre, fiel Katjas Blick wie so oft auf das Wegekreuz am Straßenrand, schon auf dem Vlothoer Gebiet der Weserstraße. *Dennis, 17.10.13.* Was mag ihm wohl passiert sein? ... Ein Autounfall? Mit dem Roller verunglückt? Katja seufzte und fragte sich insgeheim, wie es sein konnte, dass auf dieser landschaftlich wunderschönen, sich zwischen Weser und Winterberg durchschlängelnden Bundesstraße so oft schwere Unfälle passierten. Wo waren die Leute bloß mit ihren

Gedanken? Schon zu Hause? Schon bei der Arbeit? In Hektik und drängelig am Überholen ohne Blick auf den Gegenverkehr, der in der Ferne auftauchte?

Sie schüttelte leicht den Kopf, drehte das Radio lauter, konzentrierte sich auf die Straße und fuhr weiter Richtung Badenhausen – *Lieblingsmensch*, den neuen Song von *Namika* auf den Lippen.

*

Die Spiegeleier brutzelten zischend in der alten gusseisernen Pfanne. Noch etwas Salz, Pfeffer und einen Hauch Paprika und das war es fürs Erste. Olek nahm den hölzernen Pfannenwender und drehte die Eier kurz um, bevor er sie hochhob und auf das Graubrot auf dem Teller neben dem Herd schob. Er zog die Pfanne zur Seite auf eine kühle Stelle und griff nach dem Wasserkessel, den er auf die heiße Herdplatte stellte. Ein letzter Blick auf das Feuer im Küchenofen. Sollte reichen, um das Wasser erhitzen zu können.

Olek nahm seinen Teller mit zum Tisch und setzte sich. Die drei Jungs, die zurzeit bei ihm zur Betreuung waren, hatte er schon zum Schulhaus gebracht. Die waren versorgt und kamen erst am Nachmittag wieder zurück.

Er schnitt das Brot in mehrere kleine Stücke, nahm die Gabel und schob sich Stück für Stück in den Mund. Jetzt noch das heiße Wasser und ein paar Löffel Instantkaffee, und der Tag war nach seinem Geschmack. Im Hintergrund krächzte der Radiorekorder und spuckte die Nachrichten von Radio Warszawa aus, auf dem Herd pfiff der Kessel sein Blubberlied. Olek war zufrieden.

*

Auf dem Dienstparkplatz vor der Polizeidienststelle kletterte Katja aus ihrem Wagen und griff nach der Handtasche, die sie hinter den Fahrersitz geklemmt hatte.

»Ts, ts, ts«, erklang eine Stimme hinter ihr.

Schwungvoll drehte sie sich um und blickte Frank Lieme direkt in die Augen. Sie kniff die Augen zusammen und guckte ihn finster an. »Erschrecken? Einen Vorgesetzten? Was soll denn das, Lieme?«

»Ich frag mich nur immer wieder, was du wohl an dieser alten Karre gefressen hast, dass sie noch nicht auf dem Schrottplatz gelandet ist.« Vorsichtig stupste er mit der Fußspitze an den großen Stollenreifen und handelte sich erst recht einen bösen Blick von Katja ein.

»Keinen Tucken weiter.«

Frank zog erschrocken den Fuß zurück.

»Er fährt, oder?« Katja klopfte zärtlich auf die runde Heckpartie des kleinen grünen RAV4s. »Er rostet nicht, er geht nicht kaputt, kommt immer mehr oder minder problemlos durch den TÜV, er hat nicht so viel Firlefanz und Plastik wie die heutigen Autos – und: Er hat mich noch nie im Stich gelassen. In zwanzig Jahren nicht. Man kann mit ihm nicht mehr so rumheizen wie früher, aber rumjuckeln brauche ich auch nicht. Das reicht doch, um ihn zu mögen, oder etwa nicht?«

Auffordernd stemmte sie die Hände auf die Hüften und wartete. Wartete weiter. Und dann sah sie endlich den Schalk in Franks Augen und fing an zu lächeln. Ihr Gesicht verzog sich immer mehr. Bis sie sich vor lauter Lachen die Tränen aus den Augenwinkeln wischen musste. »Du weißt wirklich, wie man mich aus der Reserve locken kann, was, Frank?«, platzte sie nach Luft schnappend heraus. »Mach das nie wieder. Ich mag mein Auto, so. Und Schluss!« Spielerisch drohte sie Frank mit dem Finger. »Los, komm! Auf zur Besprechung.«

*

Gestern Abend hatte es keine zwanzig Minuten gedauert und es klingelte an der Haustür. Katja sah Franks Umriss durch die Eisblumenglasscheibe, vergewisserte sich aber noch einmal, wen sie da vor der Tür hatte. Sie öffnete einen Spalt und ließ Frank dann ein. »Schön, dass du Zeit hast. Es ist wirklich wichtig. Ich hab da eine ganz merkwürdige Entdeckung gemacht.«

Frank ging hinter ihr her, setzte sich im Wohnzimmer auf das Sofa und machte es sich bequem. Irritiert blickte er auf das Chaos an Unterlagen, Akten und Notizzetteln, das Katja auf dem Wohnzimmertisch und den beiden Beistelltischchen auf verschiedenen Stapeln verteilt hatte.

Katja hob abwehrend die Hände. »Sag nichts. Ich weiß, es sieht schlimm aus, doch ich wollte dir unbedingt alles zeigen, was ich gefunden habe. Da ist System drin, keine Sorge.« Sie blickte zur Küche. »Vorab. Wie sieht es aus? Ich habe noch *Weizen alkoholfrei* im Kühlschrank. Möchtest du eine Flasche?«

»*Detmolder?*«

»Natürlich, was denn sonst?«

»Aber immer, gerne.«

»Dann warte just. Ich komme sofort wieder zurück.« Sie ging die paar Schritte in die Küche und brachte zwei schön kalte Bügelflaschen mit. »Hier, bitte.« Die beiden ließen ihre Flaschen aufploppen und stießen an. »Auf Frank, einen Freund, auf den man sich verlassen kann. In der Not. Prost.«

Frank ließ seinen Blick über die rustikalen Strohlehmwände mit dem schönen, gebürsteten Innenfachwerk schweifen. An einem Foto direkt neben seinem Platz blieb er hängen. Er zeigte darauf. »Familie Sollig?«

»Nö, nicht nur. Jakob und Jan mit mir und meiner Schwester. Das war vor ein paar Jahren zu Jakobs Abiturfeier.«

»Deine Schwester? Sieht eher aus wie eine Schwester von Jakob.«

»Hey, nun mach mich nicht älter als ich bin.« Katja piekste Frank an die Schulter. »Das ist Marina, meine kleine Schwester. Wir sind über 15 Jahre auseinander. Ein Nachzügler unserer Eltern gewissermaßen. Hübsches Mädel, unser Nesthäkchen. Ganz dein Alter, nicht wahr?« Katja grinste schelmisch.

»Du nervst, meine Gute, echt.« Frank tat, als würde er sie schütteln, griff zu seiner Flasche, nahm einen Schluck und zögerte dann. »Katja, lassen wir mal die Familiengeschichten beiseite - jetzt sag schon. Um was geht es, dass du mich hierher bestellst und was nicht bis morgen warten kann?«

Katja stellte ihre Flasche zur Seite und zog einen der Aktenstapel zu sich hin. »Ich habe heute beim Ausmisten der Umzugskartons vom Speicher diese Kiste gefunden. Keine Erinnerung, wo die herkommt, denn ich habe sie nicht beschriftet oder bewusst selbst gepackt. Sie muss im alten Haus auch auf dem Dachboden archiviert gewesen sein und ich habe sie wohl einfach in den

Umzugswagen gepackt und nicht mehr drauf geachtet.« Sie strich sich eine Haarsträhne aus dem Gesicht und fuhr fort. »Sei's drum. Jedenfalls ist der Inhalt echt interessant.«

Mit zittrigen Fingern klaubte sie einen der Berichte aus einer Aktenmappe und reichte ihn Frank. »Hier, das zum Beispiel. Das ist die Dienstaufsichtsbeschwerde der Schäfermeiers gegen Dohmann.« Sie räusperte sich. »Jedenfalls die Fassung, von der Frau Schäfermeier sprach. Die sie an Jan geschickt hatten. Siehst du?« Katja zeigte auf den Eingangsstempel und das Kürzel. »Sogar von Jan damals nach Eingang gestempelt und abgezeichnet. Das Schreiben war direkt und persönlich an ihn gerichtet. Und solche Briefe hat er auch immer selbst geöffnet. Das war ihm wichtig, und das hat er auch auf der Internetseite seiner Abteilung so kommuniziert.« Sie griff nach der Bügelflasche und nahm erneut einen Schluck.

»Genaugenommen war der Bericht also nicht verschwunden, sondern Jan muss die Akten mit nach Hause genommen haben. Warum auch immer. Und dann ist er verunglückt und die Beschwerde wurde nicht weiter verfolgt.« Ein erneuter Griff zu den Akten. »Und schau mal. In diesem Dossier steht alles, was Jan zu dem Thema und zu den Vorfällen zusammengestellt hat. Sämtliche Telefonate mit Aktennotizen und Auszüge aus den Personalakten. Und schau mal, sogar der Brief an die Ministerpräsidentin ist dabei. All das, was wir dringend benötigen, um den Fall aufzuklären.« Sie reichte die Unterlagen weiter. »Es ist doch völlig klar, dass Jan auf dem besten Weg war, Dohmanns Einfluss und seinen Anteil an diesen Rechtsbrüchen zu beweisen und gerichtsfest zu machen. Der Mann hat Vorteile daraus gezogen, dass sich die Eltern gegen die Inobhutnahme ihrer Kinder nicht wehren konnten. »Uh!« Katja rieb sich die Arme, um die Kälte loszuwerden, die sich in ihr aufgebaut hatte. Was für einer Sache waren sie da auf die Spur gekommen? Wie konnte man nur so mit Menschen, mit Kindern umgehen? Aus reiner Geltungssucht, aus Gier? Sie stütze die Arme auf den Oberschenkeln ab und legte ihre Wangen in die Handflächen. Traurig blickte sie zu Frank, der ebenso perplex die Berichte überflog. Gedankenverloren streichelte sie Amadeus, der maunzend auf das Sofa gesprungen war, um sich sein Recht auf einen gemütlichen Platz zurückzuerobern.

»Damit müssen wir morgen sofort zu Neitmann. Wir sind gerade dabei, in ein Wespennest zu stechen. Neitmann muss das mit der Stein absprechen, sonst fliegen uns unsere Erkenntnisse um die Ohren. Wir wissen doch gar nicht, wer da sonst so alles mit drinhängt. Oder?« Frank kraulte den nun schnurrenden Kater hinter den Ohren.

»Stimmt. Ich habe auch noch nicht alles durchgearbeitet. Wer weiß, was noch so alles in diesen Papieren an brisantem Material schlummert.«

Frank reichte Katja die Unterlagen zurück und sie sortierte sie wieder in den entsprechenden Mappen ein. »Wir müssen halt sehen, wie wir das Neitmann beibringen. Die Akten dürfen nicht in falsche Hände geraten.« Sie nahm die Stapel vom Tisch und schichtete sie wieder in den Karton. Wieder ein bisschen Ordnung. Jedenfalls in ihrem Wohnzimmer. Aber keinesfalls in ihrem Kopf und erst recht nicht in ihrem Herzen. Ach, Jan. Mit was hast du dich da rumgeplagt, dachte sie.

6

Der Montagmorgen begann mit der üblichen Dienstbesprechung in der Badenhauser Polizeistation. Neben Katja und Frank wartete auch Kathrin Kramer, die als Rechercheurin und für die Planung dem Soko-Sozial-Team zugeteilt war, auf ihren gemeinsamen Chef, den Kriminalrat Bernd Neitmann.

Kurz nach acht stürmte er schwer atmend in den Besprechungsraum, warf sich auf seinen Stuhl am Tischende und einen Aktenordner auf den Tisch.

»Guten Morgen. Entschuldigen Sie die Verspätung.« Er schnaufte kurz durch, stand erneut auf, zog sich seine Jacke aus und hängte sie an den Haken.

»Ich komme direkt von der Staatsanwältin Frau Stein. Bevor wir mit der Besprechung unseres Falls und der Strafanzeige weitermachen, muss ich ihnen leider mitteilen, dass dem Team die Bearbeitung der Umstände der Dienstaufsichtsbeschwerde der Familie Schäfermeier entzogen wurde. Das war zu erwarten, da Sie, Katja, mit einem der möglichen Verdächtigen verwandt sind.« Neitmann schaute Katja mit einem leicht verzweifelten Blick an. »Es tut mir leid, es ist so unpassend, doch wir müssen uns an die Gesetze halten. Bisher sieht es so aus, als hätte Ihr Mann Unterlagen unterschlagen und damit den Vorkommnissen im Jugendamt Badenhausen Vorschub geleistet.« Er strich sich nervös über die kurzen Haare. Die grauen Strähnen schimmerten im Licht. »Ich weiß, Katja, das kann nicht stimmen. Ich habe Jan auch kennengelernt. Er hätte so ein Vorgehen niemals hingenommen. Niemals«, kam er

Katja zuvor, die gerade protestierend etwas erwidern wollte.

»Warten Sie, Chef«, mischte Frank sich ein. »Katja hat gestern eine Entdeckung gemacht. Das sollten wir besprechen, bevor wir den Dienstanweisungen folgen.« Er bückte sich, zog einen Pappkarton unter dem Tisch hervor und hob ihn auf den Tisch.

Doch der Kriminalrat ließ sich nicht bremsen. »Nein, warten *Sie*. Denn ich habe einen neuen Auftrag für Sie drei. Wir haben eine Strafanzeige hereinbekommen. Frau Stein möchte, dass Sie, Katja, und Ihr Team die Ermittlungen führen. Die Dienstaufsichtsbeschwerde wird von anderen Kollegen bearbeitet. Es sollen auch nur noch Daten ermittelt werden. Die Befragungen sind abgeschlossen und die Faktenlage auch klar.« Er räusperte sich und schaute in die Runde. »Gibt es hier heute nichts zu trinken? Ich könnte dringend einen Kaffee vertragen.«

»Entschuldigung, Herr Neitmann.« Frau Kramer stand pflichtbewusst auf und holte die Thermoskanne aus dem Nachbarraum. »Wir waren noch gar nicht so weit.« Sie stellte die Kanne und ein Tablett mit Tassen und Löffeln und einer dampfend heißen Tasse des obligatorischen Ingwer-Zitrone-Tees für Katja auf den Besprechungstisch und ging noch einmal zurück, um den Brotkorb zu holen, der abgedeckt im Nebenraum gestanden hatte. Derweil schob Frank den Karton wieder zurück an seinen Platz.

»Überraschung! Wir haben wieder genug Geld gesammelt. Also gibt es heute wieder die leckeren Laugencroissants. Greifen Sie zu, Chef.« Sie reichte Neitmann den Korb und zog das Tuch herunter. »Guten Appetit, Chef.«

Der Kriminalrat nahm den Kopf herunter und schüttelte ihn. »O Leute, ihr macht mich echt fertig.« Er griff nach seiner Bürotasse, drehte die Thermoskanne auf und schenkte sich ein. Drei Süßstofftabletten, keine Milch, umrühren, fertig. »So, während der Kaffee ein wenig abkühlt, erzähle ich Ihnen von dem neuen Fall, den wir hereinbekommen haben. Es wurde Strafanzeige gegen die Chefin des Integrationsdienstes gestellt. Von alten Bekannten – von der Familie Schäfermeier.«

*

»Gegen den Integrationsdienst?« Katja verschluckte sich beinahe an ihrem Croissant und fing an zu husten. »Frau Schäfermeier hatte uns zwar von einigen Vorkommnissen erzählt, die nicht korrekt gelaufen sind und die sie zur Anzeige bringen wollte, doch der Integrationsdienst? Das war kein Thema.« Sie schaute zu Frank am anderen Tischende rüber, doch der winkte ab.

»Nein, das stimmt. Vom Integrationsdienst hat sie nicht berichtet.«

Frau Kramer guckte etwas verwirrt. »Kann mir mal jemand erklären, was ein Integrationsdienst ist?«

»Ein Unternehmen, das Schulbegleiter für behinderte Menschen vermittelt und im besten Fall auch aus- und weiterbildet«, erklärte Frank. »Du musst dir das so vorstellen, Kathrin, dass Eltern einen Antrag beim Jugendamt oder beim Sozialamt stellen, damit ihr Kind in der Schule oder an der Uni eine Begleitung bekommt. Für einige Stunden in der Woche oder für die ganze Unterrichtszeit. Und in den meisten Fällen arbeiten die

Ämter mit einem Integrationsdienst zusammen, der die Kräfte vermittelt. Die Kosten werden dann vom Amt bezahlt. Wenn der Antrag genehmigt wurde, nicht zu vergessen.«

»Die Schäfermeiers haben also die Chefin des Integrationsdienstes angezeigt?«, fasste Katja zusammen. »Haben wir einen Namen?«, fragte sie nach.

»Ja, haben wir. Trara – die Leitung des Dienstes hat – Nadine Meyer.«

»Nee, Chef, ehrlich?« Frank kratzte sich am Kopf und riss die Augen auf. »*Die* Nadine Meyer? Die für das Jugendamt Badenhausen als Familienhelferin arbeitet?«

Neitmann nickte.

»Das gibt es ja nicht. Wir müssen sie doch sowieso noch wegen der Strafanzeige gegen das Jugendamt befragen. Sie war doch die Familienhelferin von Frau Updahl. Und dem Dohmann unterstellt.«

»Da der Tod von Dohmann geklärt ist, sind die Ermittlungen abgeschlossen. Doch Sie haben recht. Für die andere Strafanzeige steht die Befragung noch aus.« Er drehte sich zur anderen Seite. »Frau Kramer, könnten Sie bitte einen Termin mit ihr ausmachen? Heute Nachmittag? Dann sollten wir alle Informationen für die Befragungen zusammenhaben. So, das wäre vorerst geklärt. Dann erzählen Sie mal, was Sie entdeckt haben.«

*

»Sekunde, Chef.« Katja hob die Hand. »Und der Grund für die Strafanzeige von Schäfermeiers? Was bringen sie gegen Nadine Meyer vor?«

Bernd Neitmann schlug sich die Hand vor die Stirn.

»Ach ja, das hätte ich beinahe vergessen.« Er zog das Schriftstück aus der Akte und hielt es Katja hin. Sie nahm es und las laut vor: »Strafanzeige gegen Frau Nadine Meyer wegen Nötigung, Amtsmissbrauch und Verletzung der Schweigepflicht.« Sie gab das Blatt ihrem Vorgesetzten zurück.

»Klingt ein wenig schwammig, finde ich«, warf Frank ein. »Gibt es noch Schreiben mit den Erläuterungen dazu?«

»Sicher.« Neitmann nahm das nächste Blatt und legte es auf den Tisch. »Also. Sollig, Sie übernehmen mit Lieme die Befragung von Meyer und holen die Akte von Rike Schäfermeier vom Integrationsdienst. Frau Kramer übernimmt die Sichtung der Unterlagen und koordiniert die Aufgaben hier von der Dienststelle aus.

»Frank!« Katja stupste ihn aufgeregt an. »Diese Anzeige, das ist doch perfekt. Denk doch an die Entdeckung, die wir gemacht haben. Das können wir miteinander verbinden.«

Im Hintergrund hörte man das Klacken des Telefonhörers. Kathrin Kramer hatte aufgelegt und drehte sich zu den Kollegen um. »Frau Meyer ist nicht zu erreichen, weder zu Hause, noch im Jugendamt. Nach der Entlassung aus dem Krankenhaus war sie kurzfristig krankgeschrieben, ist aber heute nicht zur Arbeit erschienen. Nadine Meyer ist verschwunden.«

7

Fahrig strich er sich durch das kurze, braune gelockte Haar. Das würde einen ganz schönen Aufruhr geben, wenn die unglaubliche Geschichte öffentlich wurde. Viel Zeit war nicht mehr, um alle Beweise zusammenzubekommen, doch ein Ende war bald in Sicht. Für ihn reichte es auch langsam. Er wollte, dass den Opfern Gerechtigkeit widerfuhr, dass die versteckten Geschäfte und die unsäglichen Gesetzesbrüche aufgedeckt wurden und die, die das alles gedeckt hatten, zur Verantwortung gezogen wurden. Auch wegggucken musste bestraft werden – bewusst oder unbewusst, völlig egal.

Für diese Aufgabe hatte er sich ganz eingebracht, Monate seines Lebens nur dafür gearbeitet. Auch er freute sich auf eine ruhigere Zeit. Eine Zeit nach dem großen Knall. Wenn erst die Wogen wieder geglättet waren, konnte er sich wieder neuen, ruhigeren Aufgaben widmen. Das wurde auch Zeit.

Er blickte weiter aus dem Fenster auf die gegenüberliegenden Häuserfronten und dachte über sein Leben nach. Da klopfte es an der Tür. »Ja?«

»Ey, Alter.« Der schlaksige, junge Mann, der in das Zimmer trat, war anscheinend noch ein wenig grün hinter den Ohren und ohne geschliffene Manieren, doch er war ein Meister seines Fachs, darum sahen die Kollegen ihm so einiges nach.

Der junge Mann schloss die Tür hinter sich, klatschte ihm einen Aktendeckel auf den Schreibtisch und fläzte sich auf das Bettsofa an der Seitenwand. »Die neuen Ermittlungsakten aus Badenhausen. Wir haben sie vorhin reinbekommen. Die Truppe trifft sich in einer Stunde zur Lagebesprechung. Du findest allein hin?«

Er verdrehte die Augen und griff nach der Akte. »Raus, Kumpel. Ich habe zu arbeiten. Wir sehen uns im Verlies.« Sein Gegenüber drückte sich vom Sofa hoch und hielt ihm einen Zettel hin. *Code 1768.*

Er griff danach, prägte sich die Nummer ein, nahm sein Sturmfeuerzeug aus der Schublade, zündete den Zettel an der Gasflamme an und legte ihn in den Glasaschenbecher vor sich. Dann sah er zu, wie sich das Papier langsam auflöste und sich kleine Aschefetzen in die Luft erhoben, um kurz danach wieder herunterzusegeln. Kein Zettel, kein Code, kein Beweis. »Okay, ich weiß Bescheid. Bis gleich.«

Und schon war der junge Mann wieder aus dem Zimmer verschwunden. Nur ein paar knisternde Aschereste erinnerten an ihn. Und die Akte auf dem Tisch.

Er setzte sich bequemer an den Schreibtisch, schlug die Mappe auf und blätterte durch die Unterlagen. Nur eine Stunde, er musste sich sputen.

*

»Trotz allem, Chef. Wir müssen dringend darüber sprechen, was Frank und ich gestern Abend herausgefunden haben.« Katja schob Bernd Neitmann die Mappe mit den Notizen hin, die sie zusammengestellt hatte.

»Gestern Abend? Gestern war Sonntag. Hatten Sie beide nicht frei?«

»Schon. Doch zu den Dienstaufsichtsbeschwerden gegen Dohmann gibt es ein paar neue Erkenntnisse. Das hätte Auswirkungen auf unsere Ermittlungen; aber auch wenn die Kollegen nun übernehmen, wollen Frank und ich Sie informieren. Sie können dann selbst entscheiden, wie Sie vorgehen und was Sie weitergeben müssen.« Sie drehte sich zu Frank und legte ihm die Hand auf den Unterarm. »Könntest du bitte erzählen?«

»Gut, kein Problem.« Frank nahm sich sein Notizblatt und tippte auf den ersten Punkt.

»Also. Katja hat gestern alte Kartons ausgepackt und ist auf eine Kiste gestoßen, die ihrem Mann gehört hat. Jan Sollig. Und in der Kiste waren erstaunlicherweise keine privaten Unterlagen oder Fotos oder etwas anderes familiäres, sondern es waren Fallakten zu den Anzeigen, die Herr Sollig wohl in seiner Zeit als Ministerialdirektor im Sozialministerium in Düsseldorf auf den Tisch bekommen hatte.« Frank schluckte schwer. »Es waren alles Originalunterlagen, keine kopierten Akten oder so. Alles Originalbelege, handschriftliche Notizen, farbige Anmerkungen.« Frank stand auf und bückte sich ein weiteres Mal, um die Kiste unter dem Tisch hervorzuziehen. Er hob sie erneut hoch und stellte sie auf den Besprechungstisch ab.

Katja schüttelte den Kopf und blickte auf die Tischoberfläche. »Wie ich die beim Umzug übersehen konnte? Ich verstehe es einfach nicht. Das sieht man doch, dass das eine Kiste extra für Aktenordner ist. Die Akten habe ich gleich zu Beginn im Büro einsortiert. Und ich war der Meinung, alle ausgepackt zu haben. Da hätte ich schon längst reingucken müssen, doch sie ist mir nicht aufgefallen, warum auch immer. Und irgendwas verwirrt mich total bei diesen Unterlagen. Doch ich kann das nicht greifen. Immer, wenn ich drüber nachdenke, ist der Gedanke wieder weg.« Sie fuhr sich mit der Hand durch die Haare und drehte abwesend eine Strähne um den Finger. Abrupt streckte sie sich wieder und machte sich auf ihrem Stuhl gerade. Sie schaute auf. »Ehrlicherweise weiß ich überhaupt nicht, ob die Kiste wirklich schon beim Umzug auf den Dachboden gekommen ist.«

*

Schon fast Mittag. Katja und Frank waren auf dem Weg zur Zentrale des Integrationsdienstes, der seinen Sitz im Verwaltungsgebäude des Jugendhilfeprojektes *Badenhauser Land* hatte. Sie hatten einen Termin mit der Vertretung von Nadine Meyer, die die Geschäfte führte, wenn ihre Chefin ihren anderen Aufgaben nachkommen musste.

Auf dem Besucherparkplatz direkt vor dem schicken Neubau blieb Katja erst einmal im Auto sitzen und ließ die Gegend auf sich wirken. Im hinteren Bereich des riesigen Grundstückes, ganz nah am Wald, blitzte ein großer, gelb gestrichener Sozialbau hervor – vermutlich das Wohnheim. Nicht weit davon entfernt stand ein verzweigter, einstöckiger Flachdachbau. Daneben eine große Wiese mit Spielgeräten für die Kleineren und Tischen und Bänken zum Ausruhen für die größeren Schüler der Förderschulen. Und ein extra Parkplatz, der nur Lehrern und Schulbussen vorbehalten war, wie Katja bemerkt hatte, als sie auf der Suche nach einer Parkmöglichkeit war.

»Wirkt recht idyllisch hier«, meinte Katja zu Frank. »Jedenfalls auf den ersten Blick.« Frank nickte.

Sie stiegen aus dem Auto und gingen die paar Stufen

zu der großen Glastür hoch. Frank drückte sie auf und hielt seiner Kollegin galant die Tür auf. »Charmeur«, flüsterte sie ihm zu und lächelte ihn spitzbübisch an.

*

Mit Schwung schob Herbert Vauth die bearbeitete Schülerakte zurück in die Ablage. Er griff sich die nächste, schob sich den Hörer bequemer zwischen Schulter und Ohr und nahm sich seinen Stift. »Also, die Mappe liegt vor mir. Um was geht es?«

Auf Seiten seines Gesprächspartner raschelte es, dann kam die Antwort. »Gut, die Akte vom Updahl pack ruhig zur Seite. Da ist nichts mehr zu machen, der Junge verbleibt bei seiner Mutter.«

»Schon abgelegt, der Förderstatus bleibt, Beschulung in der Wichern-Grundschule. Und sonst noch?«

»Ich habe hier eine weitere Gefährdungseinschätzung nach § 8a, die Eltern verweigern wichtige Maßnahmen und wir vermuten eine Kindeswohlgefährdung. Die Familienhilfe befürwortet die Inobhutnahme. Habt ihr einen Schulplatz im Förderzentrum frei?«

»Sicher, das sollte sich machen lassen. Welcher Förderbereich denn?«

»Sozial-emotional.«

»Hm? Schule ist kein Problem, da ist in dem Bereich noch etwas frei. Welche Klasse?«

»Siebte.«

»Okay. Habe ich notiert. Mit Heimplatz, oder?«

»Genau, ist so in der Planung. Jedenfalls vorerst, danach ist *Kindernot* im Gespräch. Sobald ich alle Unterlagen habe, gebe ich dir die Daten. Ach ... Herbert, beinahe vergessen. Die Akte von Rike Schäfermeier. Ich brauche da eine Zusammenfassung der Vorkommnisse der letzten Schuljahre. Die rechtlichen Konsequenzen der vielen Fehlstunden, was ihr so alles gemacht habt, um sie zu fördern, dass das nicht gefruchtet hat. So was. Du weißt schon, das Übliche. Und da war doch noch was mit einer Klage der Eltern vorm Verwaltungsgericht, richtig? So ein paar Infos wären auch nicht schlecht.«

Vauth hörte, wie sein Gesprächspartner am anderen Ende der Leitung vermutlich Zigarettenasche an einem Aschenbecher abstreifte und dann einen tiefen Zug inhalierte. »Dir ist schon klar, dass das gegen die Schweigepflicht verstößt, oder? Ich glaube nicht, dass die Eltern eine Schweigepflichtentbindung unterschrieben haben. Dazu finde ich hier nichts«, neckte er ihn bei seinem scheinbar genussvollen Tun.

»Jetzt komm mir doch nicht mit diesem Kram, Herbert. Bei Dohmann hast du dich auch nicht so angestellt.« Am anderen Ende der Leitung wurde es laut und ungehalten. »Nerv mich nicht damit. Das interessiert doch keinen. Wir wollen doch ordentliche Hilfen anbieten, da können wir uns nicht mit so Unwichtigem aufhalten. Bis jetzt hat es dich doch auch nicht interessiert. Schweigepflichtentbindung? Pah!«

»Ist ja gut, ist ja gut. Beruhig dich wieder. Seitdem bei euch in Badenhausen diese Soko in allen Akten rumschnüffelt, müssen wir hier bei der Schulaufsicht ganz genau prüfen. Weißt du doch. Die Chefin der Bezirksregierung ist da strikt. Alles muss rechtens ablaufen.« Vauth seufzte laut. »Die muss ja nicht den ganzen Tag diesen Sülz bearbeiten. Ich begreife auch nicht, wie man Förderpläne für Schüler aufstellen soll, wenn die

Behörden sich nicht austauschen dürfen. Du und ich – bisher klappte das doch gut.«

»Genau, Herbert. Und jetzt mach hin und such mir die Berichte zusammen. Die Mobilnummer hast du, ja? Tschüss.« Und schon hatte der Gesprächspartner aufgelegt. Und die Frage, wofür die Jugendhilfe diese Unterlagen aus der Schülerakte wollte, diese Frage hatte Vauth im Eifer ganz vergessen zu stellen.

*

Er blinzelte, stand auf und ging zu seinem Bürofenster, um die Rollos zu schließen und leicht zu kippen. Nun war es besser und Bernd Neitmann konnte sich wieder an seinen Schreibtisch setzten, ohne von der Sonne geblendet zu werden. Unruhig drehte er seinen Kuli zwischen den Fingern hin und her, legte ihn abrupt zur Seite und nahm sich erneut den Ermittlungsbericht vor, den er vom Team der Mordkommission bekommen hatte. Er las da weiter, wo er vorhin gestockt hatte.

Jens Kuhlmann, der ermittelnde Beamte, bearbeitete die Akten zum Unfalltod von Jan Sollig noch einmal und klärte offene Fragen – im Auftrag von Magdalena Stein, der leitenden Staatsanwältin für seine Abteilung. Ermittlungshilfe für das LKA nannte sie das. Laut seufzte der Kriminalrat auf. In was war Jan Sollig da bloß reingeraten?

8

Nur noch wenige Minuten bis zum Termin mit den beiden Kriminalbeamten. Katharina Dück erhob sich von ihrem Arbeitsplatz und ging zum Fenster mit Blick zum Parkplatz vor dem Verwaltungsgebäude von *Badenhauser Land*. Schau an, da waren sie ja schon. Sie rückte sich ihren Zopf wieder ordentlich zurecht und strich das zartrosa Shirt glatt. Mal schauen, ob sie gut genug gewappnet war, um die Befragung souverän zu überstehen. Was genau die Polizisten von ihr wollten? Solange Frau Meyer nicht im Hause war, hatte sie die Verantwortung. Seit einiger Zeit kam das ziemlich oft vor. Zu oft. Frau Meyer nahm ihre Pflichten hier im Haus nicht ernst genug, fand Katharina. Doch das war ihre eigene, unmaßgebliche Meinung. Und das ging auch niemanden etwas an.

Sie ging zur Tür, die Treppe zum Eingangsbereich hinunter, um die Gäste zu begrüßen.

*

Frank Lieme blickte hoch und sah eine junge Frau die Treppe herunterkommen. Kommen? Nein. Schreiten, schweben, irgendetwas sanftes. Genau. Etwas sanftes ging von dieser elfengleichen Gestalt aus. Weißblondes Haar, in einem langen Zopf geflochten, hing über den Rücken, ein rosa Shirt legte sich über die Taille bis zu den Hüften und verdeckte den Bund eines mit Blattornamenten gemusterten Rockes. Die Beine in Feinstrümpfen, die Füße in bequemen naturfarbenen Slippern. *Wow!* Was für ein Anblick.

»Frank?« Katja piekste ihrem Kollegen in die Seite.

»Frank?«

Verwirrt schaute er sie an. »Bitte?«

»Deinen Ausweis? Der Hauswart benötigt deinen Ausweis.«

»Oh, Entschuldigung.« Frank kramte in seiner Jackentasche nach dem Dienstausweis und zeigte ihn dem älteren Herrn in der Pförtnerloge. Der nickte und Frank schob den Ausweis zurück an seinen Platz.

Die junge Frau war indessen bei ihnen angelangt und reichte zuerst Katja die Hand zur Begrüßung. »Frau Sollich? Herr Lieme? Ich bin Katharina Dück, die stellvertretende Leitung. Kommen Sie doch bitte mit in den Besprechungsraum, ich habe dort einen Kaffee vorbereiten lassen. Oder möchten Sie lieber etwas Kaltes? Saft oder Mineralwasser?«

»Sollig, bitte, Frau Dück. Mit ›g‹ gesprochen, nicht mit ›c – h‹ wie im Lippischen üblich. Der Name kommt aus Niedersachsen.« Katja gab ihr die Hand und lächelte sie freundlich an. »Kaffee wäre prima. Nicht wahr, Frank?«

»Ja, gerne. Und dazu bitte ein Glas Wasser.« Langsam legte sich die Starre bei ihm und Franks Professionalität zeigte sich. Er ergriff die angebotene Hand und freute sich über den festen Händedruck von Katharina Dück. So zart und zerbrechlich, wie sie aussah, so schien sie jedenfalls nicht zu sein.

Katharina Dück ging den beiden den Gang neben der Pförtnerloge entlang voraus, öffnete eine Tür auf der rechten Seite und führte Katja und Frank in einen kleinen Raum mit einer Sitzgruppe und zwei Konferenztischen. Zielstrebig marschierte sie auf die Tische zu und wies auf die Plätze. »Hier, bitte.«

Während Frank schon Platz nahm, schlenderte Katja zu den großen Fenstern hinter den Tischen und blickte hinaus. Von hier konnte sie die Schulgebäude und auch die Wohnheime sehen - und die idyllische Gestaltung des Grundstückes bewundern. Hatte was, das musste man den Planern zugutehalten. Gedanken über ansprechende Formgebungen in fröhlicher Umgebung hatten sich die Architekten dieses Projektes auf jeden Fall gemacht.

»Respekt«, sagte sie zu Frau Dück und wies mit der Hand zum Fenster. »Ein sehr schönes Grundstück und hübsche Häuser haben Sie hier.«

»Danke sehr.« Katharina Dück nickte zustimmend. »Das ist auch ein Teil unseres Konzeptes. Eine ansprechende Umgebung ist schon viel wert, um den Kindern und Jugendlichen das Umfeld bieten zu können, das sie in ihrem Zuhause vermissen mussten.«

Katja zog die Stirn kraus und guckte Frau Dück nachdenklich an.

*

Der Fahrstuhl war am Ende des Gangs, nur wenige Meter von seinem Zimmer entfernt. Er drückte den Knopf und wartete, bis der Aufzug den Weg von unten zurückgelegt hatte und die Schachttüren leise zischend den Weg in die Kabine freigaben. *1 - 7 - 6 - 8.* Er tippte den Zifferncode auf der Schalttafel ein und rauschte mit dem Personenaufzug in die Tiefen des Hauses. Bis ins *Verlies*, der Schaltzentrale der Truppe. Einer Gruppe von besonders ausgebildeten Beamten des LKA, die im Untergrund für die Aufklärung brisanter Rechtsfälle eingesetzt wurden.

Während er aus dem Lift trat, der sofort wieder nach oben schoss, um den nächsten Teilnehmer an der Besprechung in die Tiefe zu schicken, rückte er die Aktenmappe in seiner Hand zurecht. Unterlagen, die es nun zu besprechen gab. Unterlagen, die den Tod von Ministerialdirektor Jan Sollig aufdecken könnten. Es bestand also dringender Handlungsbedarf. Er atmete tief ein und langsam wieder aus, schaute zur Kameraüberwachung und sah, wie das rote Licht neben dem Eingang zu Grün wechselte. Er drückte die Klinke zum Verlies hinunter und trat ein.

»Guten Tag, meine Herren, meine Dame.« Ein kurzes Nicken in die Runde der anwesenden Fachleute. »Sie wollten etwas mit mir besprechen? Ich habe die Unterlagen, die mir der Kollege gebracht hat, gesichtet. Wie ich sehe, fehlt noch einer von Ihnen. Gut. Dann lassen Sie uns planen, wie wir unsere Operation zu einem gelungenen Abschluss bringen können, sobald alle da sind.«

*

»Frau Dück«, begann Katja, »unsere Kollegen haben Sie sicher schon befragt. Wissen Sie schon Neues über den Verbleib von Nadine Meyer?«

Katharina Dück blickte Katja fest in die Augen und ließ sich nicht nervös machen. »Nein. Wir wissen hier auch nicht, wo sie ist. Sie wurde nach ihrem Schwächeanfall, als sie Herrn Dohmann gefunden hatte, wohl ins Krankenhaus gebracht und auch schon entlassen. Aber gemeldet hat sie sich bisher nicht.«

»Gibt das Probleme bei der Verwaltung der Jugendhilfeprojekte, die Sie hier betreuen?«, fragte Frank nach, griff nach seinem Glas und nahm einen Schluck.

Nun blickte Frau Dück zu Frank. »Bisher nicht. Ich habe sämtliche Vollmachten, um im Wohnheim und im Förderschulbereich handeln zu können. Der Verein übernimmt die Verwaltung des Projektes, für die schulrechtlichen Aufgaben gibt es einen Aufsichtsrat mit Mitgliedern der Jugendhilfe und der Schulaufsicht.«

»Und der Integrationsdienst? Wer vertritt Frau Meyer da?«, fragte Katja nach.

Katharina Dück stutzte. »Die Geschäftsführung? Die hat Frau Meyer schon vor einiger Zeit abgegeben. Die Jugendhilfe hat den Integrationsdienst übernommen und hat auch die Geschäftsführung. Frau Meyer hat das Unternehmen zwar gegründet, doch sie hatte sich entschieden, mehr in der Familienhilfe und in der Fortbildung zu arbeiten und sich wieder mehr auf die Praxis konzentriert. Die Flut der Anträge für Schulbegleiter war für sie allein nicht mehr zu bewältigen. Eine Zeit lang hatte sie noch die Fachleitung, doch die hat nun jemand anderes übernommen. Die kümmern sich nun um die Betreuung der betroffenen Familien und die Einteilung der Schulbegleiter. Die finanziellen Aspekte werden zentral über das Jugendamt Badenhausen abgerechnet. Also über die wirtschaftliche Jugendhilfe. Wir hier haben nur die pädagogischen Aufgaben und sind natürlich für die Abzeichnung der Zeitstunden der Helfer zuständig. Um Ihre Frage zu beantworten: nein, keine Probleme.« Sie lächelte Frank an. »Noch etwas Wasser, Herr Lieme?«

Frank schüttelte den Kopf und stellte sein Glas wieder ab.

»Frau Meyer hat natürlich im Rahmen der Fortbildung die Betreuung vor Ort übernommen. Bei Gesprächen mit Lehrern oder bei Hilfeplangesprächen und natürlich, wenn es Fragen der Eltern gab, da war sie immer dabei.«

»Gab das keine Konflikte mit ihren Aufgaben als Familienhelferin?« Katja schaute Frau Dück gespannt an.

»Aber nein. Warum auch. Das sind doch zwei völlig unterschiedliche Aufgabenbereiche. Das überschneidet sich doch nicht. Familienhilfe ist Hilfe zur Erziehung. Also für die Eltern. Eingliederungshilfe, also hier bei uns die Schulbegleitung, ist für die Unterstützung behinderter Schüler. Da sind wir auch ganz streng. Das wird ganz rigoros getrennt.« Ganz ruhig und mit sanfter Stimme beantwortete Frau Dück Katjas Fragen.

»Gut, Frau Dück. Dann lassen Sie uns zum Grund unseres Besuchs kommen. Wir benötigen die Akte von Rike Schäfermeier. Frank, begleitest du Frau Dück bitte? Ich warte hier solange.«

»Rike Schäfermeier?« Nun wurde die sanfte Stimme doch etwas zittriger. »Ist etwas vorgefallen? Die Hilfen wurden schon vor einigen Monaten eingestellt, soweit ich mich erinnern kann.«

»Holen Sie bitte die Akte, Frau Dück, dann werden wir sehen.«

Frank stand schon an der geöffneten Tür und ließ die junge Frau hinausgehen, bevor er die Tür wieder schloss und Katja mit ihren Gedanken allein ließ.

*

Es dauerte ein wenig, bis Frank und Katharina Dück

zurückkehrten. Katja war wieder vor das Fenster getreten und schaute hinaus. Keine Kinder, keine Jugendlichen zu sehen. Nur ein paar Vögel, die auf dem Spielplatz im Sand pickten. Vermutlich war gerade Unterricht. Doch, da war etwas. Durch eine der Fensterfronten konnten sie einen Gang vor ein paar Türen sehen. Klassenzimmer? So sah es aus. Vor einer der Türen stand ein kleiner Junge. Aus der Ferne konnte Katja das nicht so genau sehen. Was tat er da, so ganz allein im Gang? Hatte er die Hand am Türgriff? Warum ging er nicht hinein? Schon seltsam. Da ging die Zimmertür hinter ihr auf, Frank und Frau Dück kamen zurück und Katja vergaß ihre Beobachtung wieder.

Frau Dück legte die Akte vor Katja auf den Tisch. »Herr Lieme meinte, sie müssten sie mitnehmen, darum habe ich erst eine Kopie angefertigt. Wir dürfen hier keine Originale rausgeben. Ich benötige auch noch eine Unterschrift von Ihnen, dass Sie die Kopien erhalten haben.«

»Gibt es noch Handakten oder weitere Fallakten zu Rike Schäfermeier?«

»Nein, nicht dass ich wüsste.«

»Dann nehme ich das so zur Kenntnis.« Katja unterzeichnete das Herausgabeprotokoll, packte die Akte in ihre Tasche und stellte sie auf den Boden.

»Was ...«, begann Frau Dück, doch Katja unterbrach sie.

»Zum Thema Rike Schäfermeier möchten wir gern selbst mit Frau Meyer reden, sobald sie zurück ist. Bitte haben Sie dafür Verständnis.«

Katharina Dück klappte den Mund wieder zu. »Kann

ich Ihnen sonst noch helfen?«, fragte sie stattdessen.

»Aber sicher. Bitte beschreiben Sie uns doch, was Sie hier auf dem Gelände des Jugendhilfeprojektes machen. Welche Aufgaben übernimmt *Badenhauser Land*? Wer sind Ihre Schüler, wer die Kinder und Jugendlichen im Wohnheim? Das wäre interessant – und mein Kollege und ich können uns leichter ein Bild von dem Projekt machen.«

»Aber gerne. Wir sind ein Vorzeigeprojekt, müssen Sie wissen. Unsere Arbeit hat viele Auszeichnungen bekommen. Es macht so viel Freude, für die Kinder, die ja oft in prekären Umständen gelebt haben, ein neues Zuhause schaffen zu können. Wenn auch nur vorübergehend. Doch in der Zeit bei uns können sie wieder zu Kräften kommen. Das meine ich jetzt erst mal seelisch. Von den körperlichen Kräften ganz zu schweigen.« Voller Begeisterung beschrieb Katharina Dück die Vorzüge von *Badenhauser Land*.

»Schauen Sie mal, Frau Sollig, Herr Lieme. Kommen Sie bitte ans Fenster.« Sie zeigte auf die großen Pavillons, die man auf dem Gelände sehen konnte.

»Wir haben hier einen Förderschulverbund für die Bereiche Hören und Kommunikation, Sprache, Lernen und dann noch emotionales und soziales Verhalten. Viele unserer Schüler wohnen auf dem Gelände, die anderen kommen morgens mit Schulbussen aus den Badenhauser Gemeinden hierhin. Da links, das mehrstöckige Gebäude, das ist das Wohnheim.« Stolz blickte sie sich zu den beiden Kommissaren um. »Wir arbeiten hier nach den neuesten Methoden. Sonderpädagogen, Heilerziehungspfleger und natürlich die Sozialpädagogen und Erzieher im Heim sind sehr engagiert.«

»Und die Schülerzahlen?«

»Das erstaunt mich auch immer wieder, wenn man so den allgemeinen Trend beobachtet, dass Förderschulen geschlossen werden.« Sie tippte mit dem Finger auf die Unterlippe. »Doch wir hier haben da keine Sorgen wegen zu geringer Schülerzahlen. Die Erziehungsberechtigten geben die Kinder gerne zu uns, weil sie wissen, dass sie hier optimal gefördert und gefordert werden. Das ist so schön, dass unsere Arbeit so gewürdigt wird.« Sie blickte stolz zu den beiden Kriminalbeamten. »Wir haben einfach den Nerv getroffen, man vertraut unserem Konzept und vertraut uns die Kinder an.«

»Die Eltern geben ihre Kinder zu Ihnen? Wie läuft das ab? Sie kommen zu Besuch und schauen sich das Gelände und alles an?«

»Nein, Elternbesuche sind hier selten. Häufig haben die Eltern das Sorgerecht auch durch ihr Verhalten verwirkt. Das wird schon im Vorfeld von Frau Meyer in Zusammenarbeit mit Herrn Dohmann vom Jugendamt in Badenhausen in die Wege geleitet, also welche Kinder bei uns aufgenommen werden. Obwohl ...«, sie verstummte kurz, »obwohl Herr Dohmann ja nun einen Nachfolger bekommen wird. Aber wie wir das in Zukunft handhaben, das wird Frau Meyer wissen. Also insbesondere für den Heimbereich.«

Katja hatte ihre Kladde vor sich und machte sich fleißig Notizen. Sie klopfte mit dem Stift auf das Papier. »Frau Dück, haben Sie im Zusammenhang mit dem Projekt den Namen Paul Updahl gehört?«

»Paul Updahl? Hmm ..., ist das nicht der Sohn der

Frau, die vor ein paar Tagen in den Medien genannt wurde? Die mit dem Tod von Ewald Dohmann zu tun gehabt haben soll?«

Katja nickte.

»Ja, warten Sie mal. Ich komme sofort wieder.« Sie ging hinaus und kehrte nach kurzer Zeit zurück. »Ich habe hier einen Aufnahmeantrag für das Heim. Unterschrieben von Frau Meyer und ..., ja, von Herrn Dohmann. Aber der Antrag wurde zurückgezogen.«

»Darf ich mal sehen?« Katja zog das Antragsformular zu sich. »Könnten Sie mir davon eine Kopie machen? Das wäre nett.«

»Natürlich, Frau Sollig.«

»Gut. Ich denke, dann sind wir fertig. Frank? Hast du noch Fragen?«

»Nein, soweit alles klar.«

Katja packte ihre Sachen zusammen, stand auf und ging zum Ausgang. Sie reichte Frau Dück die Hand. »Vielen Dank für Ihre Unterstützung, Frau Dück. Wir melden uns, sollten wir noch Nachfragen haben. Auf Wiedersehen. Ach,« sie drehte sich kurz um. »Eine Frage hätte ich noch: Auf Frau Meyer ist kein Auto zugelassen. Wie kommt sie denn jeden Tag zu ihren Arbeitsplätzen, so ohne Auto?«

»Sie nutzt unsere Firmenautos.«

»Fehlt eines der Autos?«

»Richtig, das ist mir noch gar nicht aufgefallen. Frau Meyer fährt meistens ein weißes Audi-Cabriolet als Dienstfahrzeug, auch privat. Da er nicht hier steht, dann vielleicht bei ihr zu Hause.«

»Danke, Frau Dück. Wir werden das überprüfen.«

Zügig lief Katja hinaus Richtung Parkplatz, nickte dem Pförtner zu und machte sich auf den Weg zum Auto. Frank, mit der noch fehlenden Kopie in der Hand, hinter ihr her.

9

Es klopfte an der Tür. Immer lauter, immer drängender. Falk Budde zog sich den Bademantel über und knotete den Gürtel vorne zusammen. Er ging zur Tür, schaute durch den Spion, entriegelte die Sicherung und zog die Tür einen Spalt auf. »Ach, du bist es. Was willst du hier?« Seine Stimme klang schrill.

»Lass mich rein, Falk, bitte. Ich weiß nicht, wo ich sonst hin soll.«

»Nadine! Bist du verrückt.« Schnell öffnete er die Tür ganz und zog Nadine Meyer in seine Wohnung. »Wenn dich hier einer sieht.«

Nadine ließ sich auf den nächsten Stuhl fallen, warf ihre Tasche auf den Boden und sackte zusammen. »Ich bin so erschöpft. Seit Tagen fahre ich durch die Gegend, habe im Auto geschlafen. Ich weiß wirklich nicht wohin. Die suchen mich sicher schon.« Sie klapperte nervös mit den Fingern auf dem Tisch.

Falk nahm sich ein Taschentuch und schnäuzte sich ausgiebig. »Ich bin krank, das siehst du doch. Du störst.« Er schnäuzte sich erneut, hustete und drückte sich das Taschentuch vor den Mund. Mit krächzender Stimme fauchte er Nadine an. »Woher weißt du eigentlich, dass ich zu Hause bin?«

Nadine rieb sich die Augen und blickte ihn müde an. »Ich habe in deinem Büro nachgefragt, die haben mir gesagt, dass du dich für heute krankgemeldet hast.«

»Du reagierst über, Nadine. Warum bist du abgehauen? Jetzt lenkst du die ganze Aufmerksamkeit auf dich. Du hättest dich ruhig verhalten und dieses ganze Dilemma aussitzen sollen.« Ärgerlich wischte er mit dem Arm durch die Luft und setzte sich aufseufzend neben Nadine. Erneut schüttelte ihn ein Hustenanfall. »Und was ist nun mit dem Integrationsdienst, wer guckt da nach dem rechten?«

»Falk, nun hör doch zu!« Nadine griff nach seinem Arm und schüttelte ihn. »Falk, sie wissen Bescheid, sie haben die Unterlagen gefunden. Wir sind aufgeflogen. Wir sind echt am Ende, Mann!«

»Die Unterlagen? Spinnst du? Wie konnten die gefunden werden? Wehe, die haben auch die Zweitprotokolle aus den Handakten, Nadine. Wehe dir.« Falk sprang auf und wurde wieder von einem Hustenanfall geschüttelt. Er wuchtete seinen gedrungenen Körper zu einem anderen Küchenstuhl und schniefte ausgiebig.

Angewidert guckte Nadine zur Seite. »Leider, die Handakten waren im Spezialfach. Dohmann und ich hatten an dem Tag daran gearbeitet. Wegen der Updahl und ihrem Sohn. Dann war Dohmann tot und ich konnte vorerst nicht ins Büro zurück.«

»Wie konntest du sie nur dalassen? Wie konntest du?« Vor Aufregung war Falk ganz rot im Gesicht. Oder vor Fieber? Schwer zu entscheiden. »Nadine, da sieh mal selbst, wie du da wieder rauskommst. Wenn die Staatsanwaltschaft deine getürkten Berichte und die der Schulbegleiter in die Hände bekommt, dann stehst du alleine da. Damit habe ich nichts zu tun. Das war allein dein und Dohmanns Ding.«

Nadine stand auf und ging langsam auf Falk zu. »Ach nein? Ich steh dann allein? Das glaubst du doch selbst nicht, Falk. Das wollen wir doch mal sehen, wer hier die

Verantwortung für was übernimmt. Meine Schulbegleiter habe ich im Griff. Du deine Helfershelfer auch?« Wütend rannte sie aus der Eingangstür und schlug sie hinter sich zu. Und ließ einen perplexen Staatssekretär hinter sich zurück.

Hatte sie ihre Leute wirklich im Griff? Ja, hatte sie. Bis auf die Kluge, die war ihr schon immer ein Dorn im Auge. Denn gerade die Kluge, die war damals die Schulbegleitung von Rike Schäfermeier und eine rechte Nervensäge ...

*

... »Nein, auf keinen Fall, Frau Meyer. So etwas schreibe ich nicht in den Monatsbericht.« Wütend strich sich Konstanze Kluge die langen schwarzbraunen Haare aus dem Gesicht und funkelte Nadine Meyer an. »Das können Sie von mir nicht erwarten, dass ich einen Schützling bloßstelle.«

»Noch sind Sie *meine* Angestellte, Frau Kluge, und nicht die der Schäfermeiers. Sie machen das, was ich sage. Und wenn ich sage, Sie schreiben, dass die Kleine den Unterricht verweigert hat, dann schreiben Sie das, damit das klar ist.« Nadine Meyer inhalierte noch einmal tief, warf ihre Zigarette auf den Schulvorplatz und trat sie aus. Frau Schäfermeier sollte gleich kommen, um Rike vorbeizubringen, doch bis dahin war es ihre Aufgabe, die Kluge wieder auf Spur zu bringen. Sie war seit einiger Zeit etwas zu aufsässig. Erst recht für ihre Position als Schulbegleitung. Wenig Geld verdienen und noch eine große Klappe haben? So etwas erlebte Nadine selten. Doch diese Kluge, die bot ihr erneut Paroli.

»Warum, Frau Meyer? Warum soll ich das im Bericht schreiben? Was ist mit der ganzen Ablehnung, der Ausgrenzung, der Rike ausgesetzt ist? Das geht von der Schulleitung über einige der Lehrer, lassen wir die Klassenkameraden und ihr kindliches Verhalten mal außen vor. So etwas, das müsste in den Bericht. Die Kleine darf noch nicht einmal mit auf Klassenfahrt, haben Sie das gewusst? Sie hatte sich darauf gefreut, doch sie war noch nicht einmal eingeplant. Wissen Sie, wie sehr Rike das verletzt hat? Sie hat sich so darauf gefreut.«

»Frau Kluge, das war so mit der Schule abgesprochen, es gibt keine Gelder dafür vom Amt und damit basta.«

»Und warum wissen Schäfermeiers nichts davon? Sie planen schon so lange, wie sie Rike diese Fahrt ermöglichen und besonders gestalten können.« Konstanze konnte es nicht lassen, ihre Chefin weiter zu löchern.

»Seien Sie still, Frau Kluge. Da vorne kommt Frau Schäfermeier mit Rike. Wir müssen jetzt die Übergabe machen. Sie gehen dann mit Rike in den Unterricht und ich werde Frau Schäfermeier über den Ablauf der nächsten Wochen und über die Stundenreduzierung auf zwei Schulstunden pro Tag informieren. Wenn das Mädchen nicht in den Unterricht geht, dann wird die Hilfe gestrichen. Verstanden?«

»Aber ...«

»Es ist genug, Frau Kluge! Sie haben hier nichts zu sagen, und Schluss!«

*

Zügig fuhr Katja wieder Richtung Badenhausen. Als sie außer Sichtweite von *Badenhauser Land* war, hielt sie

Ausschau nach einer Parkmöglichkeit, fand eine und stellte den Motor ab.

Frank reagierte verwirrt. »Was ist? Warum hältst du an?«

Katja nahm sich ihre Aktenmappe vor und klaubte die Kopie mit dem Aufnahmeantrag von Paul Updahl aus ihrer Tasche. Sie reichte sie ihrem Kollegen. »Fällt dir etwas auf?«

Frank überflog kurz das Formular, schüttelte dann den Kopf.

»Schau mal genauer hin, auf die Datumsangaben.«

Erneut prüfte Frank das Blatt. Und schnappte nach Luft. »Da schau mal einer an. Das Datum passt zu der Festnahme von Pauls Mutter, aber die Unterschrift von Dohmann? Der war doch schon verunglückt und Frau Meyer im Krankenhaus. Geben die diese unterschriebenen Anträge blanko raus, oder was?« Frank kratzte sich nachdenklich hinter dem Ohr. »Oder war die Inobhutnahme von Paul Updahl schon vorher eine abgekartete Sache, und Nadine Meyer hatte das schon vorbereitet?«

»Genau, mir scheint, wir haben hier eine interessante Sache, die wir den Kollegen weitergeben sollten. Die müssen noch einmal die Sachbearbeiter im Jugendamt befragen.« Katja startete das Auto und bog wieder auf die Landstraße.

»Und wir beide, Frank. Wir sollten jetzt schnellstmöglich zu Familie Schäfermeier und uns ihre Version der Geschichte und der Strafanzeige anhören.«

Katjas Blackberry klingelte. Frank schnappte es sich von der Ablage, schaute kurz zu ihr und nach ihrem Nicken ging er dran. »Lieme, Apparat Sollig.« Katja fuhr gemächlich weiter und konzentrierte sich auf den Verkehr.

»Ah, Kathrin. ... Nein, sie fährt gerade. Wir sind auf dem Weg zu Familie Schäfermeier wegen dieser Sache mit dem Integrationsdienst. ... Gut, werde ich ihr ausrichten. Bis gleich.« Er drückte das Gespräch weg und legte das Telefon wieder an seinen Platz.

»Kathrin Kramer?«

»Ja, genau. Sie hat die Akten aus dem Pappkarton vollständig durchgearbeitet und hat etwas Merkwürdiges entdeckt. Neitmann und sie erwarten uns gleich im Büro. Du solltest also lieber direkt zur Blücherstraße und nicht zum Kappenberg hochfahren.«

»Okay.« Katja blinkte nach rechts und fuhr von der Hermann-Löns-Straße ab in die Blücherstraße, direkt Richtung Dienststelle.

*

»Hallo, Frau Amtsschimmelflüsterer. Schon wieder zurück?« Katja stoppte auf ihrem Weg zum Besprechungsraum abrupt ab und drehte sich zu dem Sprecher um. Ihre Augen wurden schmal und sie ging langsam auf den jungen Kollegen der Mordkommission zu, der erschreckt zurückwich. Sie erhob die Hand und drohte ihm mit dem ausgestreckten Zeigefinger.

»Wag es nicht, mich noch einmal so zu nennen, ist das klar?«

Der junge Mann senkte den Kopf. »Entschuldigung, Frau Sollig. War nur ein Spaß.«

»Das will ich auch gehofft haben.« Mit Schwung drehte sie sich wieder um und marschierte mit einem Grinsen im Gesicht zügig weiter. Frank hinter ihr her.

»Warum so streng heute?«

»Man muss den jungen Leuten früh genug zeigen, wo es langgeht. Es reicht, wenn die Gurany von *Badenhausen aktuell* uns in ihren Zeitungskolumnen so nennt, doch von Kollegen? Nein, danke.« Sie klopfte an die Tür des Besprechungsraumes.

»Na, dann, Frau Amtsschimmelflüsterer, dann tritt mal ein und lass uns anhören, was Kathrin herausgefunden hat.« Mit einem großen Schritt trat er vor und hielt Katja die Tür auf.

»Frraaank!« Sie boxte ihm sanft in die Seite.

Der Chef und Frau Kramer saßen schon bereit und waren in ein Gespräch vertieft, als die beiden eintraten. Bernd Neitmann blickte auf und schaute sie neugierig an. »Na, Herr Lieme, unter die Kavaliere gegangen?«

»Nicht in dem Zusammenhang, Chef.« Er sog die Luft durch die Zähne und blickte zu Katja. »Ich musste schnell etwas gut machen.«

Katja seufzte, legte ihre Unterlagen und die Tasche auf den Tisch und setzte sich.

Frank ging in den Nachbarraum. »Komme sofort, ich hol mir nur einen Kaffee. Und du, Katja? Ingwertee?«

»Gerne.«

»Steht schon alles vorbereitet auf der Anrichte, Frank. Herr Neitmann und ich haben uns schon einen Kaffee geholt.« Kathrin Kramer zeigte auf die Tassen auf dem Tisch. »Der Tee für Katja ist auch schon fertig.«

»Na dann, dann können wir ja direkt anfangen.« Katja machte es sich bequem, während Frank den dampfenden Tee vor sie hinstellte. »Also, was gibt's?«

*

Kathrin Kramer vergewisserte sich erst mit Blick zum Kriminalrat und er nickte ihr zu. »Machen Sie ruhig mal, Kathrin. Ist ja Ihr Verdienst.«

Sie räusperte sich kurz und erläuterte Katja und Frank, was ihr aufgefallen war. »Ich habe mich heute noch einmal mit dem Schulministerium in Verbindung gesetzt, um die Informationen, die sie dort zu Rike Schäfermeier haben, anzufordern. Laut den Ermittlungen wurde die Familie eine Zeit lang von dort unterstützt. Und? Keine Akte vorhanden. Es konnte mir auch keiner sagen, wo die Berichte und Anfragen abgelegt wurden. Genau genommen meinte die Sachbearbeiterin sogar, es hätte auch nie einen Vorgang zu Rike Schäfermeier gegeben. Der damals zuständige Fachbereichsleiter für die sonderpädagogische Förderung hat mit dem Wechsel der Landesregierung den Dienst quittiert. Und der jetzt verantwortlichen Leiterin ist der Fall nicht bekannt.«

»Schau an«, stänkerte Katja. »Regierung weg, Akte weg. Oder was soll das bedeuten?«

»Wir sollten da niemanden etwas unterstellen, Katja«, beschwichtige der Chef, »doch seltsam ist es schon. Frau Kramer, bleiben sie bitte dran und haken sie weiter nach. Vielleicht ist die Akte auch nur in einer anderen Abteilung gelandet. Okay?« Die nickte und zog ein Blatt aus dem Stapel vor sich.

»So, jetzt kommt das Eigentliche, weshalb ich euch angerufen habe. Wer will zuerst?« Sie hielt das Schreiben in Richtung der beiden Kommissare. Frank griff danach, schaute drauf und gab es Katja weiter.

»Und? Das kennen wir doch schon, das war in der

Kiste mit den Unterlagen von Jan. Was soll damit sein?«

»Katja, schau doch noch einmal genau hin. Jan ist im Spätherbst 2012 gestorben. Und der Antrag auf Inobhutnahme, den du vor dir hast, wurde von Ewald Dohmann unterschrieben und die Finanzierung von Falk Budde gegengezeichnet. Mir ist das auch nur zufällig aufgefallen, als ich alle Unterlagen aus dem Karton nach Fallakten geordnet habe.«

Katja hob das Blatt wieder an und las noch einmal sorgfältig. Erst zum Schluss, da stutzte sie. »Hier, Frank. Das gibt es nicht. Schau mal, da am Ende, bei der Unterschrift von Budde, dem parlamentarischen Staatssekretär im Sozialministerium.« Sie schüttelte völlig perplex den Kopf. »Is' ja klar, ich Transusi, wie konnte ich das nur übersehen?«

Auch Frank guckte noch einmal präziser auf den unteren Teil und lachte laut auf. »Leute, was ist das denn? Wo kommt das her?«

»Anscheinend aus der Kiste von deinem Dachboden. Die, die ihr beide mitgebracht habt. Kann eigentlich nicht sein, oder, Katja? Denn der Staatssekretär hat den Antrag erst im Januar 2013 genehmigt und unterzeichnet.«

*

Die Sicherheitstür öffnete sich erneut, der junge Mann von vorhin trat ein und nahm Platz. Alle vollzählig.

Er setzte sich zu den anderen Mitgliedern der Truppe an den Tisch und wartete ab. Beim Blick durch den Raum bewunderte er wieder einmal die perfekte Architektur dieses Raumes. Technisch auf dem neuesten Stand, ob nun die Überwachungseinheiten oder die

Ausführung des Schallschutzes und der Spiegelwände, trotzdem fühlte man sich hier nicht unwohl. Nicht wie in einem unteren Kellergeschoss, außerhalb von Licht und Luft.

Die Beleuchtung war perfekt eingestellt, sodass erst gar nicht das Gefühl von ermüdendem Kunstlicht auftrat. Und durch die Belüftung wehte ein erfrischender Hauch. Eher Almwiese als staubiger Kellermief.

Der Vorgesetzte stand auf und ergriff das Wort. »Da wir jetzt alle da sind, lassen Sie uns beginnen.« Er blickte jeden in der Runde an. »Zuerst – unser Schachzug hat geklappt. Die Strafanzeige der Schäfermeiers hat alles ins Rollen gebracht. Die Sonderkommission ist auf dem richtigen Weg, sodass wir kurz vorm Durchbruch sind.« Allgemeiner Beifall in der Runde unterbrach ihn kurz. »Sie haben alle die Übersicht der Unterlagen bekommen, der Kollege vom Ministerium konnte sie vorhin schon sichten und analysieren. Bitte fassen Sie Ihre Erkenntnisse zusammen.«

Allgemeines Stühlerücken, alle schauten zu ihm und warteten auf seinen Rapport. »Danke.« Er räusperte sich kurz und begann. »Also, ich habe vorhin ebenfalls die Berichte unserer Kontaktperson von der Polizei Badenhausen bekommen.« Er grinste den jungen Mann an.

»Der Kollege vor Ort hat uns darüber informiert, dass die zuständige Kommission schon kurz vor der Aufklärung des Falles um den verstorbenen Ewald Dohmann, dem bisherigen Leiter der Jugendhilfe in Badenhausen, und seiner Beteiligung an der Strafsache ›Jugendhilfeprojekt *Badenhauser Land*‹ steht. Ihre Aufmerksamkeit ist, wie der Vorgesetzte schon sagte, durch eine Strafanzeige ebenfalls auf Nadine Meyer, die Teamkollegin von Dohmann gefallen. Sie ist im Amt für die Familienhilfe zuständig. Nadine Meyer selbst konnte noch nicht näher befragt werden, sie ist untergetaucht. Heute Morgen jedoch hat unsere Kontaktperson einen Umschlag erhalten, in dem sämtliche Nachweise und Daten der letzten Jahre zu den Maßnahmen des Amtes bei Kindeswohlgefährdung waren. Und zusätzlich auch noch die Abrechnungen der Konten von Dohmann, Meyer, einem Mitarbeiter der Bezirksregierung und einer weiteren Person, die ich hier noch nicht öffentlich machen kann.« Am Tisch wurde es unruhig. Einige der Kollegen blickten sich verstohlen an. Das waren Informationen, mit denen alle gerechnet hatten, doch darum waren sie nicht minder erschreckend.

Er blätterte in seinen Aufzeichnungen weiter und fuhr fort: »Ich zeige Ihnen gleich die Daten, die uns zugespielt wurden, doch vorher möchte ich kurz den Absender nennen. Ohne Zweifel hat uns Nadine Meyer die Unterlagen geschickt. Ihre Fingerabdrücke ließen sich auf den Papieren nachweisen und sie hat auch eigenhändig das Anschreiben unterzeichnet. Sie selbst hat sich für die Vorkommnisse der letzten Jahre entschuldigt, das Ganze wäre aus dem Ruder gelaufen. Auf den Amtsmissbrauch und die Nötigung der Familien weist sie nicht weiter hin, sie hat nur die reinen Fakten protokolliert. So zum Beispiel die Fälle von Schweigepflichtverletzungen zwischen Jugendhilfe und Schulaufsicht.«

Der Vorsitzende schüttelte still den Kopf, auch die anderen anwesenden Kollegen verhielten sich völlig ruhig.

»Wie es ausschaut, hat Frau Meyer sich mit diesem Schreiben verabschiedet. Sie muss sich einen Weg offengelassen haben, um unterzutauchen. So jedenfalls lässt das der Abspann ihres Schreibens vermuten.« Er schob die Blätter wieder zusammen und setzte sich.

»Danke für die Zusammenfassung. Welche Konsequenzen wir daraus ziehen müssen, liegt auf der Hand.« Er blickte ihn eindringlich an. »Sie müssen offiziell zurück nach Badenhausen. Sobald unser Kontaktmann vor Ort das Zeichen gibt, wenn also die Kollegen der Sonderkommission Sozial im Fall Meyer die Ermittlungen abgeschlossen haben, ist die Staatsanwaltschaft dran. Magdalena Stein ist die zuständige Staatsanwältin, die die Ermittlungen seit einigen Monaten betreut. Und Sie sind ihr wichtigster Zeuge.«

Er nickte. »Und ob ich zurück nach Badenhausen muss. Unsere Arbeit hier beim LKA ist so gut wie abgeschlossen. Wir müssen nur noch planen, wie die Rückkehr am besten gelingt, ohne allzu viel Aufsehen zu erregen.«

Der Vorgesetzte zog die Stirn kraus. »Stimmt, doch das überlegen wir, wenn es soweit ist. Bitte zeigen Sie uns jetzt noch die Daten, damit wir sehen können, um welche Summen es geht und wie viele Familien betroffen sind.«

Er nahm seine Folien mit den vorhin im Zimmer zusammengestellten Daten und legte die erste auf den Tageslichtprojektor. »Gut. Dann mal weiter mit den Fakten. Hier sehen Sie ...«

10

Katja? Bevor ihr euch zu Familie Schäfermeier aufmacht, Kathrin möchte euch noch etwas vorspielen. Die Kollegen, die die Asservate aus der Untersuchung des Büros von Nadine Meyer im Jugendamt dokumentieren, haben uns etwas für unsere Ermittlungen zur Verfügung gestellt.« Bernd Neitmann drehte sich zu Frau Kramer um. »Könnten Sie es bitte abspielen, Kathrin?«

»Klar. Einen Moment noch, diese altmodischen Diktiergeräte bin ich gar nicht mehr gewohnt.« Sie nahm ein kleines längliches Gerät aus einem schuhkartongroßen Pappkasten und setzte eine Mikrokassette ein. »Achtung, hier kommt die Aufnahme eines Gespräches zwischen Nadine Meyer und einer Frau Dr. Jungheinrich von der Autismusambulanz der Kinder- und Jugendpsychiatrischen Klinik. Sie ist die betreuende Psychologin von Rike Schäfermeier. Laut Beschriftung war das Gespräch vor etwa zwei Jahren.«

»Wer hat das aufgenommen?«, fragte Frank.

»Frau Meyer selbst, vermuten wir. Es ist ihre Handschrift auf der Kassette. Es gibt auch noch einige andere solcher Aufzeichnungen, doch die hier ist für unseren Fall besonders interessant. Hört mal hin.«

*

»*Autismusambulanz, guten Tag.*«

»*Guten Tag. Jugendamt Badenhausen, Meyer. Ich hätte gerne Frau Dr. Jungheinrich gesprochen.*«

»*In welcher Angelegenheit?*«

»*Ich habe hier den Arztbericht von Ihrer Patientin Rike*

Schäfermeier und einige Rückfragen dazu.«

»Okay, Frau Meyer. Ich frage kurz bei Frau Doktor nach, ob sie Zeit für Sie hat. Einen Moment bitte.« Zweimal Klacken in der Leitung.

Im Hintergrund hörte man ein Rascheln und das Zurückschieben eines Stuhles, und dann ein kaum hörbares: *»Ist die Jungheinrich in ihrem Büro?«* Die Antwort war nicht zu verstehen.

»Frau Meyer? Ich verbinde Sie kurz.« Wieder ein Klacken und ein Freiton.

»Jungheinrich.«

»Frau Dr. Jungheinrich, hier spricht Nadine Meyer vom Jugendamt Badenhausen, ich betreue eine Familie als sozialpädagogische Familienhelferin. Ich möchte mit Ihnen über den Arztbericht Ihrer Patientin Rike Schäfermeier sprechen. Hätten Sie kurz Zeit für mich?«

»Das tut mir leid. Ohne Schweigepflichtentbindung der Eltern kann ich nicht mit Ihnen sprechen.«

»Die Schweigepflichtentbindung müsste die Mutter Ihnen vor Kurzem zugeschickt haben. Per eMail, soweit ich weiß.«

»Na gut. Was möchten Sie mit mir besprechen?«

»In dem Bericht zu der letzten Verlaufskontrolle erwähnen Sie eine mögliche Internatsunterbringung aufgrund von fehlender Selbstständigkeit bei Ihrer Patientin, zudem empfehlen Sie eine Verhaltenstherapie, um psychische Auffälligkeiten zu korrigieren. Soweit kann ich das nachvollziehen. Es wird Zeit, dass die Eltern etwas rigoroser die Selbstständigkeit ihres Kindes einfordern. Unsere Hilfsmaßnahmen hier von der Jugendhilfe aus führen schon seit Langem ins Leere, weil die Eltern sich wichtigen

Untersuchungen verweigern.«

»Das, Frau Meyer, ist Ihre Aufgabe. Ich kann nur die psychische und körperliche Entwicklung der Patientin beurteilen. Und das habe ich präzise in dem Arztbrief ausgeführt. Wie kommt es überhaupt, dass Sie den Arztbrief in Händen haben? Der ist nicht für das Jugendamt, sondern nur für medizinische und therapeutische Zwecke, wie Sie sicher selbst am besten wissen.«

»Frau Schäfermeier irritierten einige Formulierungen, und so bat sie mich, den Bericht zu lesen und meinen Eindruck zu schildern.«

»Aha. Wenn Sie das sagen. Was hat sie denn irritiert?«

»Frau Schäfermeier hat eine latente Kindeswohlgefährdung aus dem Bericht herausgelesen und war verständlicherweise etwas verstört, als sie mich darauf ansprach.«

Hm, hmm. Also, Frau Schäfermeier hat das herausgelesen. So, so. Und wie kann ich Ihnen jetzt dabei helfen? Mir ist nicht ganz klar, worauf Sie hinauswollen.«

»Haben Sie mit Frau Schäfermeier über die Abklärung der dissoziativen Identitätsstörung gesprochen, die die Therapeuten vor Ort bei Rike vermuten? Die Verlaufskontrolle sollte dazu auch Aussagen treffen.«

»Ich bitte Sie, Frau Meyer. DIS, also wirklich. Es gab keine Anzeichen einer weiteren Störung, die abklärungsbedürftig wäre. Und ich werde mit Ihnen über diese medizinischen Dinge auch nicht reden. Wenn der Kollege vor Ort sich an mich wendet, kann ich gerne mit ihm über seine Vermutungen sprechen.«

»Nur – es eilt. Die Stimmen, die Rike hört, das wird immer schlimmer. Sie ist sich nicht mehr im Klaren, wer sie ist. Die autistische Rike, die sich am liebsten verkrie-

chen will, oder die völlig normale, die wütend und autoaggressiv versucht, sich durch den Schultag zu mogeln. Sie bezeichnet sich selbst als Rike 1 und Rike 2 und switcht während des Tages mehrfach zwischen den Identitäten hin und her.«

»Wie kommen Sie bloß auf diese Einschätzung, Frau Meyer? Hier vor Ort gab es keine Anzeichen und weder Rike noch ihre Mutter haben von solchen Auffälligkeiten und doppelten Persönlichkeiten berichtet. Aber, Sie haben recht, das klingt wirklich bedenklich.«

»Ich war selbst dabei, als das passiert ist. Und auch die Schulbegleitung hat mehrfach von diesen Wechseln im Verhalten berichtet.«

Im Hintergrund ein Klopfen und dann ein Seufzen. *»Frau Meyer, ich habe leider keine Zeit mehr. Ich werde einen weiteren Arztbericht aufsetzen und ihn der Familie zusenden. Mit den Vorgaben, dass die Empfehlungen aus dem derzeitigen Bericht aufgehoben werden und ich eine sofortige Einweisung in die Kinderpsychiatrie bei Ihnen vor Ort empfehle, um diese Störung abklären zu lassen. Bitte entschuldigen Sie.«* Es klackte und die Aufzeichnung war zu Ende.

»Wow!« Katja sprach als Erste. »Wie hat die Meyer denn das hinbekommen? Sie hat Dr. Jungheinrich ja völlig aus dem Konzept gebracht. Das Thema, wie der Bericht zu verstehen sei, ob unterschwellig was anderes gemeint war, darauf ist sie gar nicht mehr eingegangen. Galt die Schweigepflichtentbindung überhaupt für so ein medizinisches Gespräch?« Katja schaute zu Kathrin Kramer.

»Nein.«

*

Diesmal kein Benjamin von der Hohenlohe am Eingangstor. Auch keine Geräusche vom hinteren Teil des Grundstückes. Dafür aber ein Schnarren aus der Sprechanlage, nachdem Frank die Klingel gedrückt hatte. »Ja, bitte? Was kann ich für Sie tun?«

»Frau Schäfermeier?« Katja hatte sich etwas vorgebeugt und vertraute sich der Gegensprechanlage im Mauerpfosten an.

»Ja?«

»Frau Schäfermeier, Katja Sollig und Frank Lieme von der Polizei Badenhausen. Wir haben noch einige Fragen. Hätten Sie Zeit für uns?«

»Sicher. Eine halbe Stunde habe ich für Sie. Moment, ich lasse sie rein.«

Mit einem leisen Ping öffnete sich das Eingangstor und machte den Weg zur Haustür frei. Die beiden Kriminalbeamten gingen auf Frau Schäfermeier zu, die schon die Tür geöffnet hatte und auf sie wartete. Sie reichte ihnen die Hand.

»Guten Tag, Frau Sollig. Guten Tag, Herr Lieme. Kommen Sie mit, dann können wir uns kurz unterhalten. Ich muss zwar gleich los, meine Tochter abholen, doch ein wenig Zeit kann ich schon erübrigen.«

Sie ging den beiden voraus und bot ihnen wie beim letzten Mal die Plätze am Esszimmertisch an. Ein Staubsauger stand in der Ecke, sein Kabel schlängelte sich zur nächsten Steckdose. Auf dem Tisch lagen Wischtücher und Staubwedel. Die Terrassentür war gekippt und frische Luft wehte durch die offenen Räume.

»Entschuldigen Sie die Unordnung. Heute ist mein freier Tag, da steht die Hausarbeit an.« Sie schob die Utensilien zur Seite und setzte sich auf den freien Stuhl davor.

Sie lächelte sanft und schaute zu Katja. »Was möchten Sie wissen?«

»Wir haben Ihre Strafanzeige gegen Frau Nadine Meyer als Chefin des Integrationsdienstes *Badenhauser Land* von der Staatsanwaltschaft zur Bearbeitung bekommen.« Katja zog ihr Notizbuch hervor und blätterte eine Seite auf. »Bei unseren Ermittlungen hat sich gezeigt, dass Frau Meyer nicht mehr Inhaberin des Integrationsdienstes ist. Wussten Sie darüber Bescheid?«

Frau Schäfermeier nickte. »Ja, seit Kurzem. Ich habe von Zeit zu Zeit auf der Internetseite des Instituts geschaut und da ist es mir aufgefallen, dass es einen anderen Dienstleiter gibt und dass Frau Meyer nicht mehr im Impressum steht. Ich weiß aber nicht, seit wann diese Änderung ist.« Sie rieb die Hände aneinander. »Als Rike von ihr betreut wurde, also durch die Auswahl eines Schulbegleiters, da war sie die Chefin dort. Sie war ja auch immer bei den Gesprächen mit dem Jugendamt und den Lehrern dabei. Um ihre Mitarbeiterin zu begleiten.«

»Was waren das für Gespräche?«, hakte Frank nach.

»So das übliche bei diesen Eingliederungshilfeverfahren. Alle halbe Jahre sitzen Schule, Jugendamt und Integrationsdienst zusammen und besprechen die Erfolge der Maßnahmen, was zu ändern ist, wo Probleme sind. So etwas halt.«

»Und da war Frau Meyer immer anwesend?« Katja

runzelte die Stirn.

»Ja, letztes Jahr, kurz bevor Rike die Schule verlassen musste, da war sie noch immer dabei.«

»Gut.« Katja notierte sich etwas in ihrer Kladde. »Dann werden wir nachprüfen, ab wann Frau Meyer die Dienstleitung abgegeben hat.« Sie kringelte ihre Notizen ein und versah sie mit einem Ausrufezeichen. »Was genau werfen Sie Frau Meyer vor? Oder warten Sie. Zuerst etwas anderes: Warum erfolgt die Strafanzeige erst jetzt? So viele Monate nach den Vorfällen?«

»Das ist beides leicht zu beantworten – wir haben erst vor einigen Tagen davon erfahren, dass Frau Meyer uns verleumdet hat. Böswillig, wie wir finden. Das ist bei einem Gerichtsverfahren aufgetaucht. Nach unserem letzten Gespräch wegen der Dienstaufsichtsbeschwerde. Unser Anwalt bekam Einsicht in die Gerichtsakte und dort waren Stellungnahmen des Jugendamtes und ein Bericht von Frau Meyer. In der Funktion als Familienhilfe. Doch diese Aufgabe hat sie bei uns nie übernommen. Sie war nur für die Organisation der Schulbegleiter zuständig. Nichts anderes.«

»Frank?« Katja streckte Frank ihre Hand entgegen und er überließ ihr wortlos die Strafanzeige. »Danke.« Sie wandte sich wieder an Frau Schäfermeier. »Hier steht etwas zu ›eigenmächtiger Kürzung von Schulbegleiterstunden‹. Was hat es damit auf sich?«

»Wir sind immer davon ausgegangen, dass das Jugendamt selbst die Stunden gekürzt hat. Die haben das aber vehement abgestritten. Und es gab auch nie einen Bescheid. Das ist uns auch erst später bewusst geworden. Doch wir waren mitten im Bau dieses Hauses. Und wir haben Frau Meyer vertraut. Auf die Idee, dass sie ein falsches Spiel spielen könnte, wären wir nie gekommen.«

»Dann ist hier noch der Punkt ›Verletzung der Schweigepflicht‹«.

»Genau.« Sophie Schäfermeier kaute auf ihrer Unterlippe, blickte auf den Tisch und wischte imaginäre Staubkörnchen mit der Hand zur Seite. »Wir hatten ihr keine Erlaubnis dazu gegeben, doch sie hat in einem Gespräch in der Schule mit der Schulleitung und den Lehrern ihre Verdachtsdiagnosen geäußert. Und das, obwohl die weder medizinisch noch therapeutisch gestützt wurden und Frau Meyer selbst auch keine Ausbildung in der Richtung hat. Das gab der Schule und später der Schulaufsicht natürlich wunderbare Argumente in die Hand, um Rike loswerden zu können. Sie hat sogar selbst eine psychiatrische Untersuchung vorgeschlagen, weil sie der Meinung war, die Probleme von Rike in der Schule hätten tiefergehende psychische Gründe.« Frau Schäfermeier schaute auf die Uhr. »Es tut mir leid, doch ich muss mich jetzt auf den Weg machen. Soll ich bei Ihnen in der Dienststelle vorbeikommen? Dann könnte ich auch all die Unterlagen mitbringen, die mein Mann und ich zusammengestellt haben. Es gibt ja auch Beweise dazu. Wir saugen uns das nicht aus den Fingern.«

Katja fing an zu lachen. »Nein, davon gehen wir auch nicht aus. Und auch die Staatsanwaltschaft nicht. Sonst wären die Ermittlungen recht schnell wieder eingestellt worden.« Katja stand auf, auch Frank erhob sich. »Wir melden uns bei Ihnen, Frau Schäfermeier. Fürs Erste haben wir genug Informationen. Es sollte reichen, wenn

Sie die weiteren Unterlagen zur Dienststelle schicken. Das Aktenzeichen müssten Sie haben.«

Frau Schäfermeier nickte.

»Prima. Dann vielen Dank. Auf Wiedersehen.«

Frau Schäfermeier begleitete die beiden Beamten zur Tür und ließ sie hinaus. »Auf Wiedersehen.«

11

Dieser Mistkerl, dieser verdammte Mistkerl. Wie hatte sie ihm nur vertrauen können? Und jetzt? Jetzt versuchte er, seinen Hals aus der Schlinge zu ziehen und sie allein verantwortlich zu machen. Doch nicht mit ihr. Das würde sie sich nicht gefallen lassen. Sie hatte schon alles vorbereitet – für alle Fälle -, und nun würde sie ihrem Plan B folgen. Abhauen. Weit weg.

Wütend klopfte Nadine mit den Fingern auf das Lenkrad. Zog nach links, um einen LKW zu überholen und schreckte sofort wieder auf ihre Spur zurück, als es von hinten hupte und ein großer BMW an ihr vorbeizog. Beruhigen, sie musste sich beruhigen. Sie nahm noch einen tiefen Zug von der Zigarette und schmiss sie aus dem offenen Fenster. Den Brief an die Staatsanwaltschaft hatte sie schon vorm Wochenende in den Postkasten geworfen. So, Budde, du kommst da nicht heile raus. Aber ich, dachte sie. Sie hatte es ja geahnt, dass dieser Typ sie hängenlassen würde.

Glaubte der ehrlich, dass er so weitermachen könnte? Weiter die Kostenübernahme der Landesregierung für die Jugendhilfeprojekte genehmigen? Glaubte er das wirklich? Und dann die Gelder umsortieren. Die schlechten ins Projektetöpfchen, die guten ins eigene Kröpfchen – die Sache war vorbei. Mit ihrem Brief und den beiliegenden Informationen über die Finanzierung der Projekte und der Buchungen der Sonderzahlungen an die beteiligten Personen hatten die Ermittlungsbehörden Falk im Sack. Seine Showauftritte vor den Medien werden in den kommenden Monaten sicher etwas spärlicher ausfallen. Da war dann wohl einer in Erklärungsnot. Egal. Dohmann war weg – irgendwie - und der Vierte im Bunde würde sich auch dem eisigen Wind entgegenstellen müssen, der ihm und seinem Kumpel Budde in einigen Stunden ins Gesicht pusten würde. Und sie – sie war auf dem Sprung.

Noch vor ihrem Besuch bei Falk heute Morgen hatte sie sich ein Ticket nach Warschau besorgt. Von dort aus konnte sie leicht ihre kleine polnische Ferienwohnung erreichen. Niemand würde sie dort suchen. Vorerst. Doch da konnte sie ausruhen und nachdenken, wohin es weitergehen sollte. In die Sonne? Oder doch lieber in Polen bleiben? Sie kannte genug Leute, die ihr helfen würden. Oder besser mussten. Sie wusste einfach zu viel.

*

Es war erst ein paar Wochen her, als sie das letzte Mal mit einem ihrer Schützlinge nach Warschau geflogen war. Das kleine Kinderhaus in einem Vorort hatte sich als besonders praktikabel erwiesen, um erziehungsschwierige Jugendliche wieder auf einen ordentlichen Weg zu bringen. Ein genau durchgeplanter Tagesablauf und viel Mitarbeit an der frischen Luft. Diese neuen Strukturen und ein strenges Reglement trugen dazu bei, festgefahrene Verhaltensweisen bei den Jungen – denn nur die wurden für dieses Erziehungsheim ausgewählt – zu durchbrechen und neues Verhalten zu erlernen.

Und das beste dabei: Während in Badenhausen ein Heimplatz für ein Kind locker € 6.000,- im Monat kostete, rechneten die Verantwortlichen des Betreibervereins

Kindernot e.V. Warschau-Land nicht mal die Hälfte dieser Beträge ab. Okay, bei der Betreuung musste man schon ein paar Abstriche machen. Aber ansonsten ... ein hübsches Sümmchen kam da zusammen. Als Dohmann vor Jahren von dieser Idee erzählte, waren Budde, sein Freund von der Bezirksregierung und sie mehr als hingerissen. Ein nettes kleines Zubrot durch vier – pro Monat wohlgemerkt.

Ein paar kleine Unterschriften hier, einige angepasste Berichte dort – und schon flossen die Gelder für das Sozialprojekt der Jugendhilfe. Natürlich für *Badenhauser Land*, das Vorzeigeprojekt, hübsch, sauber und hocheffizient bei der Betreuung von Kindern mit Förderbedarf. Die Heimplätze in Warschau fielen da kaum auf.

Wichtig war nur, dass genug Schüler die Förderschulen besuchten und alle Betten im Heim besetzt waren. Doch dafür hatten Dohmann und sie gesorgt. Eine drohende Schließung wegen zu geringer Schülerzahlen war nie ein Thema. Nicht bei so einem anerkannten und mehrfach ausgezeichneten Projekt zur Eingliederung behinderter junger Menschen.

Der Junge kam aus einer Familie, die sie als Familienhelferin betreut hatte. War ein bisschen aufsässig und manchmal reichlich aggressiv gegenüber seinen Lehrern. Da kündigte sich das schon Monate vorher an, dass sie hier einen neuen Kandidaten für ihr Projekt hatten. Und die Eltern? Die hatten gar nicht kapiert, wie sie ausgebootet wurden. Sie hatten nichts hinterfragt, einfach hingenommen und auf die Entscheidungen der Jugendhilfe vertraut. Wer weiß, vielleicht waren sie sogar froh.

Etwas dümmlich blickend saß der Junge neben ihr im Flugzeug und drückte ängstlich seine Hände fest auf die Oberschenkel. Traurig, kein bisschen Entdeckerfreude und Begeisterung für die interessanten Erfahrungen, die er an seinem neuen Wohnort machen sollte. Nicht mal der Flug schien ihn zu begeistern.

»Sieh mal, da draußen, es geht langsam in den Landeanflug. Siehst du schon die Befestigungsanlagen? Da ganz hinten, einige Kilometer entfernt.« Nadine stupste den Jungen von der Seite an und zeigte in die Richtung, doch der reagierte überhaupt nicht auf ihre Ansprache. Er schaute noch nicht einmal zu ihr hin. Seine Hände und Beine zitterten immer weiter.

»Dann eben nicht, wenn es dich nicht interessiert.« Genervt schnappte sie sich ihre Zeitschrift, die sie für den Zeitvertreib während der Reise besorgt hatte, und steckte sie in die Tasche.

Sanft setzte die Maschine auf und rollte langsam zur Parkposition. Die ersten unruhigen Passagiere hatten sich schon abgeschnallt und griffen nach ihrem Gepäck und den Jacken. Nadine blieb noch ruhig sitzen. Der Junge mochte kein Gedränge, das hatten die Eltern ihr mitgegeben. Gut, da würde sie sich dran halten. Nicht, dass er noch vor Angst in die Hose machte. Das konnte sie nun wirklich nicht brauchen.

Als die Leuchtzeichen erloschen, drängten sich die Reisenden schon zum Ausgang. Schnell wurde die Maschine leer und Nadine und ihr Schützling erhoben sich ebenfalls und gingen über die Gangway in den Flughafenbereich. Dieser Teil der Reise war geschafft. Jetzt musste sie nur noch auf Olek, den Betreuer des Heims, warten. Hoffentlich stand er schon in der Wartehalle parat, damit sie schnell weiterkommen konnten.

Nadine zerrte den Jungen hinter sich her zum Gepäckband. Sie nahm ihn mit festem Griff am Unterarm und ließ ihn erst los, als sein Koffer auf dem Band anlangte. Mit Schwung riss sie den Koffer herunter und schob ihn dem Jungen hin. »Los, nimm! Wir müssen weiter.« Schon drehte sie sich um und musterte die Personen im Abholbereich, um Olek zu suchen. Der alte Mann lehnte an einer der Säulen und nickte ihr zu, als ihre Blicke sich trafen.

»Komm jetzt. Da vorne ist unser Fahrer. Olek. Er wird in der nächsten Zeit dein Betreuer sein.«

*

Nadine fuhr zügig weiter. Viel Zeit hatte sie nicht mehr, doch trotzdem nutzte sie von Düsseldorf aus die kleinen Autobahnen und Bundesstraßen. Die waren sicherer. Noch bis kurz nach Paderborn und dann an der Abfahrt Salzkotten ab auf die B 1. Flughafen, ich komme!

*

Der Druck auf den Ohren ließ langsam nach. An die 70 Meter Höhenunterschied von ihrem Zuhause bis zur Ortsmitte von Kalldorf. Kein Wunder, dass man das spüren konnte. Der Fahrtwind streichelte ihr die Strähnen aus dem Gesicht und kühlte die roten Wangen sanft ab. Herrlich! Wie herrlich und ursprünglich erschien ihr diese Gegend, in der sie aufgewachsen und in die sie wieder zurückgekehrt war.

Noch ein kräftiger Tritt in die Pedale und Katja

konnte es rollen lassen. Den Winterberg hinunter auf die Winterbergstraße und mit wenigen Tritten kam sie unten in Kalldorf-Mitte an. Dann kam auch Jakob neben ihr zum Stehen.

»Das schönste Stück haben wir geschafft. Und jetzt geht es nur noch über flache Strecken. Doch mir graut‹s schon vor dem Rückweg nachher, Mama, wenn wir den Berg wieder hoch müssen.«

»Also, Jakob, du bist doch noch jung. Mit Anfang 20 sollte dir doch so ein kleiner Berg noch nichts ausmachen. Du bist das doch gewohnt. Quälen dich zu viele Stunden am Schreibtisch beim Lernen für die Hochschule OWL, oder was?« Jakob nickte und Katja drohte ihm mit dem Zeigefinger. Sie ließ den Finger wieder sinken.

»Doch, ehrlich gesagt, ich werde nachher bestimmt schieben. Mir gefallen die Steigungen auch nicht. Nicht mit diesem einfachen Fahrrad ohne ordentliche Gangschaltung. Los, lass uns weiterfahren.« Sie stieg wieder auf den Sattel und fuhr Jakob voraus am Kalldorfer Friedhof entlang Richtung Langenholzhausen.

Das Ziel des kleinen Mutter-Sohn-Ausfluges war die Pizzeria *Barletta*. Statt zu Hause den traditionellen wöchentlichen Spaghettiabend zu begehen, hatte Jakob sich für diesmal das Essengehen gewünscht. Katja konnte es ihm nicht abschlagen, zum Italiener zu gehen, denn Zeit und die Ruhe fürs Kochen hatte sie heute einfach nicht und außerdem freute sie sich selbst auch ungemein auf die tolle Speisekarte, die auf sie wartete. Spaghetti mit Meeresfrüchten. Himmlisch. Die Vorfreude ließ Katja noch kräftiger in die Pedale treten.

An Hellinghausen vorbei ging es Richtung Kirchbergstraße. Kein Auto kam ihnen entgegen, nur ein paar Spaziergänger, die mit ihren Hunden unterwegs waren. Noch aus der Ferne hörte sie das fröhliche Gebell und die Anweisungen und das Lachen von Herrchen und Frauchen, die ohne Zweifel Spaß am Rumtollen mit den Vierbeinern hatten.

Vor dem Restaurant stellte Katja erschöpft ihr Rad ab. Sie nahm den Rucksack vom Rücken und stellte ihn auf den Boden, ließ ihre Schultern und die Oberarme kreisen und tupfte sich mit einem Stofftaschentuch den Schweiß von der Stirn und vom Nacken. »So, jetzt ist es besser.« Katja sah sich um. »Was meinst du, wollen wir draußen im Biergarten sitzen oder möchtest du lieber rein?«

»Rein.« Jakob klatschte sich mit einer Hand auf den Unterarm. »Erwischt, du nerviger Blutsauger.« Er verdrehte die Augen. »Auf jeden Fall rein. Hier draußen ziehe ich nur wieder diese dämlichen Mücken an. Ich glaube, die lieben mich.« Er rieb an der roten Stelle, blickte sich verschämt um und hob schnell den Arm, um kurz mit der Zunge über den Stich zu lecken und an der kleinen Wunde zu saugen.

»Wo hast du das denn her? Von mir sicher nicht.« Katja schüttelte den Kopf und grinste.

»Nö, von Oma Lina. Die hat mir das gezeigt. Damals fand ich das eklig, weil sie meinen Arm zu sich hinziehen wollte, um dann mit ihrem Finger ihre Spucke auf die juckende Stelle zu machen. Ich habe den Arm immer schnell weggezogen.« Angewidert verzog Jakob das Gesicht und schüttelte sich. »Doch der Tipp war gut. Bei mir hilft es.«

»Los, dann lass uns mal reingehen.« Katja zog die Eingangstür auf und trat in den Gastraum.

*

Sie nahm die rosa Serviette vom Schoß und tupfte sich die letzten feuchten Stellen aus dem Mundwinkel, bevor sie die Serviette faltete und neben den Teller legte.

»Das hat sich echt gelohnt. Danke, Jakob, für die Idee. Wir beiden waren schon viel zu lange nicht mehr essen.«

Auch Jakob schnitt gerade das letzte Stück seiner Pizza ab und steckte es sich in den Mund. »Ich hatte einfach keine Lust auf Nudeln. Die Pizza hier, die ist einfach die beste. Diese frischen Champignons, so lecker«, erklärte er mit vollem Mund.

»Möchtest du noch eine Nachspeise? Da hinten auf dem Schild steht, es gibt Tiramisu.«

»Mir reicht es, wenn ich das hier aufgegessen habe.«

»Wie wäre es mit einem doppelten Espresso?«

»Das ist ne gute Idee.«

Katja bestellte bei der Bedienung zwei doppelte Espressi und schaute ihrem Sohn gedankenverloren beim Essen zu.

Jakob legte das Besteck auf den Teller und schob ihn ein Stück zurück. »Wow, in der Mensa brauch ich morgen nichts zu bestellen. Ich bin pappsatt.« Er schaute nachdenklich seine Mutter an. »Worüber denkst du nach? Du schaust aus, als wärst du ganz woanders. Gab es Probleme mit einem Fall, den du bearbeitest?«

»Nicht mehr als sonst auch. Das ist es nicht, was

mich beschäftigt. Obwohl, es hat schon damit zu tun. Manchmal dauert es einfach zu lange, bis wir im Kommissariat Fälle auf den Tisch bekommen. Mich ärgert es schon, dass vorher schon einige Leute mit den Fällen beschäftigt waren und um Rat und Hilfe gefragt wurden und dann verläuft alles im Sande. Es vergeht einfach zu viel Zeit. Doch das weiß ich ja, unsere Arbeit greift nun mal erst am Ende, wenn sowieso schon alles verfahren ist und beide Seiten nicht mehr miteinander sprechen können. Sonst würde sich niemand dazu durchringen, eine Strafanzeige zu stellen, wenn noch Gespräche möglich wären.« Katja stützte das Kinn auf ihre Hände und schaute zu Jakob. »Aber lassen wir das, momentan hakt es einfach an zu vielen Stellen. Das wird schon.«

Jakobs prüfender Blick ließ seine Mutter leicht erschauern. Er kannte sie gut genug, um zu wissen, dass da noch mehr war, was sie bedrückte. Doch das war kein Thema, das sie hier und jetzt besprechen wollte. Noch nicht. Vielleicht später. Jakob hatte Zeit. Er nahm seinen Teller und reichte ihn der Bedienung, die schon den Espresso serviert hatte. Jakob zog ihn zu sich hin, nahm den Zuckerspender und ließ eine ordentliche Portion in den Kaffee rieseln. Katja kicherte.

»Ehrlich, wenn ich nicht wüsste, dass dir das nichts ausmacht, würde ich mir Sorgen um deine Gesundheit machen.«

»Wieso denn? Das schmeckt nur ordentlich, wenn es süß ist, findest du etwa nicht?«

»Okay, okay. Genieß es. Das ist das einzige, was zählt.« Vorsichtig hob Katja ihre Tasse zum Mund und nahm einen kleinen Schluck. Die drei kleinen Süßstofftabletten, die sie heimlich in ihrem Espresso versenkt hatte, hatte Jakob zum Glück nicht gesehen. Dachte sie.

»Woher ich das mit dem Süßen wohl habe?« Sein durchdringender Blick aus den schönen dunklen grünbraunen Augen blieb an Katja hängen. »Erwischt, Mama. Süßstoff, igitt!«

Schnell ließ sie das kleine Aufbewahrungsdöschen in der Tasche verschwinden. »Ach, was. Kann gar nicht sein.«

*

Auf dem Rückweg schoben Mutter und Sohn wie erwartet ihre Räder den Winterberg hoch. Jeder hing seinen Gedanken nach.

»Mama?«

»Hm?«

»Wie kommst du eigentlich damit klar, dass du so oft auf Fälle stößt, die nur deshalb so schlimm sind, weil jemand in einer Behörde sich nicht an die Gesetze gehalten hat oder sie etwas anders ausgelegt hat? Macht dich das nicht wütend, dass du mit solch miesen Machenschaften konfrontiert wirst und sie dann aufklären musst? Ich würde echt das Vertrauen verlieren und als Antragsteller immer hinterfragen, ob da alles mit rechten Dingen zugegangen ist.« Jakob schob sein Rad neben das seiner Mutter und lief gemächlich neben ihr her.

»Hm!« Katja blieb stehen und lehnte sich auf den Sattel. »Schwierige Frage, doch ich habe sie mir auch schon mal gestellt. Schon ziemlich zu Anfang meiner Berufslaufbahn, als ich mich als Polizistin für den Sozialbereich ausbilden ließ. Da hatte ich auch viele Diskussionen mit deinem Vater. Doch wir waren uns da einig.« Sie beugte sich am Anfang des langen, dunklen Waldstückes zu ihrer Fahrradlampe und schaltete sie ein, bevor sie weitersprach.

»Es ist wie in jedem Beruf. Man beschäftigt sich täglich mit ähnlichen Dingen und dann kommt es einem erst so vor, als ob die jeweilige Aufgabe die ganze Gesellschaft berühren würde, als ob sie, wie in meinem Fall, die Grundlagen unserer Gesellschaft zerstören könne. Doch das ist nicht so. Auch, wenn ich jeden Tag mit besonders fiesen Methoden konfrontiert werde, sind das zwar keine Einzelfälle, aber doch nur ein kleiner Teil unseres Rechtssystems. Ich habe meinen Glauben an den Rechtsstaat noch lange nicht verloren. Denn der Rechtsstaat funktioniert nur so gut, wie die Menschen, die ihn vertreten. Er kann nicht funktionieren, wenn sie die Regeln nicht einhalten. Dann würde er auf der Strecke bleiben. Und um die zu finden, die die Regeln nicht einhalten, dafür bin ich da – und all meine Kollegen, die die gleiche Aufgabe jeden Tag mit Hingabe verfolgen. Denn das ist es, was einen Rechtsstaat auch auszeichnet – die Hingabe, die guten Dinge, die ihn ausmachen, auch hochzuhalten und sie nicht durch kriminelle Machenschaften zerstören zu lassen.« Katja nahm wieder den Lenker in die Hand und schob langsam weiter bergan.

»Wow, Mama! Das hat mir gefallen.« Jakob klatschte und zollte ihr Tribut. »Du hast recht, ich habe schon von so vielen Fällen aus Papas und deiner Arbeit gehört, da kommt man auf die Idee, das wäre Methode. Aber irgendwie machen diese Typen, die den Rechtsstaat ausnutzen, so viel Lärm, dass sie die gute Arbeit der vielen Kollegen mit in den Dreck ziehen.«

»Gut erkannt, mein Sohn.« Katja lachte. »Komm, lass uns schnell aus dem Wald herauskommen, es wird bald dunkel und die Straße ist doch recht eng.«

12

Zur Sicherheit hatte sich Falk Budde eine seiner Mappen herausgekramt, die er zu Hause sicher versteckt hatte. Er nahm sie mit ins Wohnzimmer und machte es sich auf dem weißen Ledersofa bequem, zog die Beine hoch und lehnte sich an ein überdimensionales Kissen, das ihm den Rücken stützte. Blatt für Blatt ging er seine Notizen durch und prüfte, ob irgendwo ein Fehler passiert war. Etwas, was ihn auffliegen lassen und mit Nadine und Dohmann wegen dieser Jugendhilfeprojektsache in Verbindung bringen könnte. Alles korrekt, das dürfte keine Probleme machen.

Für die Einweisung der Heimkinder war er nicht zuständig, das machen die beiden vor Ort. Und wenn die sich von den Eltern freiheitsbeschränkende Maßnahmen einfach so blanko unterschreiben ließen, damit die Kinder einen Heimplatz bekamen, dann war das doch übliche Praxis. Auch das sollte ihm nicht zum Problem werden.

Doch diese Geschichte mit dem Sollig damals, die machte ihm Sorgen. Auch wenn Dohmanns Komplize gute Arbeit geleistet hatte und der Mercedes mit Sollig und vielen hübschen Akten in die Luft geflogen war, so war er nicht sicher, ob der Typ auch dicht hielt. Wenn man ihn denn irgendwann mal aufspüren sollte. Denn er war damals direkt ins Ausland verschwunden und keiner hatte seine Verbindung zu Dohmann und Budde aufdecken können. Ganz sicher nicht. Also auch von daher keine Probleme. Sollig war weg und das war gut so.

Doch Nadine? Die war ein Problem. Einfach hier aufzutauchen. Falk schnappte sich ein Tuch vom Wohnzimmertisch, hielt es sich vor den Mund und die Nase, und nieste laut und feucht. Na endlich, wenigstens die Erkältung machte sich langsam auf den Rückzug. Jetzt wurde es nur noch Zeit, dass er sich aus diesem ganzen Schlamassel zurückziehen konnte. Denn er hatte noch viel vor und das wollte er sich durch Dohmanns und Nadines Fehler nicht versauen lassen.

Langsam schob er sich an den Rand des Sofas und drückte sich an der Armlehne hoch. In seiner Mappe hatte er noch eine wichtige Kontaktperson notiert. Mal schauen, was die ausrichten konnte, um Nadine den Garaus zu machen. Falk schleppte sich zum Telefon und wählte die bekannte Nummer. »Lieselotte?« Er räusperte sich. »Falk hier ... du, da gibt es so ein paar komische Vorfälle in Badenhausen. Ein Mitarbeiter der Jugendhilfe hat nicht ganz korrekt gearbeitet. Was meinst du? Wie kann ich vorgehen, damit eine Kündigung wirksam ist und wir hier nicht den Dreck der Medien abbekommen? ... Gut. An wen soll ich mich da wenden? ... Alles klar. Danke, Lieselotte. Dann bis zum Empfang der Landesregierung am Wochenende ... Ja, ja, da bin ich wieder fit. Wir sehen uns.«

*

»Wir sollten sehen, dass sich die Schlinge um die verdächtigen Personen langsam zuzieht.« Der Vorsitzende sah auf die Uhr und blickte ihn an. »Es wird Zeit, die Verantwortlichen zur Rechenschaft zu ziehen. Wir haben viele Monate verloren, mussten unsere Strategie zum Teil ganz neu aufbauen, damit niemand merken konnte, was wir hier im Hintergrund geplant haben. Also, Leute, bringen wir es zu Ende.«

Dann schaute der Vorsitzende ihn direkt an. »Bitte fahren Sie fort mit dem, was Nadine Meyer in ihrem Schreiben noch aufgezählt hat und welche Konsequenzen daraus gezogen werden.«

Also nahm er erneut seine Notizen in die Hand. »Wie schon erwähnt, hat Nadine Meyer einige Listen mit Namen, Daten und Kontobewegungen geführt. Hier konnten wir die Familien identifizieren, die ins Visier der vier Komplizen gerückt waren. Es ist alles bis ins Kleinste aufgeführt, sodass die Kollegen in Badenhausen schon in den kommenden Tagen beginnen können, die Betroffenen zu informieren, damit die ergangenen Bescheide rückgängig gemacht werden können.« Er blätterte um. »Dann wird noch ein Prüfungsverfahren des Jugendhilfeprojektes *Badenhauser Land* eingeleitet. Sicherlich wird das noch eine Weile in Anspruch nehmen, doch sämtliche Anträge müssen ganz neu überprüft werden. In der Zeit werden die Förderschulen und auch der Wohnheimbetrieb weiterlaufen. Ziel dieser Maßnahmen ist nicht, das Projekt in Gänze zu schließen, sondern einen normalen Standard wiederherzustellen. Die Mitarbeiter dort haben erwiesenermaßen keinen Anteil an den Betrugsvorwürfen, sodass eine Schließung kontraproduktiv wäre.«

Einer der Truppe meldete sich. »Gibt es auch noch weitere Beweise oder nur die von Ihnen erwähnten Listen?«

»Ja, genau. Wir haben auch noch weitere Informationen erhalten. Kassetten mit Aufnahmen prekärer Gespräche zwischen den vier Verdächtigen und auch passende Schriftstücke, die die Richtigkeit der Aufzeichnungen belegen. Danke, dass Sie mich daran erinnert haben. Ich hatte diese Informationen noch nicht in meinen Aufzeichnungen.«

»Und was ist mit dem Mordanschlag? Sind die Ermittlungen dazu auch abgeschlossen?«

»Die zuständige Mordkommission in Badenhausen hat die Ermittlungen wieder aufgenommen und bearbeitet die neuen Erkenntnisse. Der Kollege dort ist auf dem richtigen Weg und hat die passenden Schlüsse gezogen. Seine Vorgesetzten wurden schon informiert. Von daher sollten die Beweise auch ausreichen, die Anklage wasserdicht zu machen. Doch letztendlich können wir die Ergebnisse unserer Arbeit nur an die Staatsanwaltschaft weitergeben. Es liegt dann nicht mehr in unserer Hand. Nochmals vielen Dank für Ihre Unterstützung.«

Die einzelnen Mitglieder der Truppe klopften bestätigend auf die Tische, standen auf und machten sich auf dem Weg zur Tür. Nur noch wenige Stunden und endlich war dieser Einsatz vorbei – und ein neuer würde folgen. Doch nicht für ihn, denn er durfte wieder nach Hause. Dahin, wo er hingehörte. Er hatte schon seine Sachen eingepackt, da sprach ihn der Vorsitzende noch einmal an. »Warten Sie bitte. Nur auf ein Wort.«

Er drehte sich wieder um. »Ja?«

»Es ist alles bereit für Ihre Rückkehr. Einer unserer Fahrer wird Sie morgen früh draußen erwarten und Sie zurückfahren. Die Vorgesetzten sind informiert und werden alle wichtigen Gespräche führen, damit Sie problemlos wieder in Ihr Leben zurückkönnen. Möchten Sie selbst noch jemanden informieren, außerhalb des Kollegenkreises natürlich?«

Er dachte nach. »Ja, ich denke schon. Wenn wir einen Umweg über Lemgo machen könnten, wäre das prima. Dann könnte ich mit dem ersten Wiedersehen beginnen, bevor ich weiterfahre. Das macht die Sache leichter.

»Kein Problem, das sollte möglich sein. Wo wollen Sie denn hin?«

»Nur ein kurzer Zwischenstopp an der Hochschule.«

»Ich gebe dem Fahrer Bescheid. Haben Sie all Ihre Sachen dabei, oder müssen wir noch etwas holen lassen?«

»Nein, schon okay. Als ich hierhin beordert wurde, habe ich alles gepackt. Liegt oben im Hotelzimmer.«

»Dann wünsche ich Ihnen alles Gute für die Zukunft. Es war hart für Sie und Ihre Familie, sicher. Doch Sie haben viel erreichen können für die Familien, die in den letzten Jahren diesem Unrecht ausgesetzt waren.«

Der Vorsitzende gab ihm die Hand und verabschiedete sich. »Danke, für alles.«

*

»Heute am frühen Morgen ereignete sich auf der A33 in der Nähe der Abfahrt zur B 1 ein schwerer Autounfall. Nach ersten Erkenntnissen war ein weißer Audi TT bei Paderborn mit hoher Geschwindigkeit ungebremst gegen die Betonpfeiler der Autobahnbrücke gerast. Die Fahrerin des Unglückswagens konnte nur noch tot aus dem völlig zerstörten Fahrzeug geborgen worden. Laut den Ermitt-

lungsbehörden handelt es sich um die polizeilich gesuchte Nadine Meyer. Zu den genauen Umständen des Unfalls konnte die zuständige Polizeibehörde Paderborn noch keine Aussagen machen. Wir ...«

Falk stellte das Radio ab und lehnte sich an die Küchenspüle. Eine Sorge weniger.

*

Kriminalrat Neitmann hatte die schwere Aufgabe übernommen, Katja die Ermittlungsergebnisse der Mordkommission zu überbringen. Wie sollte er ihr nur beibringen, dass nicht Jan, sondern ein Fremder im Wagen gesessen hatte, als dieser in die Luft flog? Seufzend ging er in Richtung von Katjas und Franks Arbeitsraum, klopfte kurz und wollte gerade eintreten. In dem Moment kam Kathrin Kramer um die Ecke.

»Die beiden sind nicht im Haus, Chef. Sie haben einen Termin bei Familie Schäfermeier und wollen sie persönlich über die Erfolge der letzten Tage informieren. Bevor die Presse von allem Wind kriegt und Schäfermeiers belagert.«

»Alles klar, stimmt ja, hatte ich nicht mehr dran gedacht.« Neitmann nahm die Hand wieder von der Klinke. Ein Glück, noch einmal davongekommen. Er drehte sich um, nickte seiner Sekretärin zu und marschierte zurück zu seinem Büro.

*

Die Vögel zwitscherten, flogen pfeilgerade durch die Bäume, um die bei der Hitze kurz über dem Boden sirrenden Insekten zu schnappen, und schossen wieder nach oben. Noch nicht einmal Sommeranfang, doch schon einer dieser wunderbaren Spätfrühlingstage.

Doch Katja konnte dem Ganzen nichts abgewinnen. Sie saß auf der Bank vor Jans Grabstelle und starrte vor sich hin. Sie war es so leid. Einfach leid, ihr Leben mit einem Geist zu verbringen. Wie dämlich, sich mit ihrem toten Mann zu unterhalten. Sie war doch übergeschnappt. Dämliche Ausrede, es wäre nur ein Gedankenspiel, um sich zu sortieren, Fälle besser lösen zu können, andere Blickwinkel einzunehmen. Da musste man doch rammdösig werden, immer so allein. Im Zwiegespräch mit einem Aschehaufen. Einem unpersönlichen Aschehaufen.

Doch warum konnte sie keinen Abschied nehmen? Was fiel ihr bloß so schwer? Wieso fühlte sie sich gar nicht so verlassen, sondern immer noch gedanklich und emotional mit Jan verbunden?

Sie tupfte sich die Tränen aus den Augen und ärgerte sich über sich selbst. Seit Jans Tod konnte sie nicht loslassen. Seit Jans Tod hatte sie sich nicht verlassen, immer nur allein gefühlt. Warum? Auch jetzt wieder spürte sie seine Nähe. Es war beinahe so, als könnte sie ihn riechen. Sein besonderer Duft ging ihr einfach nicht aus dem Sinn.

»Quatsch – ich bin halt nur ne dumme Kuh, die zu blöd ist zu trauern und endlich neu anzufangen. Ich muss mit dieser dämlichen Methode der Fallanalyse aufhören. Das bringt eh nichts«, flüsterte sie vor sich hin und stampfte mit dem Fuß auf.

»Aber, aber – so habe ich dir das aber nicht beigebracht.«

Diese Stimme ... abrupt drehte Katja sich um.

*

Sie blinzelte gegen die Sonne an, die aus Richtung Haiberg in ihre Augen schien. Zwei Schatten standen hinter ihr. Einer nur wenige Armlängen entfernt und ein weiterer in der Nähe des Eingangstores. Jakob. Genau. Sie konnte ihren Sohn im Gegenlicht erkennen. Er hatte seine Hand auf das schmiedeeiserne Tor gelegt und schaute zu ihr hin. Doch der Fremde? Warum war sie so unaufmerksam, wo war nur ihr kriminalistisches Gespür?

Der Fremde ging einen Schritt auf sie zu und dann verstand sie. Kein Geist. Keine Einbildung. Jan.

*

»Mama? Wach auf. Komm, du musst etwas trinken.« Jakob kniete neben ihr, hielt ihren Kopf und schlug leicht auf ihre bleichen Wangen. Er hatte ihren Rucksack geöffnet und ihre Wasserflasche herausgenommen. »Hier, nimm einen Schluck.« Er hielt ihr die Flasche an den Mund. Katja setzte sich auf, nahm Jakob die Flasche aus der Hand und trank gierig.

Kein Wunder, dass sie Halluzinationen hatte. Einfach ein wenig dehydriert. Schlimm, bei der Hitze nichts zu trinken.

»Katja? Geht es dir wieder besser? Ich dachte nicht, dass du meine Rückkehr so umwerfend findest.«

Schon wieder diese Halluzination. Katja sprang auf, die Flasche fiel ins Gras. Auch Jakob erhob sich und stützte sie. »Langsam, dein Kreislauf muss sich erst erholen.«

Doch dieser Fremde stand immer noch da. Kein Geist, wirklich Jan – in Fleisch und Blut. Katja schwankte erneut und schon sprang Jan auf sie zu und hielt sie fest. Voller Wut, versuchte sie sich aus seiner Umarmung zu befreien. Mit beiden Fäusten trommelte sie auf seine Brust. Tränen liefen ihr über das Gesicht und tropften auf ihr Shirt, sie bemerkte es nicht. Doch Jan ließ sie nicht los und ließ ihre Attacke über sich ergehen. Sanft streichelte er ihr über den Rücken.

Langsam kam Katja zur Ruhe und Jan löste den Griff. Völlig verwirrt schaute sie zu ihm auf, ging dann zur Bank und setzte sich. Noch immer tränenüberströmt legte sie ihr Gesicht auf die Hände und stützte sich auf den Oberschenkeln ab. »Ich begreife es nicht. Wo kommst du her?«

»Mama«, mischte Jakob sich ein. »Dein Chef hat dich doch informiert, oder etwa nicht? Der Kriminalrat? Heute Nachmittag?«

»Nein. Ich habe ihn seit mittags nicht gesehen. Bin direkt von einer Besprechung hierhin gefahren.«

»Ja, dann. Kein Wunder.« Jan nahm neben ihr Platz. »Das tut mir so leid, ich war davon ausgegangen, dass du Bescheid weißt. Ich war lange untergetaucht, doch ich wollte dich doch nicht erschrecken. Nicht so.« Er griff nach Katjas Hand und streichelte sie. »Ach, Katja, was habe ich dich die ganze Zeit vermisst. Die wenigen Momente, die ich dich sehen durfte, haben nie gereicht.«

Katja wandte sich ihm direkt zu. »Du warst also doch da. In meiner Nähe. Ich habe es gewusst. Ich habe es immer gespürt. Du warst da. Keine Einbildung.« Sie setzte sich gerade hin, hob ihre Hand zu seinem Gesicht und zog mit ihrem Zeigefinger sein Gesicht nach. »Ach, Jan.«

*

Die nächsten Tage vergingen wie im Flug. Katja und Jan hatten viel nachzuholen, sich viel zu erzählen. Und sie hatten nun eine gemeinsame Aufgabe zu bewältigen, denn Jan wurde dem Soko-Sozial-Team als Experte zugeteilt. Falk Budde und Herbert Vauth saßen vorerst in Untersuchungshaft. Bis zum Urteil im folgenden Strafverfahren konnte Jan nicht wieder an seinen Arbeitsplatz im Sozialministerium zurück. Also profitierten nun Katja und ihre Leute von seinem Wissen. Wenn er denn mal da war, denn die meiste Zeit musste er nach Detmold zur Staatsanwaltschaft, um dort vernommen zu werden und wichtige Erklärungen abzugeben. Erklärungen zu den Gründen, die dazu geführt hatten, dass Jan offiziell für tot erklärt wurde und im Zeugenschutzprogramm die Strippen ziehen konnte, die den Staatssekretär Falk Budde und seine Mitstreiter zu Fall brachten. Stück für Stück baute die leitende Staatsanwältin Magdalena Stein die Anklage gegen die Nutznießer des Sozialprojektes *Badenhauser Land* auf.

13

Vor zweieinhalb Jahren, im Herbst, an seinem Arbeitsplatz in der Staatskanzlei in Düsseldorf, da war es passiert. Jan hatte gerade die letzte Unterschrift unter ein Schreiben an das Kreis-Jugendamt in Lippe gesetzt, klappte die Unterschriftenmappe zu und griff zum Haustelefon, als es an der Tür klopfte. Er legte den Hörer wieder ab. »Ja, bitte?«

Seine Sekretärin öffnete die Tür ein wenig und trat einen Schritt herein. »Herr Sollig? Besuch für Sie. Haben Sie Zeit?«

Jan stand auf und übergab ihr die Mappe. »Sicher. Ist in Ordnung. Können Sie das hier bitte erledigen? Wenn Sie fertig sind, können Sie Feierabend machen.« Er fragte nicht nach, wer denn im Vorzimmer auf Einlass wartete, er konnte es sich schon denken. Schon vor ein paar Tagen hatte das Landeskriminalamt sich bei ihm gemeldet. Doch so plötzlich hatte er mit dem Eintreffen der beiden Beamten nicht gerechnet.

»Treten Sie doch ein, was kann ich für Sie tun, meine Herren?« Mit Blick auf seine Sekretärin ließ er die beiden Männer in sein Büro und schloss die schallgedämmte Tür.

»Ist es schon soweit? Geht es jetzt los?«

»Richtig«, antwortete einer von ihnen. »Wenn Sie alles dabei haben, machen wir uns auf den Weg zu einem sicheren Haus. Sie wissen, was Sie mitnehmen müssen?«

»Sicher doch.« Jan ging zu seinem Schrank und hob den untersten Boden hoch. Den Pappkarton, der in dem

Fach darunter aufbewahrt wurde, nahm er heraus und stellte ihn vor sich hin. Sorgfältig schob er den Boden wieder an seinen Platz. »Wie machen wir es mit meiner Sekretärin? Sie wird sicher noch eine halbe Stunde beschäftigt sein, da kann ich ja schlecht an ihr vorbeispazieren. Mit Ihnen und mit meinen Unterlagen.«

»Das ist geklärt. Wir können direkt los. Es gibt nur ein kurzes Zeitfenster, damit die Operation gelingen kann. Er wird heute Abend zuschlagen lassen, in den letzten Telefonaten hat er den Auftrag erteilt, also müssen wir Sie jetzt in Sicherheit bringen. Kommen Sie, mein Kollege nimmt Ihnen die Kiste ab, denken Sie an Ihre Tasche und die persönlichen Dinge. Ach, geben Sie mir bitte Ihren Autoschlüssel, ich reiche ihn dann weiter.« Er öffnete die Tür und trat hinaus. »Alles klar.«

Das Vorzimmer war leer. Jan folgte den Beiden und hoffte, dass die kommende Zeit nicht allzu lange dauern würde. Seine Hoffnung wurde nicht erfüllt.

*

In der Nacht war das Wetter umgeschlagen. Nebel waberte durch die Schlucht, die vor dem einsamen Häuschen den Berg zerteilte. Verborgen hinter hohen Bäumen lag das verwitterte Holzhaus mit dem graubeigen Steinsockel gut geschützt vor neugierigen Blicken. Der perfekte Ort für die Einsatztruppe des LKA. Und der perfekte Ort, um Jan während seiner Zeit im Zeugenschutzprogramm zu verstecken. Hier im Lippischen Bergland kannte ihn kaum jemand als den hochrangigen Beamten des Sozialministeriums in Düsseldorf.

Das größte der Zimmer im Haus war für die Einsatzzentrale vorgesehen, doch die Kollegen waren ausgeflogen, kurz nachdem sie ihn hier abgesetzt, und ihn in die Haustechnik und die Aufteilung des Hauses eingewiesen hatten. Jan machte es sich in seinem Raum gemütlich. Die Holzwände waren frisch gestrichen, in einem matten Pistaziengrün, das rohe Kiefernbett hatte ebenfalls einen neuen Anstrich bekommen – mit einer silberweißen Lasur. Katja würde es hier gefallen. Er setzte sich auf das Bett und nahm die Bettbezüge, die ihm einer seiner Aufpasser in die Hand gedrückt hatte, bevor auch er zu einem wichtigen Einsatz in der Nähe verschwunden war. Geübt zog er den schmalen Kopfkissenbezug auf links, schüttelte ihn über das Kissen, schloss den Reißverschluss und machte sich dann an das Beziehen des Oberbettes. Auch das war schnell erledigt, seine Sachen in den Schränken verstaut und im Bad die Kulturtasche ausgeräumt. Nun gab es vorerst nichts mehr zu tun.

Er hörte das leise Zischen der Heizung, nicht wie erwartet mit Holz und mit weit sichtbarem Rauch, sondern mit Gas aus einem versteckten Tank auf dem Grundstück, folgte dem Geräusch und ging in den Wohnraum der Hütte. Hier schloss sich die kleine, offene Küche an. Mit allen technischen Errungenschaften, die man sich wünschen konnte. Der italienische Kaffeeautomat zauberte ein Lächeln auf sein Gesicht. Für den täglichen notwendigen Koffeinschub war also gesorgt. Je schneller diese ganze Aktion beendet war, umso schneller konnte er Katja und Jakob wieder in die Arme schließen.

Im Hintergrund klapperte es. Der aufkommende Wind ließ einen der Fensterladen leicht an die Hauswand schlagen. Jan öffnete das Sprossenfenster und hakte den losen Schnapper wieder ein. Gerade wollte er das Fenster wieder schließen, da hörte er es: einen Knall in der Ferne. Nur schwer wahrnehmbar, erst recht in einem geschlossenen Raum und erst recht in dieser Ödnis. Die *Operation Obhut* hatte begonnen.

*

Da vorn, da stand sie. Das rotbraune Haar hochgesteckt, die Hände über der Brust gekreuzt und die Oberarme reibend. Sie war auf dem Weg zu seinem Grab, blieb stehen und blickte suchend um sich. Ob sie ihn gespürt hatte? Er hatte es, darum war er hier. Aus wenigen Monaten waren über zwei Jahre geworden. Kaum auszuhalten. Doch er durfte die Aktion nicht gefährden, er musste vorsichtig sein, doch er wollte sie sehen, wollte nicht verrückt werden vor lauter Sehnsucht nach seiner Frau, seiner Familie. Heimlich hatte er sich aufgemacht und nun stand er hier. Sie sah zu ihm hin, doch sie sah nur einen gebeugten alten Mann, der in ausgefransten Puschen durch die Gegend schlappte. Sie konnte, sie durfte ihn nicht erkennen.

Jan schlurfte langsam weiter, bis er aus dem Sichtfeld des Langenholzhauser Friedhofs verschwunden war, und ging ein wenig zügiger zu seinem Fahrzeug, das er an einem verdeckten Seitenweg am Klingenberg geparkt hatte. Mit der Hand fuhr er in die Hosentasche und holte den Schlüssel heraus, den Schlüssel zum Haus seiner Frau. Den Schlüssel für ein Schloss, das früher das Familiendomizil in Lüdenhausen gesichert hatte und das ihn heute problemlos Katjas neues Heim auf dem Winterberg aufsperren ließ.

Er hatte noch etwas Zeit, um seinen Auftrag auszuführen. Der kleine unerlaubte Abstecher zum Friedhof war schuld, dass er sich nun einen Platz suchen musste, um auf die hereinbrechende Dunkelheit zu warten. Eine Stunde musste er überbrücken, bevor er zügig über Seitenstraßen und Feldwege über den Haiberg und den Kükenbrink den Winterberg hochfahren konnte.

Jan stellte den Wagen blickgeschützt in der Nähe des Hauses ab und ging den Rest des Weges zu Fuß. Mühsam schleppte er einen kleinen Umzugskarton, stellte ihn vor der Haustür ab, schloss auf und marschierte direkt auf die Bodentreppe zu. Jetzt aber schnell, er musste sich sputen, denn Katja würde bald zurückkommen. Trotzdem konnte er es nicht lassen, sich noch kurz umzugucken. Schön war das Haus geworden. Er hatte es nur von früher gekannt, nach dem Tod von Katjas und Marinas Eltern war es verkauft worden. Katja hatte es für ihre Bedürfnisse umgebaut und ein kleines Schmuckstück daraus gemacht. Sanft strich er über die Polster und berührte die Jacken, die an der antiken Eichengarderobe hingen. Tief atmete er ein ... und riss sich wieder zusammen. Er würde wiederkommen, das war klar.

Auf dem Weg nach draußen drückte sich der schwarze Kater an ihm vorbei, begrüßte ihn mit einem sanften Schnurren und war schon im Garten verschwunden. Mist, keine Zeit mehr, die Katze einzufangen. Er konnte die lauten Reifen von Katjas Geländewagen schon hören. Raus und schnell hinter dem Backhaus in Sicherheit gebracht. Das Nachbargrundstück mit der alten Sternwarte bot ihm genug Gelegenheit, in Deckung zu gehen. Geschafft, ungesehen konnte er sich wieder zurück auf den Weg zum Haus im Wald machen. Jetzt waren es nur noch wenige Tage, bis er sein altes Leben wieder aufnehmen konnte – sofern alles so klappte, wie vom Planungsstab in Düsseldorf ausgedacht. Doch vorerst hieß es für Jan: Auftrag ausgeführt.

*

Der Kaffeeautomat knackte, knirschte, zischte und spie zum letzten Mal das starke Gebräu in Jans Tasse. Heute wurden die Zelte in seinem Übergangszuhause abgebrochen und es ging wieder nach Düsseldorf, um dort von der Einsatzzentrale aus die letzten Schritte zu organisieren. Wehmütig würde er nicht zurückblicken, denn er war froh, dass es bald vorbei sein würde. Dass er endlich gegen Budde aussagen konnte. Falk Budde, der Staatssekretär, dem er in die Quere gekommen war. Dem er Unregelmäßigkeiten und Amtsmissbrauch nachweisen konnte und dem er einmal zu viel in die Suppe gespuckt hatte. Falk Budde, der sich, statt zu seinen Taten zu stehen, auf ganz perfide Art an Jan gerächt hatte, um den eigenen Kopf und den seiner Spießgesellen aus der Schlinge ziehen zu können.

Der Verlust seines top gepflegten 190er-Mercedes schmerzte Jan immer noch leicht, ungern erinnerte er sich daran, wie der Beamte des LKA in seinen schönen Oldtimer stieg und damit wegfuhr, während er selbst im Einsatzwagen zum Treffpunkt im Wald gefahren wurde. Der Verlust seiner Familie und die lange Zeit im Untergrund jedoch, die schwärte wie eine offene Wunde und war über die lange Zeit zu dem Feuer geworden, das ihn antrieb, um diesen Fall endlich zu Ende bringen zu können.

Es wurde Zeit zu gehen. Wieder einmal. Und danach? Danach würde er sein altes Leben zurückholen. Der letzte Schluck aus der Tasse, der Griff zu seiner Jacke und der Reisetasche. Er war bereit für die Zukunft.

*

»Herr Staatssekretär, Herr Staatssekretär, Herr Budde ...«

Von allen Seiten drängten die Journalisten um das parkende Auto und hielten ihm ihre Mikrofone entgegen. Falk Budde ballte die Fäuste und herrschte die Sicherheitsleute leise an. »Los! Machen Sie den Weg frei, aber dalli.« Er lächelte in Richtung der Medienleute.

»Herr Staatssekretär, was können Sie zu den Vorkommnissen beim Jugendhilfeprojekt *Badenhauser Land* sagen.«

»Was wissen Sie über den Tod von ... Jan Sollig.« Die Fragen prasselten auf ihn ein.

Falk Budde winkte großspurig ab, während er aus dem Auto stieg. »Kein Kommentar.« Er nahm die Hand vor den Mund und hustete, drehte sich demonstrativ um und verschwand eilig im Eingangsbereich der Staatskanzlei.

Am Nachmittag verkündete der Sprecher der Ministerpräsidentin in den Räumen der Landespressekonferenz, dass sie mit sofortiger Wirkung den Staatssekretär Falk Budde von seinen Ämtern enthoben hatte. Der Nachfolger würde am kommenden Tag der Bevölkerung vorgestellt.

14

Vor dem Fachwerkhaus auf dem Winterberg fügte sich das weiße Zelt perfekt in die Landschaft. Es stand alles bereit, und Jans Geburtstag am 11. Juli war die perfekte Gelegenheit, um seine Wiederkehr zu feiern. Ein Samstag, Sonne satt, ein Büffet mit lippischen Spezialitäten, gut gekühltes *Detmolder* und viele gut gelaunte Gäste. Was will man mehr?

Katja warf noch einen letzten Blick in den Spiegel und tupfte sich etwas Puder auf die vor Aufregung geröteten Wangen. Es war schon so lange her, seitdem sie das letzte Mal so ein Fest gefeiert hatte. Und dann gleich dieser besondere Anlass. Sie war so froh, dass sie die ganzen Monate auf ihr Gefühl gehört hatte. Dass sie den Schmerz und den Verlust ausgehalten hatte. Hinter ihr raschelte es und sie drehte sich abrupt um. Jan!

»Nicht erschrecken, Katja! Kannst du mir helfen? Ich bekomme das mit der Krawatte immer noch nicht hin.«

»Kein Problem.« Katja ging zu ihrem Mann, reckte sich zu ihm hoch und gab ihm einen zärtlichen Kuss auf die Wange. »Lass mich mal machen.«

Mit geübten Handgriffen schlang sie die Krawatte zu einem perfekten Knoten, zog den Kragen wieder herunter und rückte den Knoten zurecht. Sie schob ihre Hand in seine, holte tief Luft und räusperte sich kurz. »Lass uns rausgehen. Es wird Zeit.«

Langsam füllte sich die Wiese vor dem Haus. Zum Glück spielte das Wetter weiter mit und die Gäste konnten draußen auf den Bierzeltgarnituren Platz nehmen oder sich an den Stehtischen unterhalten. Neben Bernd

Neitmann und Kathrin Kramer waren auch Jens Kuhlmann und sein junger Teamkollege von der Mordkommission gekommen.

Jan begrüßte alle Gäste mit Handschlag und freute sich besonders, dass seine Unterstützer aus Düsseldorf auch gekommen waren. Immerhin waren sie in den vergangenen Monaten die einzigen, die ihm den Kontakt zu seinem jetzt wiedergewonnen Leben ermöglicht hatten. So war er immer über das unterrichtet, was Katja unternahm, um in ihrem Beruf vorwärtszukommen und ihrem gemeinsamen Ziel, soziale Gerechtigkeit wenigstens in manchen Fällen erreichen zu können, näher zu kommen.

Und dann kam eine der Hauptpersonen – die Staatsanwältin Magdalena Stein. Sie schälte sich mit ihren langen Beinen aus ihrem milchkaffeefarbenen Fiat 500 mit der schicken cremefarbenen Lederausstattung, schaute sich verstohlen um, tauschte schnell die hellbraunen Nappaslipper gegen die sonst bei ihr üblichen High Heels aus und griff nach ihrer großen ledernen Umhängetasche. Ein kurzes Zurechtstreichen ihres beigen Rockes, noch einmal ein Wuscheln durch die lange hellblonde Lockenmähne und schon war sie auch optisch die Person, die alle Kollegen kannten und schätzten.

Ihr Gespür für die Fälle, für die sich ein Kampf lohnte, war mehr als ungewöhnlich. Durch die Zusammenarbeit von ihr und Bernd Neitmann als Leiter der Soko Sozial, konnte das Team um Katja mittlerweile schon einige Erfolge verbuchen. Erfolge nicht allein für das Rechtssystem, sondern ganz besonders Erfolge für die beteiligten Familien, denen nun Gerechtigkeit widerfahren war und die sich endlich entspannt dem widmen konnten, was für Eltern vorrangig sein sollte: ihre Kinder liebevoll fordern und fördern und ihnen dabei helfen, ihren eigenen Platz in der Gesellschaft zu finden. Ohne sich verbiegen zu müssen und ohne durch unsägliche Zustände und Ausgrenzung gebrochen zu werden.

Sie guckte kurz herum, um nach bekannten Gesichtern zu forschen, traf auf das Antlitz von Jan Sollig, der im Gespräch mit Kriminalrat Neitmann vertieft war, dann aufschaute, sie erkannte und ihr zunickte.

Jan sagte etwas zu seinem Gegenüber und wandte sich dann ab, um Magdalena Stein zu begrüßen. Er gab ihr die Hand. »Guten Abend, Frau Stein, wie schön, dass Sie Zeit gefunden haben, heute dabei zu sein.«

»Herr Sollig. Zuerst einmal herzlichen Glückwunsch zu Ihrem Geburtstag. Alles Gute. Und auch vielen Dank für die Einladung.« Sie griff in ihre Tasche und zog ein kleines, in grünes Samtpapier eingeschlagenes Päckchen hervor und reichte es Jan. »Ich hoffe, es gefällt Ihnen. Ihre Frau meinte, Sie hätten schon länger damit geliebäugelt. Und jetzt ist doch der passende Moment.«

Jan zog die rote Samtschleife auf und legte sie neben sich auf einen der Stehtische. Er legte die edle Geschenkverpackung ab und wickelte den dünnen, länglichen Kasten immer weiter aus dem Papier. »Ein Buch? Gebunden? Da ist die vergangenen Monate so einiges an Neuerscheinungen herausgekommen, die ich gerne lesen würde.« Er drehte ein letztes Mal weiter und ... stockte. »Frau Stein, das geht doch nicht. Die sind doch viel zu teuer.« Er betrachtete die Zigarrenkiste in seiner

Hand und drehte sie verzückt herum, um alle Aufdrucke lesen zu können. »Total verrückt. Kubanische. Original Cohiba. Ein Traum.«

Magda verzog den Mund zu einem süffisanten Lächeln. »Womit man manche Männer erfreuen kann, das ist schon spannend anzusehen.« Sie winkte einigen Gästen zu und forderte sie auf heranzukommen. »Keine Sorge, Herr Sollig. Das ist ein Gemeinschaftsgeschenk der Soko Sozial und mir. Herr Neitmann, Herr Lieme, Frau Kramer, die beiden Kollegen vom Mord, die Ihren Tod aufklären konnten«, sie schmunzelte in die Runde, »und ich haben zusammengelegt. Immerhin werden wir in den nächsten Monaten noch viel miteinander zu tun haben. Sie und wir. Bei der Vorbereitung und der Durchführung des Strafverfahrens in der Sache Budde und Vauth. Da werden Sie einige entspannende Momente und ruhige Stunden nötig haben.«

»Was planen Sie, wie lange das Verfahren dauern wird?«

Magda nahm Jan die Kiste wieder ab und schaute angestrengt, mit zusammengekniffenen Augen auf den Aufdruck.« Ah, genau. 10 Stück. Wie Ihre Frau erzählte, genügt Ihnen zum Abschalten von Zeit zu Zeit eine Zigarre. Nun dürfen Sie alle zwei Monate eine ganz besondere von diesen hier hervorholen. Ich denke, danach sollten wir durch sein.« Sie grinste Jan an, gab ihm die Kiste zurück und griff nach dem Sektglas, das Bernd Neitmann ihr entgegenhielt.

»Magda.«

»Danke, Bernd. Lieb von dir.« Sie hakte sich beim Kriminalrat unter und drehte sich noch einmal kurz zu

Jan um. »Zum Wohl, Herr Sollig. Auf Ihre Rückkehr ins alte Leben. Möge Ihre Aufgabe der letzten Zeit ihr Ziel erreicht haben.« Sie prostete ihm zu. Von allen Seiten erschallte unisono ein fröhliches »Zum Wohl.«

»Na, damit wäre das Fest wohl offiziell eröffnet. Danke, Frau Stein, danke, ihr Lieben. Und das Geschenk. Wirklich grandios. Perfekt getroffen.« Er nickte Katjas Kollegen und dann seinen anderen Freunden und guten Bekannten zu.

»Also, Leute. Auf zum Buffet. Lasst es euch schmecken!«

»Das ist doch wohl mal ein Wort. Ich misch mich dann mal unter das Partyvolk. Komm, Bernd.«

*

Während Jan sich mit einigen seiner Gäste über die Gründe seines erzwungenen Untertauchens unterhielt, ging Katja zu ihrer Schwester Marina, die ganz allein auf einer der Bänke vor dem Zelt saß und gedankenverloren in die Hügellandschaft vor dem Haus blickte, und setzte sich neben sie. »Na, meine Kleine? Ist dir zu langweilig? Du sitzt hier so einsam rum.«

»Ich kenne auch keinen. Okay, Jan und Jakob und dich, aber dann hört es auch schon auf.« Sie wies mit einer Hand in die Landschaft. »Aber langweilig? Nein! Guck dich nur um, ihr wohnt so schön. Hier kann es doch gar nicht langweilig sein. Es ist so ein wunderschöner Sommertag. Ich freue mich schon, wenn es ein wenig dunkler wird. Das muss toll sein, wenn die Grillen zirpen und nur noch wenige Lichter zu sehen sind. Nur noch dunkler Himmel und Sterne.« Sie nahm sich eine der *Detmolder-Sun*-Flaschen vom Tisch und ließ sie aufploppen. »Prost, Katja! Auf Jan und seine Rückkehr. Und auf eure weitere gemeinsame Zukunft.« Marina stieß mit ihrer großen Schwester an und stellte die Flasche wieder ab. Neugierig kniff sie die Augen zusammen. »Wer ist das denn? Der Typ, da vorn, der gerade die Treppenstufen herunterkommt. Siehst du, der, den Jan gerade so lustlos begrüßt?« Sie presste leicht die Lippen zusammen und guckte sehnsuchtsvoll. »Wow, was für ein Mann. Den nehm' ich.«

Katja schaute in die Richtung, die Marina meinte, und lachte laut auf. »Ach der ..., der Lieme. Stimmt, nicht schlecht ... und ungebunden.«

Sie stand von der Bank auf und zog ihre sich widerstrebende Schwester mit sich.

»Frank? Komm doch bitte mal rüber.«

Katja winkte ihrem Kollegen. »Kennst du Marina schon?«

Frank schüttelte den Kopf. »Nur vom Foto.«

»Marina, darf ich vorstellen? Das ist Frank. Frank Lieme. Der beste Kollege aller Zeiten und einer, auf den man sich an guten und an schlechten Tagen verlassen kann.« Katja zwinkerte ihm zu und Franks Gesicht lief leicht rot an. Aufmerksam blickte er um sich, auf der Suche nach Jan. Keine Gefahr von einem eifersüchtigen Ehemann.

»Frank - meine Schwester Marina Ridder. Setzt euch doch.« Katja drückte Marina wieder zurück auf die Bank. »Ich muss leider weiter, die anderen Gäste begrüßen. Und Jan muss ich auch wiederfinden.« Schon war sie losmarschiert, verschwand in einer Gruppe von Polizeikollegen und ließ Marina und Frank allein zurück.

Zwei Stunden später stand sie erschöpft von dem ganzen Trubel vor Jan, der sie von hinten umfasst hielt, während sie sich mit dem Rücken an ihn lehnte. Die Lampions in den Bäumen schaukelten leicht im Wind, einige Servietten lagen zerknüllt unter den Bänken, einzelne versprengte Grüppchen standen beieinander und unterhielten sich und ansonsten hatten die Grillen einen riesengroßen Spaß an ihrem Sommerkonzert.

Langsam löste sich der Empfang auf. Sie schaute von Weitem in die Richtung des Zeltes und entdeckte ihre Schwester und Frank, ganz in ein Gespräch vertieft. Sie sah, wie Marina lachend Franks Oberarme drückte, und freute sich darüber, wie beide weiter die Köpfe zusammensteckten und sich anscheinend viel Lustiges zu erzählen hatten. Zu ihrem Mann gewandt sagte sie: »Die beiden scheinen sich ja gut zu verstehen. Was meinst du, wie wird das wohl ausgehen?«

EPILOG

Endlich – Wahlsonntag in NRW. Während in der Düsseldorfer Staatskanzlei große Unruhe herrschte und die Regierungskoalition aus SPD und Grünen unsicher dem Wahlabend entgegensahen, saßen Katja und Jan mit Frank, Marina und Jakob im Biergarten im *Kalldorfer Brunnen* und stießen ganz entspannt auf ihren Erfolg und auf den glücklichen Ausgang der Strafverfahren gegen Budde und Vauth an. Während Falk Budde eine Gefängnisstrafe erwartete, war Herbert Vauth mit Bewährung und der Zahlung einer hohen Geldstrafe noch einmal glimpflich davongekommen. Im Gegensatz zu Budde als Drahtzieher konnte man ihm die Beteiligung an der Mordverschwörung gegen Jan nicht nachweisen. Doch für den Bruch seiner Schweigepflicht in mehreren Fällen und für Vorteilsnahme im Amt musste er sich verantworten. Und auch für ihn war die Strafe nicht allzu knapp – seinen wohldotierten Arbeitsplatz in der Bezirksregierung und so einige Pensionsansprüche hatte er verspielt.

In der Ferne leuchteten die Rapsfelder im Wiesental mit der strahlenden Sonne um die Wette. Idylle pur.

Trotz des wunderbaren Wetters saßen die Politiker des Ortes im dunklen Schankraum und verfolgten gespannt auf Jungmanns Fernseher die letzten Minuten bis zu den ersten Hochrechnungen um 18:00 Uhr.

»Was meint ihr? Wie wird es ausgehen?«, Katja räkelte sich genüsslich auf ihrer Sitzbank und kuschelte sich an Jan. Sie lehnte ihren Kopf an seine Schulter und ließ sich seufzend in das wiedergefundene Gefühl ihrer

Zweisamkeit versinken.

Jan strich ihr über die glänzenden rotbraunen Haare und schaute sie mit seinen wachen, dunkelbraunen Augen an.

»Wird schon so ausgehen, wie es richtig ist. Man sollte meinen, dass die Wähler zwischen richtig und falsch entscheiden können. Ich glaube ganz fest daran, dass die Stark abgestraft wird.«

»Genau«, fügte Frank hinzu. »Egal, ob sie von dem ganzen Mist mit Budde und Konsorten wusste oder nicht, sie hat ihren Laden einfach nicht im Griff. Sie hat die Nöte mancher ihrer Bürger einfach mit einem Achselzucken abgetan.« Er verzog zweifelnd das Gesicht. »Gestern, in der Wochenendausgabe von *Badenhausen aktuell* stand ein ganz interessanter Artikel von Isabella Gurany drin. Habt ihr ihn gelesen?« Er blickte in die Runde, doch die anderen schüttelten den Kopf.

»Sie hat noch einmal über alles berichtet, was im Jugendamt unter Dohmann und Meyer mit Hilfe von Vauth, und was in der Staatskanzlei bei Budde vorgefallen ist. Sogar über das Mordkomplott und Jans unfreiwilliges Untertauchen hat sie berichtet. War richtig sachlich und überhaupt nicht aufreißerisch geschrieben. Typisch Gurany halt. Aber ob das ausreicht, um den Weg für eine neue Politik freizumachen?«

Er schaute zu Marina, die sich einen freien Stuhl herangezogen und die Beine hochgelegt hatte, und blickte ihr verliebt in die Augen.

»Sag mal, Frank. Du redest von der Ministerpräsidentin a.D., hoffentlich, und guckst mich dabei so an? Schäm dich!« Sie kniff ihm zärtlich in den Oberarm, der auf ihrer Schulter lag, und küsste ihn auf den Mund.

Endlich kam Irene und brachte die bestellten *Detmolder Weizen* an den Tisch. »Für wen war das *Alkoholfrei*?«

Marina hob zaghaft die Hand und alle schauten zu ihr hin. Bis auf Frank, der schaute in die Luft und pfiff vor sich hin.

Irene war schon wieder im Gasthaus verschwunden, als alle aufgeregt durcheinander sprachen.

»Marina! Wie konntest du mir das verschweigen?« Spielerisch drohte sie mit dem Zeigefinger. »Mensch, darauf müssen wir anstoßen.«

Die Bügelflaschen ploppten im Chor.

Und während es drinnen im Schankraum still wurde und sich der Schock über die ersten Hochrechnungen über die anwesenden Sozialdemokraten legte, da liefen auch draußen die Tränen über die Gesichter. Die Tränen der Freude.

Katja ging zu ihrer Schwester und nahm sie zart in den Arm. »Wow, ich kann es kaum glauben – meine kleine Schwester. Ich werde Tante. Na dann, Prost! Auf euch beide. Auf Marina und Frank.« Sie setzte sich wieder, hob ihre Flasche, prostete den beiden zu und wischte sich verstohlen über die Augen.

»Was für ein schöner Neuanfang. Für alle in unserer Familie.« Sie schaute zu Jakob, zu Marina und Frank und dann zu Jan, und wisperte ihm etwas ins Ohr. Im Hintergrund konnte man vereinzelt die Zahlen der Hochrechnung durch die offenen Fenster und Türen hören. Haushoch verloren. Lieselotte Stark, die Ministerpräsidentin des Landes NRW, hatte ihr Amt niedergelegt. Ihre Rede an die Bürger ging im Tumult und den aufgeregten Diskussionen der Kneipenbesucher unter.

»Alles wird gut. Habe ich das nicht immer gesagt?«

ENDE

Dankeschön

Der Kreis hat sich nun geschlossen, Teil I bis III der *Amtsschimmelflüsterer* und all seine Puzzlestücke haben sich zu einem großen Ganzen zusammengefügt.

Damit das auch problemlos gelingen konnte und ich keine Puzzleteile an einen falschen Platz reinpressen musste, hatte ich die Hilfe meiner Betaleser. Danke, Leute, ohne euch hätte ich nicht nur Scheuklappen, sondern gleich einen dicken Schal vor den Augen und würde sicher in manches Fettnäpfchen stampfen. Danke, dass ihr mir den Weg drum rum gezeigt habt.

Ganz besonderer Dank gilt Carola und Dorothee, die ihren fachlich geschulten Blick über das gestaltlose Normmanuskript schweifen ließen, und auch an Mareike und Klara, denn ohne sie gäbe es diese Sozialkrimis überhaupt nicht. Eure Ideen und Geschichten waren die Zutaten für die Süppchen, die ich schön heiß gekocht und mit viel Würze schmackhaft angerichtet habe.

Also, Leute, lasst es euch schmecken!

Klara Westhoff

In Felix veritas

Aus dem Tagebuch einer
Asperger-Mutter

ISBN
Paperback   ISBN 978-3-7323-0376-2
Hardcover   ISBN 978-3-7323-0377-9
eBook   ISBN 978-3-7323-0378-6

Aus dem Tagebuch einer Asperger-Mutter erzählt Klara Westhoff 18 Jahre der Geschichte einer Familie mit einem autistischen Sohn. 18 Jahre Entwicklung, 18 Jahre Freude, 18 Jahre Kampf gegen Behörden, Schule und all die, für die Autismus einfach nur ungezogenes Verhalten ist. Asperger-Eltern werden vieles wiedererkennen, vieles neu entdecken und sich über vieles mitfreuen können. Hier finden sie eine Sammlung von dem, was Asperger-Eltern und ihre Kinder ausmacht. Geschichten von Ausgrenzung und Trauer. Geschichten von Wut und Tränen. Geschichten von Liebe und Glück. Geschichten von Felix, Justus, Nils und all den anderen, für die Felix und Justus und Nils die Synonyme sind.